BEST SELLER

Jean Sasson nació en Alabama. Lectora empedernida, desde joven se sintió fascinada por otras culturas. En 1978 viajó a Arabia Saudí, donde trabajó una temporada como coordinadora administrativa en un hospital. Se casó con un ciudadano británico y realizó numerosos viajes por Oriente Medio, Asia y Europa. En 1983 conoció a una princesa saudí, cuya apasionante y dolorosa historia reflejó en la saga de *Sultana*, que constituye un retrato descarnado de la condición de la mujer en los países musulmanes.

Biblioteca

JEAN SASSON

Sultana

Traducción de
María Millán

DeBOLSILLO

Título original: *Princess Sultana*
Diseño de la portada: Departamento de diseño de Random
   House Mondadori
Fotografía de la portada: © Stone

Tercera edición en U.S.A.: febrero, 2006

© 1992, Jean Sasson
© de la traducción: María Millán
© 1992, Random House Mondadori, S. A.
   Travessera de Gràcia, 47-49. 08021 Barcelona

Printed in Spain – Impreso en España

ISBN: 0-30727-420-9

Distributed by Random House, Inc.

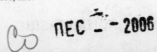

Este libro está dedicado
a Jack W. Creech

Desde el primer momento creyó en la importancia de contar la historia de Sultana. Solo él conoce las angustias que pasé reviviendo mi larga amistad con Sultana al escribir este libro; él, más que nadie, me dio generosamente su apoyo emocional y su amistad en los momentos difíciles, mientras esta obra iba convirtiéndose poco a poco en una realidad.

La historia de la princesa Sultana es cierta. Aunque las palabras sean las de la autora, la historia es la de la princesa. Las sorprendentes tragedias humanas que aquí se describen son puros hechos.

Se han cambiado los nombres y algunos sucesos han sido alterados ligeramente para proteger la seguridad de personas reconocibles.

AGRADECIMIENTOS

Tan pronto me decidí a escribir este libro, leí una y otra vez los Diarios y las notas que Sultana me había confiado. Mientras seleccionaba las aventuras de su sorprendente vida para relatarlas en este libro, sentía la emoción del detective. Sin embargo recaía en mí la solemne responsabilidad de desechar con sumo cuidado los sucesos que pudiesen acarrearle problemas. Las palabras son mías, pero la vida es la suya.

Te agradezco, Sultana, que valerosamente hayas querido compartir la historia de tu vida con el mundo. Al dar este rotundo paso, has ayudado a humanizar a los árabes, un pueblo incomprendido por Occidente. Confío en que al revelar los íntimos detalles de tu vida de mujer árabe, en toda su pena y su gloria, tu historia sirva para despejar los muchos clisés negativos que en todo el mundo se achacan a tu pueblo. Los lectores de tu vida no podrán sino entender que, como en cualquier otro país del mundo, mezcladas con las malas hay cosas buenas. Los occidentales solo hemos oído lo malo de Arabia. Yo, al igual que tú, Sultana, sé que a pesar de las costumbres primitivas que encadenan a la mujer en tu país, hay muchos árabes que, como tú, merecen nuestro respeto y admiración por su lucha contra siglos de opresión.

Y físicamente más cerca de mí, expreso mi agradecimiento con toda sinceridad a Liza Dawson, mi correctora de «William Morrow», que ha quedado prendada de la vida de Sultana a la primera lectura del manuscrito. Sus comentarios y sugerencias han realzado esta historia.

Quiero darle las gracias también a Peter Miller, mi agente literario. Su enérgico entusiasmo por este libro nunca decayó, y yo se lo agradezco.

Reservo un agradecimiento muy especial para la doctora Pat L. Creech, que desde el principio me ayudó con sus comentarios y su revisión del manuscrito. Su inteligencia contribuyó a dar forma a esta obra.

Me habría resultado mucho más difícil escribir la historia de Sultana sin el amor y apoyo de mi familia. Y tengo una especial deuda de gratitud con mis padres, Neatwood y Mary Parks. Su constante amor y apoyo los sentí incluso más durante la escritura de este libro tan personal.

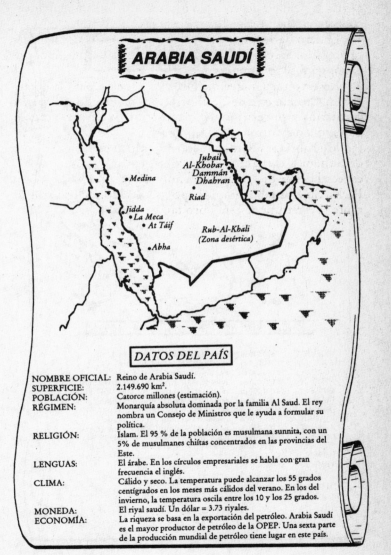

ARABIA SAUDÍ

DATOS DEL PAÍS

NOMBRE OFICIAL:	Reino de Arabia Saudí.
SUPERFICIE:	2.149.690 km².
POBLACIÓN:	Catorce millones (estimación).
RÉGIMEN:	Monarquía absoluta dominada por la familia Al Saud. El rey nombra un Consejo de Ministros que le ayuda a formular su política.
RELIGIÓN:	Islam. El 95 % de la población es musulmana sunnita, con un 5% de musulmanes chiítas concentrados en las provincias del Este.
LENGUAS:	El árabe. En los círculos empresariales se habla con gran frecuencia el inglés.
CLIMA:	Cálido y seco. La temperatura puede alcanzar los 55 grados centígrados en los meses más cálidos del verano. En los del invierno, la temperatura oscila entre los 10 y los 25 grados.
MONEDA:	El riyal saudí. Un dólar = 3.73 riyales.
ECONOMÍA:	La riqueza se basa en la exportación del petróleo. Arabia Saudí es el mayor productor de petróleo de la OPEP. Una sexta parte de la producción mundial de petróleo tiene lugar en este país.

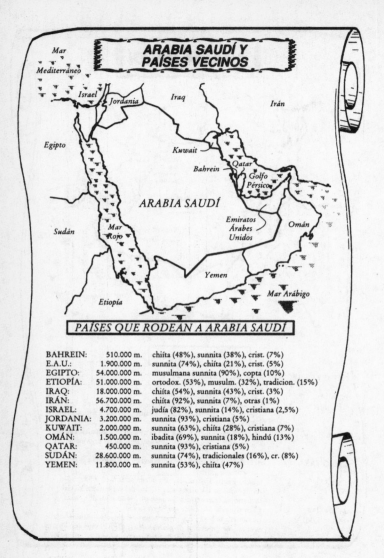

ARABIA SAUDÍ Y PAÍSES VECINOS

Mar Mediterráneo

Israel

Jordania

Iraq

Irán

Egipto

Kuwait

Bahrein

Qatar

Golfo Pérsico

ARABIA SAUDÍ

Sudán

Mar Rojo

Emiratos Árabes Unidos

Omán

Yemen

Mar Arábigo

Etiopía

PAÍSES QUE RODEAN A ARABIA SAUDÍ

BAHREIN:	510.000 m.	chiíta (48%), sunnita (38%), crist. (7%)
E.A.U.:	1.900.000 m.	sunnita (74%), chiíta (21%), crist. (5%)
EGIPTO:	54.000.000 m.	musulmana sunnita (90%), copta (10%)
ETIOPÍA:	51.000.000 m.	ortodox. (53%), musulm. (32%), tradicion. (15%)
IRAQ:	18.000.000 m.	chiíta (54%), sunnita (43%), crist. (3%)
IRÁN:	56.700.000 m.	chiíta (92%), sunnita (7%), otras (1%)
ISRAEL:	4.700.000 m.	judía (82%), sunnita (14%), cristiana (2,5%)
JORDANIA:	3.200.000 m.	sunnita (93%), cristiana (5%)
KUWAIT:	2.000.000 m.	sunnita (63%), chiíta (28%), cristiana (7%)
OMÁN:	1.500.000 m.	ibadita (69%), sunnita (18%), hindú (13%)
QATAR:	450.000 m.	sunnita (93%), cristiana (5%)
SUDÁN:	28.600.000 m.	sunnita (74%), tradicionales (16%), cr. (8%)
YEMEN:	11.800.000 m.	sunnita (53%), chiíta (47%)

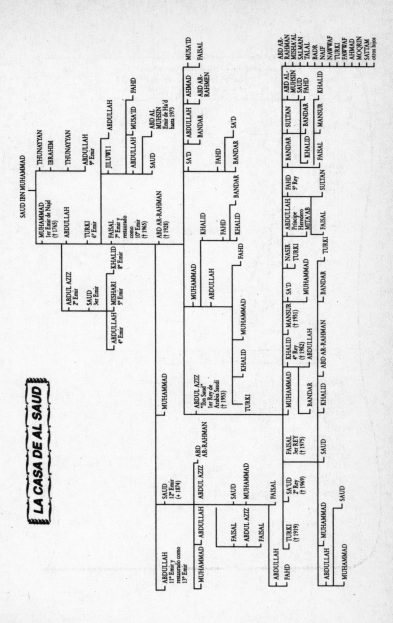

LA CASA DE AL SAUD

INTRODUCCIÓN

Soy princesa en una tierra todavía gobernada por reyes. Me conoceréis solo por el nombre de Sultana; no puedo revelar mi verdadero nombre por temor a los daños que sobre mí y sobre mi familia puedan recaer por lo que voy a contaros.

Soy una princesa saudí, miembro de la realeza de la Casa de al Saud, los actuales monarcas del reino de Arabia Saudí. Como mujer de un país gobernado por hombres, no puedo hablaros directamente, y le he pedido a Jean Sasson, escritora y amiga mía, que escuche la historia de mi vida y luego os la cuente.

Nací libre, y sin embargo estoy cargada de cadenas. Fueron invisibles y me rodearon, ocultas y flojas, pasando desapercibidas hasta que la edad de la razón redujo mi vida a un estrecho sendero de temor.

De mis cuatro primeros años no me ha quedado ningún recuerdo. Imagino que reiría y jugaría como hace cualquier criatura a esa edad, gloriosamente inconsciente de que, debido a la ausencia de un órgano masculino, mi valor era insignificante en la tierra donde nací.

Para comprender mi vida tenéis que conocer a quienes me precedieron; los al Saud de la actual generación venimos de seis generaciones atrás, de los días de los primeros emires del Najd, las tierras beduinas que ahora forman parte del reino de Arabia Saudí. Esos primeros saudíes fueron hombres cuyos sueños no les llevaron más lejos que a conquistar terrenos desérticos cercanos y a realizar algún que otro asalto nocturno sobre las tribus vecinas.

En 1891 el desastre se abatió sobre el clan al Saud, que fue derrotado en combate y obligado a huir de Najd. Abdul Aziz, que un día sería mi abuelo, era en aquel tiempo un chiquillo y a duras penas pudo sobrevivir a la dureza de aquella escapada a través del desierto. Después recordaría la vergüenza que pasó cuando su padre le mandó meterse dentro de un gran saco que luego colgaron del arzón de la silla de un camello; a su hermana Nura la apretujaron dentro de otro saco que colgaba del otro costado del camello. Dolido porque su juventud le impedía luchar para salvar su hogar, el enfurecido muchacho atisbaba desde su escondrijo, que se mecía al paso del camello. Fue un momento decisivo en su incipiente vida, recordaría luego, aquel en que, humillado por la derrota sufrida por su familia, vio perderse en la lejanía la asombrosa belleza de su patria.

Tras dos años de viajar como nómadas por el desierto, los al Saud encontraron refugio en el país de Kuwait. A Abdul Aziz la vida de refugiado le resultó tan desagradable que, muy joven aún, se prometió que volvería a conquistar las tierras desérticas que habían sido su hogar.

Y así fue como, en septiembre de 1901, un Abdul Aziz de veinticinco años volvió a nuestra tierra. Y el 16 de enero de 1902, tras meses de dura batalla, él y sus hombres derrotaron a sus enemigos, los Raschid. Para asegurarse la lealtad de las tribus del desierto, Abdul Aziz se casó, en los años sucesivos, con más de trescientas mujeres que con el tiempo le darían más de cincuenta hijos varones y ochenta hijas. Los hijos de sus esposas favoritas gozaron de los honores de su privilegiada condición; estos, ahora ya mayores, se hallan en el centro del poder de nuestro país. Ninguna de las esposas de Abdul Aziz fue más amada que Hassa Sudairi; y ahora sus hijos encabezan las fuerzas combinadas de los al Saud para gobernar el reino forjado por su padre. Fahd, uno de sus hijos, es hoy nuestro rey.

Muchos hijos e hijas se casaron con primos y primas de

las ramas más notables de nuestra familia, como al Turk, Jiluw y al Kabir. Los príncipes fruto de aquellas uniones son hoy los al Saud más influyentes. Ahora, en 1991, nuestra extensa familia consta de casi veintiún mil miembros. De estos, alrededor de mil son príncipes o princesas que descienden directamente del gran líder y rey Adbul Aziz. Y yo, Sultana, soy uno de esos descendientes directos.

Mi primer recuerdo es una escena de violencia. Cuando yo tenía cuatro años, mi madre, por lo general tan gentil, me abofeteó. ¿Por qué? Pues porque había imitado a mi padre en sus oraciones; pero en vez de hacerlo mirando a La Meca, lo había hecho de cara a mi hermano Alí, que entonces tenía seis años. Creía que era un dios. ¿Cómo podía creer otra cosa? Treinta y dos años después, aún recuerdo el escozor de aquel cachete y cómo empecé a hacerme preguntas: si mi hermano no era un dios, ¿por qué le trataban como a tal?

En una familia de diez hijas y un solo hijo, el temor mandaba en nuestro hogar: temor a que la suerte cruel reclamara al único hijo varón; a que no naciesen más hijos varones; temor a que Dios hubiera maldecido nuestra casa mandándole solo niñas. Mamá vivía sus embarazos atemorizada, pidiendo a Dios un hijo varón y temiendo tener una niña. Y tuvo una niña tras otra, hasta completar un total de diez.

Y el peor de los temores de mamá se hizo realidad cuando mi padre tomó otra esposa, más joven, con el propósito de que le diera más valiosísimos hijos varones. La prometedora nueva esposa le obsequió con tres hijos varones que nacieron muertos, antes de que él la repudiase. Aunque al fin, con su cuarta esposa, mi padre llegó a ser rico en hijos. Pero mi hermano seguiría siendo el mayor y por lo tanto quien debería mandar por encima de todos ellos. Con mis hermanas, yo fingía rendir pleitesía a mi hermano, pero le odiaba como solo odian los oprimidos.

Cuando mi madre tenía doce años la casaron con mi padre, que tenía veinte. Fue en 1946, el año siguiente al fin de la gran guerra mundial que interrumpió la producción de petróleo. Esta sustancia, energía vital de la Arabia de hoy, todavía no había proporcionado una gran riqueza a los al Saud, la familia de mi padre, pero su impacto sobre la familia ya se notaba de muchas maneras más leves. Los líderes de grandes naciones habían empezado a rendir homenaje a nuestro rey. Winston Churchill, Primer Ministro británico, había obsequiado al rey Abdul Aziz con un lujoso «Rolls-Royce». El automóvil, verde brillante y con un asiento trasero que parecía un trono, relucía al sol como una joya. Pese a lo magnífico que era, algo disgustó obviamente al rey que, tras inspeccionarlo detenidamente, se lo regaló a Abdulá, uno de sus hermanos predilectos.

Este, que era tío de mi padre y su mejor amigo, le ofreció el automóvil para su viaje de novios a Jidda. Y mi padre, para felicidad de mamá, que jamás había subido a un coche, aceptó el ofrecimiento. En 1946 —y por supuesto desde hacía siglos— el camello era el modo usual de transporte en Oriente Medio. Pasarían aún tres décadas antes de que el saudí medio se desplazara en la comodidad de un automóvil, y no a horcajadas sobre un camello.

Ahora, durante siete días y siete noches de su viaje de novios, mis padres cruzaron gozosos la pista desértica hasta Jidda. Por desgracia, con las prisas por salir de Riad, mi madre había olvidado su tienda de campaña; debido a ese descuido, y a la presencia de varios esclavos, su matrimonio no pudo consumarse hasta que llegaron a Jidda.

Aquel viaje, polvoriento y agotador, era uno de los recuerdos más felices de mamá. A partir de entonces dividió su vida en «el tiempo de antes del viaje» y «el tiempo de después del viaje». En cierta ocasión me contó que aquel viaje había sido el final de su juventud, pues era demasiado joven para entender lo que le esperaba cuando terminara el largo viaje. Sus padres habían muerto durante una epidemia, quedando ella huérfana a la edad de ocho años. A los doce años la habían casado con un hombre muy ardiente lleno de siniestras crueldades. Y ella no estaba preparada para hacer con su vida otra cosa que lo que él le ordenase.

Tras una corta estancia en Jidda, mis padres regresaron a

Riad, pues es ahí donde la patriarcal familia de los al Saud continúa su dinastía.

Mi padre era un hombre insensible y, en consecuencia, mamá era una mujer melancólica. Su trágica unión llegó a producir hasta dieciséis hijos, once de los cuales sobrevivieron a una peligrosa infancia. Hoy sus diez hijas viven su vida bajo el dominio de los hombres con quienes se casaron. Y su único hijo superviviente es un prominente príncipe saudí y gran hombre de negocios con cuatro esposas y numerosas amantes, que lleva una vida dedicada a los placeres.

Por mis lecturas sé que la mayoría de los civilizados sucesores de civilizaciones antiguas se sonríen de la primitiva ignorancia de sus antecesores. A medida que avanza el progreso, el miedo a la libertad individual va siendo vencido por la educación. La sociedad de los humanos se apresura ansiosa a seguir el camino del conocimiento y el cambio. Y aunque resulte sorprendente, la tierra de mis antepasados ha cambiado muy poco respecto a la de mil años atrás. Sí, claro, brotan edificios modernos y los últimos adelantos técnicos están al alcance de todos, pero la consideración por las mujeres y por la calidad de su vida todavía recibe por toda respuesta un indiferente encogimiento de hombros.

Y sin embargo es un error culpar a nuestra fe musulmana de la bajísima condición de la mujer en nuestra sociedad. Aunque es cierto que el Corán afirma que las mujeres son secundarias frente al hombre, de parecida manera a como la Biblia autoriza a los hombres a mandar sobre las mujeres, nuestro profeta Mahoma no enseñaba otra cosa que amabilidad y nobleza para con el sexo femenino. Los hombres que vinieron después del Profeta han preferido seguir las costumbres y tradiciones de las épocas tenebrosas al ejemplo y las palabras de Mahoma. Nuestro Profeta atacó la práctica del infanticidio, costumbre habitual en su tiempo para librarse de las hijas no deseadas. Las palabras del Profeta expresan su preocupación por los posibles malos tratos o la indiferencia para con las mujeres:

A aquel que tenga una hija y no la entierre viva,
ni la regañe, ni prefiera sus hijos varones a
ella, Dios le llevará al Paraíso.

Y sin embargo, en este país los hombres harían cualquier cosa, y hasta ahora han hecho cuanto han podido, para asegurarse engendrar una prole masculina, no femenina. El valor de una criatura que nazca en el reino de Arabia Saudí se mide aún por la presencia o ausencia del miembro viril.

Los hombres de mi país creen que son lo que tenían que ser. En Arabia la honra de un hombre procede de sus mujeres, por lo que debe imponer su autoridad sobre la sexualidad de sus mujeres y su supervisión, o enfrentarse al público deshonor. Convencidos de que las mujeres no tienen el dominio de su apetito sexual, es esencial para ellos que el macho dominante guarde la sexualidad de las hembras. Este control absoluto sobre las mujeres nada tiene que ver con el amor, sino con el miedo de que se mancille la honra del macho.

La autoridad del varón saudí es ilimitada; su esposa y sus hijos sobreviven solo si él así lo quiere. En nuestros hogares él es el Estado. Esta compleja situación empieza con la educación de nuestros jóvenes. Desde una edad muy temprana, al niño le enseñan que las chicas no valen nada; solo existen para su comodidad y conveniencia. El niño ve el desdén con que su padre trata a su madre y a sus hermanas; ese franco desprecio le llevará a menospreciar a todas las chicas y mujeres, y le resultará imposible gozar de la amistad de cualquiera que pertenezca al sexo opuesto. Habiendo aprendido solo el papel de dueño frente a esclavas, no es de extrañar que cuando sea lo suficientemente mayor para elegir pareja, considere a esta una propiedad y no una compañera.

Y así, sucede que las mujeres de mi país son ignoradas por sus padres, despreciadas por sus hermanos y maltratadas por sus maridos. Y este es un ciclo muy difícil de romper, pues el hombre que impone esa vida a sus mujeres se asegura su propia infelicidad como marido. Pues, ¿cómo puede sentirse a gusto un hombre entre tanta desdicha? Es evidente que los hombres de mi país buscan la felicidad tomando una esposa tras otra, y luego una amante tras otra. No se les ocurre que podrían hallar la felicidad en su propio hogar, con una mujer que estuviera a su altura. Tratando a las mujeres como a esclavas, como propiedades, los hombres se han hecho tan desgraciados como las mujeres a quienes dominan, y han conseguido que el amor y el auténtico compañerismo sean inalcanzables para ambos sexos.

La historia de nuestras mujeres está enterrada bajo el negro velo del secreto. Ni nuestros nacimientos ni nuestras muertes constan oficialmente en ningún registro público. Aun cuando los nacimientos de los varones quedan inscritos en registros familiares o tribales, no se lleva ningún tipo de registro para las niñas. El sentimiento comúnmente expresado ante el nacimiento de una niña es el de pena o vergüenza. Y aunque vayan en aumento los partos en clínicas y los registros oficiales del Estado, la mayor parte de los nacimientos rurales se producen en el hogar. El Gobierno de Arabia no lleva ningún censo estatal.

A menudo me he preguntado si el hecho de que nuestras llegadas o nuestras partidas no se registren significa que nosotras, las mujeres, no existimos. Si nadie se entera de mi existencia, ¿quiere decir que no existo?

Y este hecho, más que las injusticias de la vida, me ha decidido a aceptar el auténtico riesgo que supone contar mi historia. Las mujeres de mi país pueden seguir ocultas tras el velo y dominadas con firmeza por nuestra severa sociedad patriarcal, pero el cambio tendrá que llegar, pues somos un sexo que está cansado de esas costumbres tan restrictivas. Y anhelamos la libertad personal.

Desde mis primeros recuerdos y ayudada por el Diario secreto que empecé a escribir a los once años, trataré de daros el esbozo de la vida de una princesa de la Casa de al Saud. Intentaré descubrir las enterradas vidas de otras mujeres saudíes, de los millones de mujeres normales no nacidas en el seno de la familia real.

Mi pasión por la verdad es fácil de entender, pues soy una

de esas mujeres que fueron ignoradas por su padre, menospreciadas por sus hermanos y que recibieron malos tratos de su marido. No soy la única en eso. Hay muchísimas como yo, pero ellas no tienen la ocasión de contar su historia.

Es rarísimo que la verdad pueda escapar de un palacio saudí, pues hay un gran hermetismo en nuestra sociedad, pero lo que he contado aquí y lo que la autora ha escrito aquí es la pura verdad.

INFANCIA

Alí me arrojó al suelo de un bofetón, pero yo me negué a entregarle la reluciente manzana roja que acababa de darme la cocinera paquistaní. El rostro de Alí empezó a congestionarse de cólera al echarme yo sobre la manzana y comenzar a propinarle grandes bocados que me tragaba sin mascarlos. Al negarme a ceder a su masculina prerrogativa de superioridad había cometido una grave falta y sabía que muy pronto iba a sufrir las consecuencias. Alí me propinó un par de puntapiés y corrió en busca del chófer de mi padre, el egipcio Omar. Mis hermanas temían a Omar casi tanto como a Alí o a mi padre, por lo que desaparecieron, dejando que me enfrentara sola a la cólera combinada de los hombres de la casa.

Al poco apareció Omar seguido de Alí y ambos cruzaron a la carrera la verja lateral. Sabía que iban a ganar ellos, pues mi corta vida era ya rica en precedentes. A una edad muy temprana había aprendido que cualquier deseo de Alí tenía que ser satisfecho sin demora. Y sin embargo engullí el último bocado de manzana al tiempo que dirigía a mi hermano una mirada de triunfo.

Debatiéndome inútilmente en la presa que en mí habían hecho las enormes manos de Omar, fui llevada en volandas al estudio de mi padre. Este apartó a regañadientes su mirada del negro libro mayor y la dirigió irritado a su, al parecer, omnipresente e indeseada hija, a la vez que le abría los brazos a su primogénito, aquel tesoro incomparable.

Y a Alí le fue permitido hablar, mientras que a mí se me prohibió replicar. Transida del deseo de ganarme el amor y la aprobación de mi padre, mi valor renació de pronto. Y proclamé a voces la verdad sobre el incidente. Mi padre y mi hermano quedaron atónitos y mudos ante mi arrebato, pues las mujeres de mi tierra se han resignado a un mundo severo que las censura cuando ellas exponen sus opiniones. A temprana edad aprenden que es preferible la manipulación al enfrentamiento. Ya se ha extinguido el fuego en los corazones de las antaño orgullosas y feroces beduinas; en su lugar solo quedan unas mujeres débiles que poco se les parecen.

Al oír el sonido de mi propia voz, sentí un retortijón de miedo. Cuando mi padre se levantó de la silla me temblaron las piernas, y vi el movimiento de su mano, aunque no sentí la bofetada en mi rostro.

Como castigo, a Alí le dieron todos mis juguetes. Y para que yo aprendiera que los hombres eran mis dueños, mi padre ordenó que Alí sería el único que podría llenarme el plato en las comidas. El victorioso Alí me daba las raciones más pequeñas y los peores trozos de carne. Todas las noches me acostaba hambrienta, pues Alí dispuso que apostaran un guardia ante mi puerta con la orden de que no me dejase recibir comida de mi madre ni de mis hermanas. Para mofarse de mí, mi hermano entraba en mi habitación a media noche cargado de humeantes fuentes que emanaban un delicioso olor a pollo asado y a arroz caliente.

Al fin Alí se hartó de atormentarme, pero desde entonces (él tenía nueve años) fue mi enemigo predilecto. Aunque solo tuviera yo siete, a consecuencia del «incidente de la manzana» advertí por primera vez que yo era una hembra encadenada a varones libres del peso de una conciencia. Vi cuán alicaídas andaban mi madre y mis hermanas, pero seguí fiel a mi optimismo y jamás dudé de que algún día triunfaría y mi dolor se vería recompensado con la auténtica justicia. Por tal determinación fui, desde mi más tierna edad, la causa de los problemas de la familia.

Pero en mi infancia también hubo alegrías. Las horas más

felices las pasé en casa de una tía de mi madre, entonces ya viuda y demasiado mayor para merecer la atención de los hombres; una mujer dichosa y rebosante de maravillosos relatos de su juventud sobre los días de las batallas tribales. Había sido testigo del nacimiento de nuestra nación y nos hipnotizaba con los relatos del valor del rey Abdul Aziz y sus seguidores. Sentadas con las piernas cruzadas sobre alfombras orientales de incalculable valor, mis hermanas y yo picoteábamos en fuentes llenas de dulces de dátil y pasteles de almendras, sumidas en la rememoración de las grandes victorias de nuestros antepasados. Contando el valor de los saudíes en la batalla, mi tía inspiraba en mí un nuevo orgullo familiar.

En 1891 la familia de mi madre había acompañado a los saudíes en su huida de Riad, cuando fueron derrotados por el clan de los Raschid. Diez años después, los hombres de su familia volvieron con Abdul Aziz para recobrar sus tierras. El hermano de mi tía luchó junto a Abdul Aziz; aquella muestra de lealtad aseguró la entrada de mi familia en el seno de la realeza con el matrimonio de sus hijas. El escenario estaba preparado para mi destino de princesa.

En mi infancia, la mía fue una familia privilegiada, aunque no rica. Las rentas de la producción del petróleo aseguraban comida abundante y cuidados médicos, cosa que en aquellos tiempos parecían el mayor de los lujos de nuestra historia.

Vivíamos en una gran villa hecha de bloques de cemento, blancos como la nieve. Todos los años las tormentas de arena convertían el blanco en ocre, pero los esclavos de mi padre volvían a pintar debidamente de blanco los bloques de color de arena. Los muros de diez metros de altura que rodeaban nuestros jardines se conservaban del mismo modo. Creí sin más que el hogar de mi infancia era una casa de un nivel occidental, aunque al mirar atrás ahora la vea solo como una sencilla morada, en vista de la actual posición económica de la familia real saudí.

Cuando niña creía que nuestra casa era demasiado grande para que pudiese haber en ella calor de hogar. Los largos pasillos eran oscuros e inhóspitos; a ellos daban habitaciones de todos los tamaños y formas, que ocultaban los secretos de nuestras vidas. Mi padre y Alí vivían en los alojamientos de los hombres, en el segundo piso. Yo solía asomar por ellos con la curiosidad propia de la niña que era. Unas cortinas de terciopelo granate ocultaban la luz del sol. El olor a tabaco turco y a whisky impregnaba el pesado ambiente. Una ojeada tímida, y luego, a la carrera, debía regresar a los alojamientos de las mujeres, en la planta baja, donde mis hermanas y yo ocupábamos una gran ala. La habitación que compartía con Sara quedaba frente al jardín privado de las mujeres. Mamá había mandado pintar la habitación de un tono amarillo brillante, por lo que tenía el brillo de la vida, lo que la diferenciaba del resto de la villa.

Los criados y esclavos de la familia vivían en un edificio aparte, al fondo del jardín, en pequeños aposentos faltos de aire. Mientras que nuestra casa disponía de aire acondicionado, sus alojamientos estaban mal equipados para soportar el caluroso clima del desierto. Recuerdo a las doncellas y los chóferes extranjeros hablando de su temor a la hora de dormir. Su único alivio para el calor era la leve brisa generada por pequeños ventiladores eléctricos. Papá decía que si dotaba sus alojamientos de aire acondicionado querrían dormir todo el día.

Solo Omar dormía en un cuartito del edificio principal. Un largo cordón dorado pendía en la entrada principal de nuestra casa. Ese cordón se hallaba conectado a un cencerro en la habitación de Omar. Cuando se le necesitaba, le llamaba el repiqueteo de aquella campanilla; su tañido, de día o de noche, conseguía que Omar se levantase y acudiera a la puerta de mi padre. Debo admitir que en muchas ocasiones toqué la campanilla durante las siestas de Omar, o en plena noche. Y luego, con los pulmones a punto de estallarme, corría a echarme en mi cama y permanecía muy quietecita, como una niña inocente profundamente dormida. Una noche, cuando corría hacia la cama, mi madre me aguardaba. Con el disgusto grabado en el rostro por las fechorías de su hija más pequeña, me rotorció las orejas y me amenazó con contárselo a papá. Pero nunca lo hizo.

Desde los tiempos de mi abuelo poseíamos una familia de esclavos sudaneses. Nuestra población esclava crecía de año en año con nuevos niños esclavos cuando papá volvía del Haj, la anual peregrinación a La Meca que hacen los musulmanes. Peregrinos de Sudán y Nigeria que asistían al Haj vendían sus hijos a saudíes ricos para pagarse el viaje de regreso a su país. Una vez dejados al cuidado de mi padre, los esclavos no se compraban ni vendían al modo de los esclavos americanos; participaban en nuestra vida hogareña y en los negocios de mi padre como si fueran suyos. Los niños eran nuestros compañeros de juegos y no se sentían siervos a la fuerza. En 1962, cuando el Gobierno liberó a los esclavos, nuestra familia sudanesa lloró de veras y suplicó a mi padre que los retuviera. Y siguen viviendo en la casa paterna.

Mi padre mantuvo vivo el recuerdo de nuestro bienamado rey Abdul Aziz. Hablaba de aquel gran hombre como si le viera todos los días. A los ocho años, me impresionó vivamente enterarme de que el anciano rey hubiera muerto en 1953, ¡tres años antes de nacer yo!

Tras la muerte de nuestro primer monarca, el reino corrió un gran peligro, pues su hijo Saud, el sucesor nombrado por aquel, carecía, desgraciadamente, de las cualidades del líder y dilapidó en palacios, coches y baratijas para sus esposas la mayor parte de la riqueza, fruto del petróleo del país. El resultado fue que nuestra nueva nación se deslizó hacia el caos económico y político.

Recuerdo una ocasión, en 1963, en que los miembros de la familia gobernante se reunieron en nuestra casa. Por aquel tiempo yo era una niña de siete años, muy curiosa. Omar, el chófer de mi padre, apareció en el jardín dándose muchos aires y empezó a gritarles a las mujeres que subieran a sus habitaciones. Agitaba las manos hacia nosotras como conjurando la casa para librarla de alimañas, y nos condujo literalmente como a un rebaño a un saloncito del fondo de las escaleras. Sara, la hermana que me precedía, se las tenía con mamá intentando que le permitiera ocultarse tras las celosías para entrever a nuestros gobernantes en pleno trabajo. Pues aun cuando solíamos ver a nuestros poderosos tíos y primos en reuniones familiares casuales, nunca nos hallábamos presentes cuando trataban importantes asuntos de Estado. Y durante el período de las mujeres y del correspondiente retiro, la separación de cualquier varón que no fuese el padre o los hermanos era instantánea y absoluta, naturalmente.

Vivíamos tan enclaustradas y tan aburridas que incluso mamá se compadecía de nosotras. Aquel día se unió a sus hijas, que espiaban desde el suelo del pasillo y a través de las celosías y escuchaban a los hombres que se hallaban en la gran sala del piso inferior. Por ser la menor, yo me senté en la falda de mi madre. Por precaución, ella me puso los dedos en los labios. Si nos hubieran sorprendido allí, mi padre se habría puesto furioso.

A mis hermanas y a mí nos cautivó el desfile de hijos, sobrinos y nietos del fallecido rey. Hombres altos con túnicas de mucho vuelo que se reunían en silencio, muy serios y con gran dignidad. La estoica faz del príncipe heredero Faisal atrajo nuestra atención. Incluso a mis infantiles ojos parecía triste y terriblemente agobiado. En 1963 todos los saudíes eran conscientes de que el príncipe Faisal dirigía el país con gran tino, mientras que el rey Saud lo gobernaba con absoluta incompetencia. Se murmuraba que el reinado de Saud era solo un símbolo de la unidad familiar ferozmente protegida. Se le tenía por un arreglo anómalo, desleal con el país y con el príncipe Faisal, y de improbable duración.

El príncipe Faisal se mantenía apartado del grupo. Su voz, habitualmente baja, se elevó por encima del clamor para preguntar si le permitirían hablar de asuntos graves para la familia y para el país. El príncipe temía que perdiéramos en muy poco tiempo el trono conquistado con tanto esfuerzo. Dijo que la gente de la calle se estaba hartando de los excesos de la familia real; que se hablaba no solo de desposeer a su hermano Saud por decadente, sino de arrinconar a todo el clan saudí y elegir como sustituto en el liderazgo a un religioso.

El príncipe Faisal dirigió una severa mirada a los príncipes más jóvenes al afirmar que su abandono del estilo de vida tradicional de beduinos creyentes acabaría derribando el trono. Dijo que su corazón se hallaba sumido en la tristeza, pues pocos jóvenes de la familia real querían trabajar y la mayoría se contentaba con vivir de sus emolumentos mensuales procedentes del petróleo. Siguió una gran pausa mientras él aguardaba los comentarios de sus hermanos y demás parientes. Y al ver que no iba a haberlos, añadió que si él, Faisal, controlase la riqueza que proporcionaba el petróleo, les cortaría el chorro de dinero a los príncipes para que buscaran un trabajo honroso. Y señalando con la cabeza a su hermano Mohammed tomó asiento tras un suspiro. A través de la celosía observé el nervioso desasosiego de varios primos jóvenes. Y aunque la mejor mensualidad solo fuera de diez mil dólares, los hombres saudíes se enriquecían cada vez más a costa del país. Arabia es un país muy extenso y la mayoría de las propiedades pertenecen a nuestra familia. Además, no se firma un solo contrato de construcción que no beneficie a alguno de nosotros.

El príncipe Mohammed, el tercero en edad de los hermanos vivos, empezó a hablar; por lo que pudimos colegir, el rey Saud se empeñaba en recobrar el poder absoluto que le habían quitado en 1958. Se rumoreaba que se hallaba en el campo, y que levantaba la voz contra su hermano Faisal. Era un momento desintegrador para la familia saudí, pues sus miembros siempre habían mostrado un frente común ante el pueblo árabe.

Recuerdo cuando mi padre contó el relato de por qué en la sucesión del trono se saltaron a Mohammed, el mayor de los hermanos después de Faisal. El viejo rey había dicho que si el temperamento de Mohammed se veía apoyado por el poder de la corona morirían muchos hombres, pues de todos era conocido su carácter violento.

Mi atención volvió a la reunión a tiempo de oírle decir al príncipe Mohammed que la propia monarquía se hallaba en peligro; que entreveía la posibilidad de derrocar al rey y poner en su lugar al príncipe Faisal. El resoplido de asombro que dio Faisal fue tan fuerte que sofocó la voz de Mohammed. Faisal parecía llorar cuando habló quedamente. Dijo que le había prometido a su bienamado padre en el lecho de muerte que jamás se opondría a que gobernase su hermano y que no consideraría romper aquella promesa por ningún concepto, ni aun en el caso de que los saudíes llevaran al país a la bancarrota. Si las conversaciones para derrocar a su hermano iban a ser el tema central de la reunión, entonces él, Faisal, se vería obligado a abandonarla.

Se oyó un zumbido de voces cuando los hombres de nuestra familia acordaron que Mohammed, el mayor de los hermanos después de Faisal, tratase de hacer entrar en razón a nuestro rey. Vimos a los hombres juguetear con sus tazas de café mientras hacían votos de lealtad al deseo de su padre de que todos los hijos de Abdul Aziz formaran un frente unido ante el mundo. Y, tras el tradicional intercambio de despedidas, vimos que los hombres abandonaban la sala con el mismo silencio con que habían entrado en ella.

Yo no podía imaginar que aquella reunión fuera el principio del fin del reinado de mi tío, el rey Saud. Cuando la historia salió a la luz, la familia contempló tristemente, con nuestros paisanos, cómo los hijos de Abdul Aziz se veían obligados a exiliar del país a uno de los suyos. Mi tío Saud había llegado a tal grado de desesperación que al fin mandó una nota amenazadora a su hermano el príncipe Faisal. Y esa acción selló su suerte, pues era absolutamente impensable que un hermano pudiese insultar o amenazar a otro. En las leyes no escritas de los beduinos los hermanos nunca se enfrentan entre sí.

Y una crisis febril hizo erupción en el seno de la familia y en todo el país. Aunque más tarde supimos que los prudentes planteamientos del príncipe heredero habían evitado la revolución buscada por el tío Saud. Él se había hecho a un lado con objeto de dejar a sus hermanos y al sacerdote decidir el mejor curso de acción para nuestro joven país. Y al hacerlo así le quitó hierro al drama personal, de modo que a los hombres de estado les resultó menos explosivo adoptar las decisiones apropiadas.

Dos días después nos enteramos, por una de las esposas de

mi tío, de la abdicación de Saud, pues aquellos días mi padre había estado fuera con sus hermanos y con sus primos. Una de nuestras tías favoritas, casada con el rey Saud, irrumpió muy agitada en nuestra casa. Quedé estupefacta al ver que se levantaba el velo que le cubría el rostro ante nuestros sirvientes varones. Acababa de llegar de Nasriyah, el palacio de desierto del tío Saud (un edificio que a mis ojos era el colmo de lo que se puede conseguir con dinero sin medida, y el ruinoso ejemplo de lo que iba mal en nuestro país).

Mis hermanas y yo nos apiñamos alrededor de mamá, pues la tía había perdido los estribos y acusaba a gritos a toda la familia. Se mostró singularmente colérica con el príncipe heredero, a quien culpó de la caída de su marido. Nos dijo que sus cuñados habían conspirado para apoderarse del trono que su padre le había dado a uno de su elección, a Saud. A voces nos dijo que el Ulema, el Consejo de Sacerdotes, se había presentado en palacio aquella misma mañana para informar a su marido que debía dejar sus funciones de rey.

Me sentía arrebatada por la escena que se desarrollaba ante mí, pues en nuestro mundo casi nunca presenciamos altercados. Lo nuestro es hablar suavemente y mostrarnos de acuerdo con quienes tenemos delante, y manejar después las dificultades a la chita callando. Cuando nuestra tía, que era una mujer muy bella, de largos rizos negros, empezó a arrancarse el cabello y a destrozar los valiosos collares de perlas que adornaban su cuello, comprendí que se trataba de un asunto muy serio. Por fin mamá pudo calmarla lo suficiente para conducirla al salón y ofrecerle una taza de balsámico té. Mis hermanas se apiñaron ante la cerrada puerta tratando de oír sus cuchicheos. Yo aparté a patadas grandes mechones de pelo y me agaché para recoger las perlas, grandes y suaves. Y al ver que recogía puñados de ellas, las dejé en una jarra vacía del vestíbulo para que no se perdieran.

Mamá acompañó a nuestra llorosa tía a su «Mercedes» negro, y todas la observamos hasta que su chófer se llevó con él velozmente a su inconsolable pasajera. No volvimos a ver a nuestra tía jamás, pues acompañó a tío Saud y a su séquito al exilio. Pero mamá no olvidó advertirnos que no nos sintiéramos enojadas con tío Faisal, que nuestra tía hablaba de aquel modo porque estaba enamorada de un hombre amable y generoso, aunque un ser así no sea siempre el mejor gobernante. Nos dijo que tío Faisal iba a llevar a nuestro país a unos años de prosperidad y estabilidad y que, al hacer eso, se ganaba el odio de los menos capacitados. Aunque según los niveles occidentales mi madre apenas había recibido educación, en verdad era una mujer muy sabia.

FAMILIA

Animada por Iffat, la esposa del rey Faisal, y pese a la resistencia de mi padre, mamá se las compuso para dar una educación a sus hijas. Durante muchos años mi padre se negó a considerar siquiera esa posibilidad. Mis cinco hermanas mayores no recibieron otra educación escolar que la de una institutriz que venía a casa, y solo para hacerles memorizar el Corán. Seis tardes por semana, dedicaban dos horas a repetir las palabras de la profesora egipcia, Fátima, una mujer severa de unos cuarenta y cinco años. En una ocasión, ella pidió permiso a mis padres para ampliar la educación de mis hermanas a fin de que incluyese Ciencias, Historia y Matemáticas. Mi padre respondió con un rotundo no, y el recital de las palabras del Profeta, y solo sus palabras, continuó resonando por toda la casa.

Conforme pasaban los años, mi padre vio que muchas de las familias de la nobleza empezaron a permitir a sus hijas los beneficios de la educación. Con la llegada de la gran riqueza del petróleo, que liberó a casi todas las mujeres saudíes (excepto campesinas y beduinas) de cualquier tipo de trabajo, el ocio y el aburrimiento se convirtieron en un problema nacional. Aunque los miembros de la nobleza fueran más ricos que la mayoría de los árabes, la riqueza propiciada por el petróleo facilitó a todos los hogares criados venidos del Este y de otras regiones pobres.

Los niños necesitan que se les estimule, pero mis hermanas y yo teníamos poco o nada que hacer, aparte de jugar en nuestras habitaciones o vagar por los jardines de las mujeres. No había donde ir ni nada en que entretenerse, pues cuando yo era niña la ciudad ni siquiera tenía parques públicos ni zoológico.

Agotada por aquellas cinco hijas llenas de energía, mamá pensó que el colegio le daría un descanso, al tiempo que ampliaba nuestros horizontes. Y al fin, con la ayuda de tía Iffat, mamá consiguió que mi padre lo aceptase. Y de ello se siguió que las cinco hijas menores de nuestra familia, incluidas Sara y yo, disfrutaron de la nueva era de educación para las mujeres, aunque se nos diera a regañadientes.

Las primeras clases nos las dieron en casa de una prima, miembro de la realeza. Siete familias saudíes empleaban a una muchacha de Abu Dhab, una ciudad de los Emiratos. Nuestro pequeño grupo de alumnas, dieciséis en total, se llamaba en aquella época *Kutab*, entonces un popular método de enseñanza de grupo para chicas. Todos los días nos reuníamos en casa de nuestra noble prima desde las nueve de la mañana hasta las dos de la tarde, de sábado a jueves.

Fue allí donde mi hermana predilecta, Sara, mostró por vez primera su inteligencia. Era mucho más rápida que las chicas que le doblaban la edad. Incluso la profesora le preguntó si tenía estudios primarios, e hizo ademanes de admiración al enterarse de que carecía de ellos.

Nuestra institutriz había tenido la suerte de contar con un padre de ideas modernas que la mandó a estudiar a Inglaterra. A causa de su deformidad, pues era coja, no había encontrado a nadie que quisiera casarse con ella, por lo que eligió el camino de la libertad y la independencia. Nos decía sonriendo que su pie deforme fue para ella un don de Dios para asegurarse de que su mente no se deformara también. Aun cuando vivía con nuestra real prima (era y sigue siendo imposible que una mujer viva sola en Arabia), ganaba un salario y tomaba decisiones vitales sin influencia ajena.

Me gustaba, sencillamente, porque era paciente y gentil cuando me olvidaba de hacer los deberes. A diferencia de

Sara, yo no era una alumna modélica, y me encantaba que la profesora no mostrase un gran disgusto por mis defectos. Me interesaba mucho más el dibujo que las Matemáticas; y cantar, más que rezar mis oraciones. A veces Sara me pellizcaba si me portaba mal, pero cuando yo aullaba mi desesperación interrumpiendo por completo la clase, ella me abandonaba a mis extravagancias. Desde luego, la institutriz se adaptaba a la perfección al nombre que le pusieran veintisiete años antes, Saquina, que en árabe significa «tranquilidad».

La señorita Saquina le dijo a mamá que Sara era la alumna más inteligente que jamás había tenido. Y al empezar yo a dar saltos y preguntarle a voces qué pensaba de mí, ella se tomó un largo tiempo para pensarlo antes de contestar; y al fin, sonriendo abiertamente, replicó:

—Y Sultana seguro que será muy famosa.

Aquella noche, en la cena, mamá le contó la anécdota a mi padre con orgullo. Este, visiblemente ufano, sonrió a Sara. Mamá resplandecía de contento, pero entonces mi padre le preguntó, con gran crueldad, cómo era posible que una chica nacida de sus entrañas llegara a aprender. Tampoco le concedía ninguna contribución en el talento de Alí, que era el primero de su clase en un moderno instituto de enseñanza media de la ciudad. Sin duda, las proezas intelectuales de sus hijos las habían heredado únicamente de él.

Aún hoy me estremezco de espanto al ver sumar o restar a mis hermanas mayores. Y le dedico una corta plegaria de gratitud a tía Iffat por haber cambiado la vida de tantas mujeres saudíes.

En el verano de 1932, tío Faisal viajó a Turquía, y encontrándose allí se enamoró de una muchacha extraordinaria que se llamaba Iffat al Zunayán. Al oír esta que el joven príncipe saudí estaba visitando Constantinopla, su madre y ella acudieron a él para hablarle de una finca que había sido de su padre, ya muerto, y cuya propiedad se hallaba en litigio. (Originariamente los Zunayán eran saudíes, pero habían pasado a manos turcas durante el largo dominio de la zona por los otomanos.) Impresionado por la belleza de Iffat, Faisal las invitó, a ella y a su madre, a visitar Arabia para resolver el malentendido acerca de la finca. Y no solo le dio la propiedad, sino que se casó con ella. Mi madre decía que tío Faisal había ido de mujer en mujer como un poseso hasta que conoció a Iffat.

Durante el reinado de tío Faisal, Iffat fue el motor para conseguir la educación de las muchachas. Sin su esfuerzo, hoy a las mujeres todavía no se les admitiría en las aulas de Arabia. Yo sentía admiración por su fuerte carácter y afirmaba que quería llegar a ser como ella. Incluso tuvo el valor de contratar una institutriz inglesa para sus hijas, quienes, pese a su sangre real, resultaron ser las menos apegadas a las riquezas.

Por desgracia, a muchos de sus nobles primos les arrastró la súbita riada de la prosperidad. Mamá solía decir que los beduinos habían sobrevivido al desnudo vacío del desierto, pero que no sobreviviríamos a la enorme riqueza de los campos petrolíferos. Para la mayoría de los saudíes más jóvenes, las calladas gestas de la mente y las piadosas creencias religiosas de sus padres no poseían ningún atractivo. Estoy convencida de que la vida fácil ha significado la decadencia de los muchachos de aquella generación, y que sus grandes fortunas les han quitado la ambición y las satisfacciones verdaderas. Seguramente la debilidad de nuestra monarquía, la de Arabia Saudí, se deba a nuestro apego por el despilfarro. Temo que este sea nuestra perdición.

La mayor parte de mi infancia la pasé viajando por mi tierra, de una ciudad a otra. Por las venas de todos los saudíes corre la nómada sangre beduina y en cuanto regresan de un viaje empiezan a preparar el siguiente. Nosotros, los saudíes, aunque ya no poseamos ovejas a las que apacentar, no podemos dejar de buscar pastos más verdes.

Riad era la sede del Gobierno, aunque a ningún miembro de la familia saudí le gustaba particularmente la ciudad; sus quejas acerca de la monotonía de la vida en Riad no tenían fin. Era demasiado seca y calurosa; los religiosos se tomaban demasiado en serio a sí mismos y las noches eran demasiado frías. La mayor parte de la familia prefería Jidda o At Táif.

Jidda, con sus viejos puertos, estaba más abierta a los cambios y a la moderación. Allí, con las brisas marinas, todos respirábamos mejor.

Los meses de diciembre a febrero generalmente los pasábamos en Jidda. A Riad regresábamos para los meses de marzo, abril y mayo. Los calores de los meses veraniegos nos llevaban a los montes de At Táif de junio a septiembre; entonces se producía la vuelta a Riad para pasar allí octubre y noviembre. Y, naturalmente, pasábamos el mes del Ramadán y dos semanas del Haj en La Meca, nuestra ciudad santa.

En 1968, año en que cumplí los doce, mi padre se había convertido en un hombre extraordinariamente rico. Pese a su riqueza, era uno de los saudíes menos despilfarradores. Aunque eso no le impidió edificar para cada una de sus cuatro familias cuatro palacios, en Riad, Jidda y At Táif y España. Los palacios eran exactamente iguales, incluso en los muebles y en el color de sus alfombras. Mi padre odiaba los cambios y quería sentirse como si siguiera en el mismo hogar aun después de viajar de una ciudad a otra. Recuerdo que a mamá le ordenó comprar cada cosa por cuadruplicado, incluso la ropa interior de sus hijos. No quería que los suyos tuvieran que molestarse en hacer las maletas. Entrar en mis habitaciones de Jidda o At Táif y ver que eran las mismas de Riad, con ropas idénticas colgando en armarios idénticos, me parecía mágico. De todos mis libros y juguetes se compraban cuatro ejemplares, y en cada uno de los palacios se dejaba uno.

Mamá rara vez se quejaba, pero cuando mi padre le compró cuatro «Porsches» rojos idénticos a mi hermano Alí, que por aquel entonces solo tenía catorce años, declaró a voces que era una vergüenza aquel despilfarro habiendo tanto pobre en el mundo. Pero en lo que se refería a Alí no se ahorró jamás.

Cuando cumplió los diez años, Alí recibió su primer reloj de oro «Rolex». Aquello me disgustó de un modo especial, pues yo le había pedido a mi padre una gruesa pulsera de oro que vi en el zoco, y él había rechazado ásperamente mi petición. Dos semanas después de que Alí recibiera su «Rolex»,

vi que lo había dejado en una mesa junto a la piscina. Llevada por los celos, hice añicos el reloj con un pedrusco.

Por una vez no se descubrió mi travesura, y sentí una gran
satisfacción viendo que mi padre soltaba una reprimenda a Alí
por no ser cuidadoso con sus pertenencias. A la semana o poco
más, naturalmente, le regalaban a Alí otro «Rolex» de oro; y
volvió mi resentimiento infantil y mis ganas de vengarme.

A menudo me habló mamá de mi odio por mi hermano.
Mujer sagaz, veía el fuego en mis ojos incluso cuando yo me
sometía a lo inevitable. Por ser la menor de la familia, fui yo
a quien mamá, mis hermanas y los demás parientes mimaron
más: Cuando lo pienso, me cuesta negar que me malcriaron
más allá de lo imaginable. Porque era menuda para mi edad,
en contraste con el resto de mis hermanas, que eran altas y
robustas, toda mi infancia fui tratada como un bebé. Mis hermanas eran silenciosas y contenidas, como correspondía a las
princesas saudíes. Y yo era escandalosa y desobediente, y me
importaba muy poco mi imagen real. ¡Cómo habré puesto a
prueba su paciencia! Pero, incluso hoy, a la menor señal de
peligro, cualquiera de mis hermanas saldría inmediatamente
en mi ayuda.

Por contraste, para mi padre yo solo representaba uno
más de sus muchos disgustos. Por consiguiente pasé mi niñez
tratando de ganarme su afecto. Y finalmente, perdida la esperanza de conquistar su amor, quise atraer ruidosamente su
atención como fuera, incluso en forma de castigo por mis travesuras; imaginé que si me miraba muchas veces, al fin reco-
nocería mis rasgos singulares y acabaría por querer a su hija
aunque siguiese amando a Alí. Pero resultó que mis maneras
pendencieras aseguraron el pase de la indiferencia a la franca
antipatía.

Mamá aceptaba el hecho de que la tierra donde habíamos
nacido estuviese destinada a la separación de los sexos. Niña
aún, con el mundo abriéndose ante mí, yo todavía tenía que
llegar a esa conclusión.

Pensándolo ahora, supongo que Alí habrá tenido, junto a
su lado malo, su lado bueno, aunque entonces me resultara

muy difícil ver otra cosa que su gran defecto: Alí era cruel. Yo le veía mofarse de Sami, un hijo anormal del jardinero. El pobrecito tenía unos brazos larguísimos y unas piernas deformes. Al andar quedaba realmente muy ridículo. A menudo, cuando los amiguitos de Alí venían a casa, él llamaba al pobre Sami y le mandaba andar con su «paso de mono». Nunca se fijó en la patética expresión de Sami ni en las lágrimas que se deslizaban por sus mejillas.

Cuando Alí se topaba con gatitos, los encerraba lejos de la gata madre y aullaba de satisfacción al ver que esta intentaba en vano alcanzarlos. En casa nadie se atrevía a castigar a Alí, pues nuestro padre no veía mal alguno en sus crueles maneras.

Tras una charla especialmente conmovedora con mamá, rogué por mis sentimientos por Alí y decidí tratar de manejar a mi hermano a la manera «saudí», en vez de enfrentarme a él. Además, mamá utilizaba los deseos de Dios como trampolín, y utilizar a Dios siempre ha sido una fórmula admirable para convencer a los niños de que cambien. En los ojos de mamá vi finalmente que mi actual sistema desembocaría en una senda espinosa.

Pero antes de una semana mis buenas intenciones se vieron frustradas por el ruin comportamiento de Alí. Mis hermanas y yo encontramos un cachorro que evidentemente había perdido a su madre y lloriqueaba de hambre. Embargadas de emoción por nuestro hallazgo, corrimos a recoger botellines y a calentar leche de cabra y nos turnamos para alimentarlo. A los pocos días el cachorro estaba gordo y robusto. Le envolvimos en harapos e incluso le enseñamos a sentarse en nuestro cochecito.

Aunque es verdad que a la mayoría de los musulmanes no les gustan los perros, es raro hallar a alguien capaz de hacerle daño a una cría, de la especie que sea. E incluso una devota musulmana como nuestra madre sonreía ante las bufonadas del cachorro.

Una tarde llevábamos a *Basem* (que en árabe significa «rostro sonriente») en un cochecito, cuando acertó a pasar Alí con sus amigos. Notando la excitación de estos al ver al perrito, Alí decidió que el cachorro fuese suyo. Mis hermanas y yo luchamos y gritamos cuando él trató de arrancárnoslo de las manos. Al oír la conmoción, nuestro padre salió de su estudio y, cuando Alí le dijo que quería el cachorro, él ordenó que se lo entregásemos. Nada de cuanto dijimos o hicimos pudo cambiar la decisión de nuestro padre; Alí quiso el cachorro y Alí tuvo el cachorro.

Las lágrimas corrían por nuestras mejillas cuando Alí se alejó muy contento con *Basem* pegado a sus pies. Se había perdido para siempre la posibilidad de amar a mi hermano, y mi odio se endureció al enterarme de que enseguida se hartó de los lloriqueos de *Basem* y que, yendo un día en coche a ver a unos amigos, había arrojado al cachorro por la ventana en plena marcha.

MI HERMANA SARA

Me sentía muy desgraciada, porque Sara, mi hermana predilecta, estaba llorando en los brazos de mamá. Es la novena hija viva de mis padres y me lleva tres años. Solo nos separa Alí. Era el decimosexto cumpleaños de Sara y debería haber irradiado felicidad, pero mamá acababa de comunicarnos las malas noticias dadas por nuestro padre.

Sara llevaba velo desde su primer período, hacía dos años. El velo la marcaba como no persona y ella pronto dejó de hablar de los sueños de su infancia de llegar a ser alguien en la vida. Y se fue distanciando de mí, su hermana menor, pues todavía faltaba algún tiempo para que yo me pusiera el velo. El frío distanciamiento de Sara hizo vagar mi imaginación por los felices recuerdos de la infancia que compartí con ella. Y de súbito me resultó evidente que la felicidad solo se aprecia en contraste con la desgracia, pues nunca supe lo felices que habíamos sido hasta que tuve que enfrentarme con la desgracia de Sara.

Ella era preciosa, mucho más bonita que yo o que cualquiera de sus otras hermanas. Su gran belleza se había convertido en una maldición, pues muchos hombres habían sabido de ella por sus madres o sus hermanas y ahora querían casarse con ella. Sara era alta y delgada, y su cutis blanco y sedoso. Sus grandes ojos castaños brillaban sabiendo que todos cuantos la veían admiraban su belleza. Y su larga cabellera negra era la envidia de sus hermanas.

Pese a su belleza natural era genuinamente dulce, y todos los que la conocían la querían. Por desgracia, Sara no solo se ganó la maldición que va unida a la gran belleza, sino que además era excepcionalmente inteligente. En nuestro país, las mujeres inteligentes tienen asegurado un futuro de pesar, pues no hay donde emplear la inteligencia.

Sara deseaba estudiar arte en Italia y ser la primera en abrir una galería de arte en Jidda; había estado trabajando por este objetivo desde los doce años. Su habitación estaba abarrotada de libros sobre los grandes maestros. Sara hacía volar mi imaginación con sus descripciones del magnífico arte europeo. Justo antes del anuncio de su boda, cuando me hallaba saqueando en secreto sus habitaciones, vi una lista de los lugares que planeaba visitar en Florencia, Venecia y Milán.

Con mucho pesar me enteré de que los sueños de Sara no se cumplirían jamás. Y aun cuando es cierto que en mi país la mayoría de los matrimonios los traman en las familias las mujeres de más edad, en la nuestra quien tomaba decisiones en todos los terrenos era mi padre. Mucho tiempo atrás había decidido que su hija más bella se casaría con un hombre de gran alcurnia y riqueza.

Y el hombre con quien había decidido casar a su hija más deseable era miembro de una familia prominente de comerciantes de Jidda que quería beneficiarse de la influencia financiera de nuestra familia. El novio fue escogido solo por negocios del pasado y del futuro. Tenía sesenta y dos años y Sara iba a ser su tercera esposa. Aunque ella no había visto jamás al viejo, él se había enterado de su gran belleza por las mujeres de su familia y estaba ansioso por fijar la fecha de la boda. Mamá había intentado intervenir en favor de Sara pero, como siempre, la respuesta de mi padre careció de emoción alguna por las lágrimas de su hija.

Y ahora Sara se había enterado de que iban a casarla. Mamá me había ordenado abandonar la estancia, pero me había dado la espalda y la engañé haciendo ruido de pasos y dando un portazo. Me deslicé dentro del armario y lloré en silencio mientras mi hermana insultaba a nuestro padre, nuestra tierra y nuestras costumbres. Gritaba tanto que me perdí muchas de sus palabras, aunque la entendí muy bien cuando dijo que estaba segura de que la sacrificaban como a una oveja.

Mamá lloraba también, pero no tenía palabras de consuelo para Sara, pues sabía que su marido tenía el pleno derecho de disponer de sus hijas para casarlas con quien quisiera. De sus diez hijas, seis ya se habían casado con hombres no elegidos por ellas, y mamá sabía que las cuatro restantes seguirían aquel sombrío destino; que no había poder en la tierra capaz de impedirlo.

Mamá me oyó lloriquear en el armario. Al verme, agitó la cabeza entrecerrando los ojos, aunque no hizo ningún esfuerzo para que saliera. Me dijo que trajera toallas frías y luego su atención volvió a centrarse en Sara. A mi regreso le aplicó las toallas en la cabeza a Sara, calmándola para que durmiera. Después tomó asiento y contempló a su hija menor durante muchos minutos; finalmente se levantó y con un triste y largo suspiro, me tomó de la mano y me llevó a la cocina. Aunque no era hora de comer y la cocinera se hallaba sesteando, mamá me preparó un pedazo de tarta y un vaso de leche fría. En aquel tiempo tenía yo trece años, aunque era menuda para mi edad; y ella me acunó un buen rato.

Por desgracia las lágrimas de Sara solo sirvieron para endurecer el corazón de mi padre. La sorprendí suplicándole. En su dolor, estaba tan fuera de sí que acusó a nuestro padre de odiar a las mujeres. Y le escupió un verso de Buda: «La victoria alimenta el odio, pues los vencidos no son felices...» Nuestro padre, rígido de cólera, se dio la vuelta y abandonó la estancia. Ella se lamentó a su espalda clamando que hubiera sido mejor no haber nacido, que su pena era una carga excesiva para su felicidad. Con una voz horrible, nuestro padre respondió diciendo que adelantaría la fecha de la boda para acortar su dolor.

Por lo general, nuestro padre venía a nuestra villa una noche de cada cuatro. Los hombres de fe musulmana con varias esposas siguen una rotación en sus noches para dedicar a cada una de sus esposas y familias el mismo tiempo. Y cuando un hombre se niega a ver a su esposa e hijos se produce una situación muy seria, una especie de castigo. Nuestra casa se hallaba en tal estado de alboroto por los sufrimientos de Sara, que nuestro padre instruyó a mamá, que era la primera mujer y, por lo tanto, la esposa con mando, para que notificara a sus otras tres esposas que él visitaría en rotación sus casas (y no la nuestra) cada tres noches. Antes de abandonar nuestra casa le dijo secamente a mamá que curase a su hija de sus febriles enojos y que la guiase pacíficamente a su destino, que en palabras de él era el de «una obediente esposa y buena madre».

Yo apenas recuerdo las bodas de mis otras hermanas. Me acuerdo vagamente de sus lágrimas, pero era tan pequeña que el trauma emocional del matrimonio con un extraño no había podido entrar en mi cabeza. Pero aún hoy puedo cerrar los ojos y traer a mi mente todos los detalles de los acontecimientos que ocurrieron los meses anteriores a la boda de Sara, de la misma boda, y de los tristes sucesos que se desarrollaron durante las semanas siguientes.

Yo tenía la reputación de ser una niña difícil, la hija que con mayor frecuencia ponía a prueba la paciencia de mis padres. Deliberada y temerariamente, creaba estragos en casa. Era quien echaba arena al motor nuevo del «Mercedes» de Alí; quien birlaba dinero del billetero de mi padre; quien enterraba la colección de monedas de oro de Alí en el patio trasero; y quien liberaba de sus vasijas a unas serpientes verdes y a unos espantosos lagartos para soltarlos en la piscina familiar mientras Alí flotaba sobre ella dormitando en su colchoneta.

Sara era la hija perfecta, de silenciosa obediencia, y en los trabajos escolares había obtenido las mejores notas. Aun cuando a mí, pese a quererla con locura, me parecía débil. Pero Sara nos sorprendió a todos durante las semanas que precedieron a su boda. Al parecer tenía una fuerza oculta para el valor, pues visitó a diario el despacho de nuestro padre llevándole anuncios de que no iba a casarse. Incluso llegó a llamar a la oficina del hombre con quien habían programado casarla, y le había dejado un tremendo mensaje a su secretaria india en que decía que ella, Sara, le tenía por un viejo desagradable, y que debería casarse con mujeres y no con niñas. Naturalmente, la secretaria india creyó que era mejor no entregarle aquel mensaje a su jefe, bajo ningún concepto. ¡Pero Sara, muy decidida, volvió a llamar y quiso hablar personalmente con él! Le dijeron que no estaba en el despacho, y que pasaría varias semanas en París. Harto de la conducta de Sara, nuestro padre mandó desconectar los teléfonos y Sara fue confinada en sus habitaciones.

Y la sombría realidad que aguardaba a Sara se abrió ante ella; y llegó el día de la boda. Los días de lamentarse inquieta no habían disminuido en nada su belleza. Si acaso parecía más bella, casi translúcida, como una criatura celestial que no hubiera sido hecha para este mundo. Como se había adelgazado, los negros ojos, cuyos rasgos parecían cincelados, le dominaban el rostro; la profundidad de su mirada no tenía fin y a través de sus enormes pupilas negras pude verle el alma. Y vi miedo en ella.

Nuestras hermanas mayores y algunas primas y tías llegaron muy temprano el día de la boda para preparar a la novia para el novio. Mi indeseada presencia escapó a la atención de las mujeres, pues permanecí como una piedra en un rincón del gran vestidor que había sido convertido en la habitación donde preparar a la novia.

Había allí no menos de quince mujeres atendiendo los menores detalles de la boda. La primera ceremonia, el *halawa*, la ofició mamá con la tía de más edad. A Sara tuvieron que depilarle todo el pelo del cuerpo, salvo el cabello y las cejas. Una mezcla especial de azúcar, agua de rosas y zumo de limón con la que deberían rociarle el cuerpo hervía ahora en la cocina a fuego lento. Cuando la fina mezcla se secara sobre su cuerpo la arrancarían, y el vello de Sara saldría pegado a la mezcla. El aroma era muy dulce, pero los aullidos de dolor de Sara me hicieron estremecer.

Prepararon la alheña para la última aspersión sobre los exuberantes rizos de Sara a fin de que su pelo brillase con bellísimos reflejos. Las uñas se las pintaron de un rojo brillante (el color de la sangre, reflexioné sombría). El vestido de novia, de encaje rosa, colgaba junto a la puerta. El indispensable collar de diamantes y la pulsera y los pendientes a juego estaban apilados sobre el tocador. Aunque hacía varias semanas que el novio había mandado las joyas como presente de boda, Sara ni siquiera había abierto los estuches.

Cuando una novia saudí es feliz, su vestidor se llena de risas y de animados comentarios sobre el acontecimiento. En la boda de Sara el humor era sombrío; quienes la atendían, igual podrían haberse hallado preparando su cuerpo para la tumba. Todo el mundo hablaba en susurros y no había respuestas de Sara. La vi muy hundida, en contraste con las fogosas reacciones de las semanas anteriores. Más tarde entendería su actitud, aquel estado de trance.

Temeroso de que la novia deshonrase el nombre de la familia gritando sus objeciones o, incluso, insultando al novio, mi padre había dado órdenes a uno de los médicos paquistaníes de palacio para que inyectase a Sara durante todo el día fuertes sedantes. Luego averiguamos que el mismo médico le había dado al novio las píldoras sedantes para Sara. Le contaron al novio que Sara era muy nerviosa y que estaba muy emocionada por la boda, y que aquel medicamento era para el estómago. Y ya que el novio nunca había visto a Sara, en los siguientes días debió suponer que se trataba de una muchacha inusualmente dócil y silenciosa. Aunque en mi país muchos viejos se casan con chicas muy jóvenes y estoy segura de que están acostumbrados al terror de sus jóvenes novias.

Un redoble de tambores señaló la llegada de los primeros invitados. Por fin las mujeres habían terminado con Sara. Le habían deslizado la delicada túnica por la cabeza, cerrado la cremallera y calzado las babuchas rosas. Mamá le colocó el collar de diamantes alrededor del cuello. En voz alta comenté que el collar parecía un nudo corredizo. Una de mis tías me dio un capón y otra me retorció la oreja, pero Sara no dejó escapar ni un sonido. Todas la miramos en asustado silencio; sabíamos que ninguna novia podía haber sido más bonita.

En el patio trasero habían levantado una gran carpa para la ceremonia. Los jardines estaban inundados de flores traídas de Holanda. Las miles de lámparas de colores suspendidas hacían que los jardines quedasen realmente espectaculares. Ante tanto esplendor olvidé por unos momentos lo sombrío de la situación.

La carpa rebosaba ya de invitados. Mujeres de la realeza, que literalmente se doblaban bajo el peso de sus diamantes, rubíes y esmeraldas, compartían un acontecimiento de sociedad con los plebeyos, algo poco común. A las mujeres saudíes de clase humilde se les permite ver nuestras bodas siempre que se cubran el rostro con el velo y no confraternicen con los personajes de sangre real. Una de mis amigas me contó que a veces los hombres se cubren con un velo y se unen a esas mujeres para poder contemplar nuestros rostros prohibidos. Por supuesto, a los invitados varones se les atendía en un importante hotel de la ciudad y disfrutaban de unos festejos iguales a los de las invitadas: podían comer, charlar y bailar.

En Arabia Saudí, los hombres celebran las fiestas en un local y las mujeres en otro. Los únicos hombres a quienes se permitía reunirse con las mujeres en las fiestas eran el novio, su padre, el padre de la novia y un sacerdote para que oficiara la breve ceremonia. En este caso el padre del novio había fallecido, por lo que, llegado el momento, solo nuestro padre acompañaría al novio para que este pudiera pedirle la novia.

De súbito los sirvientes y los esclavos empezaron a destapar los alimentos. Hubo rápidos desplazamientos hacia el festín. Las invitadas con velo fueron las primeras en asaltar las viandas; aquellas pobres mujeres engullían la comida bajo sus velos. Otras invitadas empezaron a probar salmón ahumado de Noruega, caviar ruso, huevos de codorniz y otras exquisiteces de *gourmet*. Cuatro mesas enormes temblaban bajo el peso de los manjares: el aperitivo se hallaba a la izquierda, los platos fuertes en el centro y los postres a la derecha, y aparte, a un lado, los refrescos. Naturalmente, no había alcohol a la vista. Aunque muchas invitadas de la realeza llevaban unos enjoyados frasquitos en sus bolsos. De vez en cuando se retiraban entre risas a los servicios para echar un traguito.

Unas bailarinas de la danza del vientre venidas de Egipto se desplazaron al centro de la carpa. La multitud de mujeres de todas las edades guardó silencio y contempló los movimientos de las bailarinas con intereses encontrados. Esa era mi parte predilecta de las bodas, pero muchas de las mujeres parecían hallarse incómodas ante aquella exhibición erótica. Nosotros, los saudíes, nos lo tomamos demasiado en serio, y contemplamos con suspicacia la diversión y las risas. Pero quedé muy sorprendida cuando una de mis tías de más edad, plantándose en medio del gentío, se unió a los meneos de las bailarinas. Era sorprendentemente hábil, aunque oí el murmullo de desaprobación de muchas de mis parientes.

Una vez más el redoble de los tambores llenó el aire y comprendí que le tocaba aparecer a Sara. Todas las invitadas miraron hacia la entrada de la villa con expectación. No hacía mucho que las verjas se habían abierto por completo y Sara, acompañada por nuestra madre a un lado y una tía al otro, fue escoltada hasta el pabellón.

Desde la última vez que había visto a mi hermana, habían dispuesto sobre su rostro un velo como una nube rosa, que sujetaba en su lugar una tiara de rosadas perlas. El diáfano velo no hacía más que realzar su extremada belleza; se oyó un rumor cuando las invitadas manifestaron su aprobación por su aspecto debidamente angustiado. Al fin y al cabo, una joven novia virgen debe aparentar su papel; estar asustada hasta lo más íntimo de su ser.

Docenas de parientes invitadas seguían tras ella, llenando el aire del sonido del desierto para las algazaras y las fiestas: el chillido tembloroso que las mujeres producen chasqueando la lengua contra el paladar. Otras mujeres se unieron al coro con sus chillidos. Sara se tambaleaba, aunque mamá la mantenía en pie.

Mi padre y el novio no tardaron en hacer su aparición. Yo ya sabía que el novio era mayor que mi padre, pero a la primera ojeada sentí que me rebelaba decididamente. A mis ojos infantiles me pareció un anciano, y pensé que se parecía mucho a una comadreja. Y se me encogió el estómago ante la idea de sus contactos físicos con mi tímida y sensible hermana.

El novio tenía una expresión lasciva al levantar el velo de Sara. Ella estaba demasiado drogada para reaccionar; y permaneció inmóvil frente a su nuevo dueño. La auténtica ceremonia de la boda había tenido lugar muchas semanas antes; y ninguna mujer estuvo presente. En aquella ceremonia nupcial solo habían tomado parte hombres, pues se trataba de la firma de contratos de dote e intercambio de documentos legales. Hoy se dirían las pocas palabras que completarían el rito de la boda.

El sacerdote miraba a mi padre al pronunciar las palabras rituales diciendo que Sara se casaba con el novio en compensación de la dote convenida. Luego miró al novio que, en respuesta, replicó que aceptaba a Sara por esposa y que a partir de aquel momento ella se hallaría bajo su protección y cuidado. Ninguno de los hombres miró ni una sola vez a la novia durante la ceremonia.

Con la lectura de algunos pasajes del Corán el sacerdote bendijo entonces el enlace de mi hermana. De pronto las mujeres se pusieron a chillar y producir con sus lenguas el ululante sonido del desierto. ¡Sara estaba casada! Los hombres se miraron, contentos y sonrientes. Sara permanecía inmóvil, y el novio sacó una bolsita del bolsillo de su adornada camisa y arrojó monedas de oro a los invitados. Me estremecí al verle aceptar con aire satisfecho las felicitaciones por su boda con una mujer tan bella. Luego asió el brazo de mi hermana y se apresuró a sacarla de allí.

Los ojos de Sara se me quedaron mirando al cruzarse ella en mi camino; yo comprendía que alguien tenía que ayudarla, aunque estaba segura de que nadie iba a hacerlo. Y de súbito recordé las palabras de Sara a nuestro padre: «La victoria alimenta el odio, pues los vencidos no son felices.» En mi dolorida mente no hallé consuelo sabiendo que el novio no encontraría jamás la felicidad en una unión tan amargamente injusta. Ningún castigo podía ser suficiente para él.

DIVORCIO

Nuestro padre nos prohibió ver a Sara durante los tres primeros meses de su matrimonio. Sara necesitaba tiempo para hacerse a su nueva vida y responsabilidades, dijo, y ver a su familia solo serviría para inflamar sus deseos de volver a una inútil vida de sueños. Nuestra ruidosa aflicción por su esclavitud no originó más que unos impasibles ademanes de rechazo. A los ojos de nuestro padre Sara estaba haciendo aquello para lo que han nacido las mujeres: servir al varón, proporcionarle placer y darle hijos.

Sara no se había llevado nada de sus habitaciones. Quizá entendiera que la presencia de sus libros y otros objetos de su deleite no serviría más que para hacer más sombría su realidad actual. Para mí era como si Sara hubiera muerto; su desaparición dejó un hueco insondable en mi vida. Yo lamentaba su ausencia pasando largas horas con sus pasatiempos y me hallé adoptando facetas de su personalidad. Leí su Diario, y viví sus sueños como míos; lloré con la rabia de quienes ponen en tela de juicio la sabiduría de un Dios que permite que la maldad venza contra la inocencia.

Por haberme encontrado en la cama de Sara, con su camisón puesto y leyendo sus libros de pintura, mamá ordenó que en adelante sus habitaciones permanecieran cerradas bajo llave.

No tuvimos que sufrir los tres meses de espera impuestos por nuestro padre para ver a Sara. Cinco semanas después de la boda ella intentó suicidarse.

Yo me hallaba en los jardines hablando en idioma animal con algunos de los animales de nuestro recién construido zoo privado, cuando de pronto vi que Omar tropezaba y perdía sus sandalias en sus prisas por entrar por la puerta principal. Omar, que tenía la piel muy morena, estaba blanco como el papel. Tras sacudirse el polvo de la camisa y quitarse la arena de las sandalias junto al muro, me dijo que corriéramos a buscar a mamá.

Mi madre, que poseía un sexto sentido con sus hijos, en cuanto vio a Omar le preguntó qué le pasaba a Sara.

Ningún árabe le contaría la verdad a un pariente cuando un miembro de su familia se halla enfermo, agonizando o muerto. Sencillamente, somos un pueblo que no sabe arreglárselas para transmitir malas noticias. Si un niño muere, la desafortunada persona a quien le corresponde la misión de comunicárselo a la familia empezará por decir que el niño no se encuentra bien. Tras ser interrogada, la persona dirá que fue necesario llevarlo al médico, y luego admitirá que se halla en el hospital. Después de intensos requerimientos por parte de los miembros de la familia de que amplíe la información, el mensajero acabará finalmente por decir que la enfermedad es grave y que la familia haría bien en disponer el viaje para trasladarse junto al lecho del ser querido. Lo más lejos que irá un árabe a dar malas noticias es preparar a la familia para recibirlas peores aún del médico.

Omar le contó a mamá que Sara había ingerido carne en malas condiciones y que en aquellos momentos estaba hospitalizada en una clínica privada de Jidda. Que nuestro padre iba a llevar allí a mamá en un avión particular antes de una hora. Apretando los dientes, mamá se dio la vuelta como una exhalación, para recoger el velo y la capa.

Me eché a llorar pegada a sus faldas, por lo que moderó el paso para permitirme ir con ella… si prometía no hacer una escena en la clínica en el caso de que Sara se hallase sin esperanzas de salvación. Se lo prometí y corrí a las habitaciones de Sara, y aporreé y pateé las cerradas puertas hasta que una de las criadas dio con la llave. Quería llevarle a Sara su libro de pintura favorito.

Omar nos llevó en coche a la oficina de nuestro padre, pues había olvidado recoger nuestro permiso para viajar. En Arabia un hombre debe escribir una carta permitiendo el viaje a las mujeres de su familia. Sin ella, podían detenernos en la Aduana y denegarnos el permiso de subir a bordo del avión. Nuestro padre nos mandó también los pasaportes pues, como le dijo a mamá, quizá resultara necesario llevar a Sara a Londres para seguir allí su tratamiento. ¿Carne en mal estado? ¿Londres? Yo sabía lo que se hallaba en mal estado, y era la historia de nuestro padre. Pensé que seguramente mi hermana había muerto.

Volamos a Jidda en un pequeño avión particular. El vuelo fue tranquilo, aunque el ambiente en el interior del aparato estuvo cargado de tensión. Mi madre apenas habló, y mantuvo los ojos cerrados durante la mayor parte del vuelo. No hacía muchos años que había efectuado ella su primer viaje en coche. En aquel momento, al ver que movía los labios, supe que le estaba mandando a Dios dos plegarias distintas: la primera, para que Sara se hallara con vida, y la segunda, para que el aeroplano nos dejara sanas y salvas junto a Sara.

Tanto el piloto como el copiloto eran norteamericanos y enseguida me sentí atraída por sus maneras, amistosas y abiertas. Me preguntaron si quería sentarme en la cabina con ellos. Mamá asintió a regañadientes ante mi frenético pataleo y los movimientos de mis manos. Jamás me había sentado en la cabina con anterioridad. Y Alí siempre se sentaba en ella.

Al principio me sentí atemorizada a la vista del cielo abierto, y el avión me pareció un juguete entre las nubes y el duro suelo. Solté un gritito de alarma y retrocedí. John, el más alto de los americanos, me dirigió una sonrisa tranquilizadora y me explicó pacientemente las funciones de los diferentes botones y artilugios. Para sorpresa mía me veía allí, inclinada sobre su hombro, completamente a mis anchas. Una de las raras ocasiones en mi corta vida en que me sentía tranquila y cómoda en presencia de hombres. Es triste decirlo, pero mi padre me daba miedo. Y a Alí y a mis hermanastros los detestaba y esta nueva sensación era extraña, pues me sentía embriagada al saber que los hombres, a quienes había sido educada para tener como dioses, podían ser tan normales y tan poco amenazadores. Aquello era algo nuevo sobre lo que habría que pensar.

Al mirar por la ventanilla comprendí lo que embargaba el corazón de las águilas cuando planean sobre nosotros y experimenté una maravillosa sensación de libertad. Mis pensamientos derivaron hacia Sara y la sorprendente comprobación de que las aves y los animales eran más libres que mi hermana. Me juré a mí misma que yo sería la única dueña de mi vida, sin importar las cosas que tuviera que hacer ni las penas que tuviese que soportar.

Me reuní con mamá para el aterrizaje del avión; ella me tomó en sus amantes brazos y me retuvo tiernamente mientras el aparato se deslizaba hacia la terminal. Y aun cuando se cubría con el velo, yo conocía todas sus expresiones y la oí soltar un largo y atormentado suspiro.

Me despedí de los amables americanos. Confiaba en que nos llevasen de vuelta a Riad, pues ya sentía una camaradería con los dos hombres que habían prestado tanta importancia a las tontas y febriles preguntas de una chica.

Ya en la clínica, oímos llantos y lamentos al recorrer el largo pasillo. Mamá aceleró el paso y me estrechó la mano con tal fuerza que tuve ganas de quejarme.

Sara seguía con vida, pero esta pendía de un hilo. Nos turbó sobremanera averiguar que había tratado de poner fin a su vida metiendo la cabeza en el horno de gas. Estaba muy quieta y mortalmente pálida. Su marido no se encontraba allí, aunque había mandado a su madre con ella. Y ahora la anciana empezó a regañarla duramente y en voz muy alta por molestar así a su hijo y a su familia. Era una bruja vieja y despreciable. Sentí ganas de arañarle el rostro para verla salir corriendo; pero me acordé de la promesa que le hice a mamá. Conque me contuve y, respirando con dificultad a causa de mi cólera, palmeé las suaves e inertes manos de Sara.

Echándose el velo sobre la cabeza, mamá se encaró con la vieja. A mamá le habían angustiado muchas posibilidades, pero el descubrimiento de que su hija hubiera tratado de suicidarse fue inesperado y aplastante. Y al ver que le asaltaba una fría cólera contra la madre del marido sentí deseos de animarla aplaudiéndola. Y cortó en seco a la mujer al preguntarle qué habría hecho su hijo para que una chica tan joven deseara quitarse la vida. Y le ordenó apartarse del lecho de Sara, pues aquel no era lugar para gente malvada. La anciana se fue sin siquiera ponerse el velo. Pudimos oír su voz subiendo de tono cuando a gritos le pedía a Dios compasión.

Al volverse hacia mí, mamá vio mi sonrisa y mi admiración. Yo le temía a su cólera y por un breve y cegador instante creí que Dios no iba a abandonarnos. Sara se salvaría. Pero sabía que la vida de mamá iba a ser horrible cuando mi padre se enterase de sus palabras. Conociéndole, él sentiría cólera, no compasión, por el desesperado acto de Sara, y con toda seguridad iba a ponerse furioso con mamá por defender a su hija. En Arabia los ancianos son reverenciados de verdad. No importa lo que digan o hagan, ni su conducta; nadie se atreve a enfrentarse a un anciano. Al plantarle cara a la vieja mi madre había sido una tigresa protegiendo a su cría. Sentí que el corazón me estallaba en el pecho, de orgullo por su valor.

Después de tres días de no llamar ni una sola vez, el marido de Sara se presentó en la clínica a reclamar su propiedad. Para cuando llegó, mamá había descubierto la fuente de la desesperación de Sara. Y se enfrentó a su yerno con desprecio. El flamante marido de Sara era un sádico. Había sometido a esta a unas tremendas brutalidades sexuales, hasta que ella creyó que la única escapatoria era la muerte. Incluso nuestro padre sintió repugnancia al enterarse de los padecimientos de su hija. Aunque estuvo de acuerdo con su yerno en que la esposa pertenece al marido. El de Sara le prometió a mi padre que sus relaciones con ella no se saldrían de lo normal.

Las manos de mamá temblaron y sus labios soltaron un aullido cuando nuestro padre le comunicó su decisión. Sara empezó a llorar y trató de abandonar la cama diciendo que no quería vivir. Amenazó con cortarse las venas si la obligaban a volver con su marido. Mamá protegió a Sara como una montaña y por primera vez en su vida desafió a su marido. Le dijo a mi padre que Sara no volvería jamás a la casa de un monstruo; que ella, su madre, iría con aquella historia al rey y al Consejo de Sacerdotes y que ni uno ni otro permitirían que siguiera adelante una cosa así. Mi padre amenazó a mamá con el divorcio, pero ella se mantuvo firme y le replicó que hiciera lo que quisiera, pero que no volvería a sumir a su hija en aquella depravación.

Mi padre aguantó sin pestañear. Seguramente se daba cuenta de que con toda probabilidad los sacerdotes obligarían a Sara a volver con su marido. Si había precedentes, advertirían al marido que tratara a su esposa en los términos establecidos por el Corán, y luego le darían la espalda a aquella situación tan desagradable. Mi padre aguantó firme la mirada, analizando la resolución de mamá. Pero temeroso ante su clara determinación y con el deseo de evitar la pública interferencia en los asuntos de familia, cedió por única vez en su vida de casado.

Y puesto que éramos de la realeza, y como no quería romper los lazos con mi padre, el marido aceptó a regañadientes divorciarse de Sara.

El Islam le da al hombre el derecho a divorciarse sin motivos ni preguntas. Y sin embargo a una mujer le resulta muy difícil divorciarse de su marido. Si Sara se hubiera visto forzada a presentar la demanda contra su marido, hubiesen surgido muchos inconvenientes, pues las autoridades religiosas podrían haber sentenciado que «quizá le estuviera desagradando una cosa que Alá había ideado para su propio bien», obligando a Sara a quedarse con su marido. Pero este cedió y al fin pronunció tres veces las palabras «yo me separo de ti» en presencia de dos testigos varones. El divorcio sería definitivo en cuestión de segundos.

¡Sara era libre y volvía a casa!

Cada trastorno es una transición. Mi mundo juvenil resultó transformado con la boda de Sara, con el intento de suicidio y con su divorcio. Nuevos pensamientos, nuevas ideas empezaron a tomar cuerpo en mi mente; nunca volvería ya a pensar como una niña.

Pasé horas meditando las tradiciones primitivas que rodeaban al matrimonio en mi tierra. Numerosos factores determinan la nupcialidad de una chica en Arabia Saudí: su apellido, la fortuna de su familia, carecer de deformidades; y su belleza. Salir con chicas es tabú, con lo que el hombre tiene que depender de la vista de lince de su madre y hermanas, que constantemente buscan parejas adecuadas para él. Incluso después de que la boda se haya concertado y se haya fijado su fecha, rara es la vez que una chica ve a su futuro marido antes de la ceremonia. Aunque algunas veces las familias permiten el intercambio de fotografías.

Si la chica es de buena familia y carece de defectos físicos, disfrutará de buen número de proposiciones. Si posee una gran belleza, muchos hombres mandarán a sus madres o a sus padres a mendigar la boda, pues en Arabia la belleza es un gran bien para las mujeres. Y no debe manchar la reputación ningún escándalo, naturalmente; de lo contrario, la atracción por su belleza se marchitaría. Una chica así enseguida se vería casada como tercera o cuarta esposa de un viejo de algún pueblo lejano.

Para los matrimonios de sus hijas, muchos hombres saudíes dejan la decisión final a sus esposas, sabiendo que ellas concertarán la mejor boda posible para la familia; aunque muchas veces también la madre insistirá en una boda no deseada, incluso contra las protestas de la hija. Al fin y al cabo la madre se casó con un hombre temido y su vida siguió adelante sin que se cumpliesen el horror y dolor que había imaginado. La madre enseñará a su hija que el amor y el afecto no duran; que es mejor casarse con un miembro de una familia que conozcamos. Y también hay hombres, como mi padre, que basan las decisiones sobre el matrimonio de sus hijas en razones de ganancias económicas o personales, y no existe una instancia superior ante quien apelar el veredicto. Pese a sus sueños íntimos, a su belleza y a su inteligencia, Sara no fue al fin más que un peón en los planes de mi padre para mejorar su fortuna.

Haber visto de cerca las cuitas de mi adorada hermana me

llenó de una nueva determinación: mi idea era la de que nosotras, las mujeres, deberíamos tener voz y voto en la decisión última de unos asuntos que alteraban nuestra vida para siempre. Y a partir de entonces empecé a vivir, respirar y conspirar para conseguir en mi tierra los derechos de las mujeres, a fin de que pudiésemos vivir con dignidad y realizarnos plenamente, cosas a las que el varón tiene derecho desde el nacimiento.

ALÍ

Pocos meses antes del regreso de Sara, Nura, mi hermana mayor, convenció a mi padre de que Sara y yo debíamos ver el mundo exterior. Ninguna de nosotras había podido sacar a Sara de su crónica depresión y Nura creyó que un viaje sería la mejor medicina. Yo había estado dos veces en España como turista, aunque era tan pequeña que mis experiencias no contaban como viajes.

Casada con uno de los nietos de nuestro primer rey, Nura gustaba a nuestro padre por su boda y su sosegada y plácida visión de la vida. Nura iba por la vida como le habían enseñado, sin hacer preguntas. Con el paso de los años, a nuestro padre le cayó cada vez mejor, pues, de las demás hijas, pocas tenían las cualidades complacientes de Nura. Desde el divorcio de Sara nuestro padre ponía a Nura como ejemplo para las demás. Nura se había casado con un extraño y su matrimonio había resultado satisfactorio; la auténtica razón de ello era, claro, que su marido era atento y considerado.

Mi padre creía que Sara había provocado a las claras a su marido para su conducta delictiva. En Oriente Medio, la culpa nunca es del hombre. Si mata a su mujer, el hombre puede hallar para su acción unas razones válidas que otros hombres aceptan sin más. He visto en mi país artículos de periódico que elogiaban a algún hombre por haber matado a su esposa o a su hija por el crimen de «conducta indecente». La sola sospecha de acciones sexuales impropias, tales como besos, le pueden acarrear la muerte a una muchacha. Y además los sacerdotes felicitarán públicamente al padre por su «notable» acción, al hacer cumplir los mandamientos del Profeta.

Nura y Ahmed se hallaban en plena construcción de un palacio y ella quería ir a Europa para comprar muebles italianos. De camino nos detendríamos en Egipto para que los pequeños de Nura pudiesen ver las pirámides.

Con veintidós hijas de cuatro esposas, a mi padre se le solía oír murmurar «las mujeres son la maldición de los hombres». Y no ayudaba a sosegarlo que sus hijas menores se hallasen en una especie de rebelión contra el reinado absoluto de los hombres. Nuestras charlas y nuestros actos no tenían antecedentes y fueron incomprendidos. Aunque sabíamos demasiado bien que nunca alcanzaríamos las alturas a que aspirábamos, solo nuestras conversaciones eran ya una victoria, pues ninguna mujer saudí se había planteado siquiera los temas que discutíamos con tanta libertad.

Nura quería que mamá fuese al extranjero con nosotras, pero esta se había mostrado sospechosamente silenciosa desde el regreso de Sara. Era como si su gran rebelión contra la autoridad de mi padre la hubiera dejado exangüe. Ella apoyó la idea del viaje, pues quería que Sara conociese Italia; aunque creía que yo era demasiado joven y debería quedarme en casa. Pero, como de costumbre, una de mis rabietas temperamentales obtuvo el resultado deseado. Sara mostraba escaso interés, pese a poder ver las maravillas artísticas de Italia, pero yo no cabía en mí de felicidad.

Mi alegría se desvaneció ante el vanidoso anuncio de Alí de que iba a ir con nosotras. Nuestro padre estimó que yo necesitaba una carabina. Y al instante perdí la cabeza ante la idea de la traicionera presencia de Alí para arruinarme las vacaciones, y decidí injuriarle del peor modo posible. Y, agarrando su *ghutra* (el típico tocado árabe) y su *igaal* (cordón negro que se pone alrededor de la *ghutra*), salí corriendo por la casa hasta el baño. No tenía ni idea de lo que iba a hacer con aquello, pero los hombres saudíes se sienten gravemente ofendidos si alguien se atreve siquiera a tocar su *ghutra*; y yo sentía una gran necesidad de herir a Alí del modo más rápido.

Y cuando Alí me siguió hasta allí gritando que se lo iba a contar a nuestro padre, le estampé la puerta en las narices. Él se magulló la mano y, por llevar sandalias, se rompió el dedo gordo del pie. Por sus gritos y lamentos los criados creyeron que lo estaba matando, aunque ninguno acudió en su ayuda.

Y no sé lo que me pasó, quizá fueran las voces de aquel gran matón lamentándose y suplicando compasión: eché su gorro al retrete y pulsé el botón. Al *igaal* no se lo tragó el agua, ni siquiera cuando lo empujé frenéticamente con el cepillo. ¡El empapado cordón quedó atascado en el retrete! Cuando Alí vio lo que había hecho, me atacó. Ambos nos hallábamos peleando enzarzados en el suelo cuando descubrí lo mejor que podía hacerle: tirar de su dedo roto y retorcérselo. Al oír sus gritos de agonía, mamá intervino, salvándole de mis años de rabia impotente.

Sabía que me encontraba en un gran apuro. Pensé fríamente que mi situación no podía ser peor, por lo que cuando mamá y Omar se llevaron a Alí a la clínica para que le enyesaran el dedo, me deslicé en su habitación y reuní su lote de tesoros secretos, que estaban prohibidos a la vez por nuestra religión y nuestras leyes.

Aquellos «tesoros» eran los típicos objetos que guardan los chicos de todo el mundo, pero cuya posesión es un grave delito bajo nuestras leyes religiosas en Arabia. Mucho antes ya había descubierto su colección de *Playboy*, *Penthouse* y otras revistas parecidas. Últimamente le había encontrado además un juego de diapositivas. Me las había llevado a mis habitaciones; las pasé, perpleja, con el proyector: hombres y mujeres desnudos hacían toda clase de cosas raras; algunas mostraban incluso a mujeres con animales. Alí, obviamente, se las había prestado a otros muchachos alguna que otra vez, pues había estampado claramente su nombre en cada uno de los artículos prohibidos.

Por aquel tiempo era demasiado inocente para saber con exactitud el significado de todo aquello, pero sabía que aquellos «tesoros» eran malos porque él había guardado siempre su escondrijo secreto en la misma vieja caja andrajosa, bajo la etiqueta «notas del colegio». Me conocía muy bien sus pertenencias, después de tantos años de curiosear entre sus cosas. Así que fui y me llevé cuidadosamente todas las revistas junto con las diapositivas. Encontré incluso siete botellines de alcohol que Alí se había traído de un viaje de fin de semana a Bahrein. Y sonreí pensando en mis planes mientras metía todo aquello en una bolsa de papel.

En Arabia se construyen mezquitas en todos los barrios, pues el Gobierno ha declarado prioritaria la construcción de mezquitas a tiro de piedra de todo musulmán varón. La obligación de orar cinco veces al día es mucho más fácil cumplirla si uno se halla a corta distancia de una mezquita. Y aun cuando los rezos se pueden decir en cualquier lugar siempre que se digan de cara a La Meca, se cree que es preferible hacerlo en una mezquita.

Por vivir en uno de los barrios de mayor riqueza, disponíamos de una mezquita enorme construida de blanco mármol opalescente. Y debido a que eran las dos de la tarde, sabía que los fieles de mediodía la habrían abandonado ya; sería seguro, podría llevar a cabo mi plan sin ser vista. Y con el caluroso clima de Arabia, incluso los sacerdotes estarían haciendo la siesta.

Abrí la puerta de la mezquita, asustada, y atisbé cuidadosamente su interior antes de entrar. Y no llevando aún el velo, pensé que mi presencia quizá no despertase mucha curiosidad. Tenía preparada mi historia, por si me pillaban. Si me preguntaban, diría que iba a la caza de mi gatito que había estado deambulando por la escalinata de la mezquita.

Esta se hallaba sorprendentemente fresca y acogedora. Yo nunca había estado en su interior, aunque había seguido muchas veces a mi padre y a Alí cuando iban a orar. A Alí le habían inculcado desde los seis años el hábito de orar las cinco veces diarias. Noté que mi respiración se agudizaba al recordar el dolor que sentía cuando observaba el orgullo con que mi padre le llevaba de la mano y cruzaba con él la gran entrada de la mezquita… mientras yo me quedaba contemplándo-les, siempre apenada y rabiosa, desde la calle.

En mi país, a las mujeres les está prohibida la entrada en las mezquitas. Aun cuando el Profeta Mahoma no les prohi-bió orar públicamente en ellas, sí dijo que sería preferible que rezasen en la intimidad de sus hogares. Y el resultado es que, en Arabia Saudí, a ninguna mujer se le ha permitido jamás entrar en una mezquita.

No había nadie por los alrededores. Aceleré el paso sobre aquel suelo de mármol, y el taconeo de mis sandalias sonaba muy fuerte y raro. Coloqué la bolsa que contenía los artícu-los prohibidos de Alí en el hueco de la escalera que llevaba al alminar, desde donde los altavoces propagan las palabras del Profeta Mahoma sobre nuestras ciudades cinco veces al día. Al pensar en los cantos del muecín llamando a los fieles a la oración, empecé a sentirme culpable por mi travesura. Luego recordé la mueca de superioridad de Alí cuando me decía que nuestro padre me mandaría azotar y que él, Alí, reclamaría el placer de hacerlo personalmente. Y volví a casa con una son-risa de satisfacción. ¡Para empezar, que se librara de esta, si podía!

Por la noche, antes de que mi padre regresara de su des-pacho, tres *mutawas* (o sacerdotes) llegaron a nuestra puerta. Atisbando por una de las ventanas del piso superior, yo (y tres sirvientas filipinas) les vimos gritarle a Omar y gesticular fu-riosamente a los cielos, señalando luego unos libros y revis-tas que sostenían con evidente asco. Aunque tenía ganas de reír, seguí mirando al frente muy seria.

A todos los extranjeros y a la mayoría de los saudíes les atemorizan los *mutawas*, pues tienen muchísimo poder y siempre están buscando señales de debilidad en los demás. Incluso los miembros de la realeza tratan de evitar su aten-ción.

Dos semanas atrás, una de nuestras criadas filipinas había encolerizado a los *mutawas* por ir al zoco con una falda que le llegaba por las rodillas. Un grupo de sacerdotes le había gol-peado con unos bastones y le había cubierto las piernas de pintura roja. Mientras que el Gobierno de Arabia Saudí no permite que vengan turistas al país, muchas mujeres trabajan en nuestras ciudades más importantes como enfermeras, secretarias o asistentas domésticas. Y muchas de esas mujeres sienten la cólera de quienes hablan de Dios pero desprecian a las de nuestro sexo. Si una mujer es tan necia como para desafiar nuestras tradiciones exponiendo a la vista brazos o piernas descubiertas, corre el riesgo de ser apalizada y cubierta de pintura.

La criada había tratado de quitarse la pintura de las piernas, pero estas seguían tan coloradas que parecían hallarse en carne viva. Estaba convencida de que la Policía religiosa le había seguido el rastro hasta su residencia y de que ahora venían a buscarla para meterla en la cárcel. Y corrió a esconderse debajo de mi cama. Yo hubiera querido revelarle el motivo de su visita, pero tenía que guardar el secreto, incluso ante las criadas filipinas.

Omar estaba muy pálido cuando apareció en la casa buscando a gritos a Alí. Vi que mi hermano se alejaba por el pasillo apoyando solo el talón del pie derecho y tratando de no perder el equilibrio. Los seguí y me reuní con mamá y Alí en el salón, en donde Omar se hallaba marcando el número de teléfono del despacho de mi padre. Los *mutawas* se habían ido, llenando a Omar de muestras del contrabando delictivo: una revista, varias diapositivas y un botellín de licor. Conservaron el resto como prueba de la culpabilidad de Alí. Le miré la cara a este, y le vi palidecer al ver sus «tesoros secretos» esparcidos sobre las rodillas de Omar.

Al advertir mi presencia, Omar me pidió que me fuera, pero yo me pegué a las faldas de mi madre, quien me dio unas palmadas en la cabeza. Mamá tenía que haber odiado el modo en que Omar trataba a sus hijas, y aguantó desafiadora su mirada. Omar decidió ignorarme, y le dijo a Alí que se sentara, que nuestro padre se encontraba de camino a casa y los *mutawas* habían ido a dar parte a la Policía. Iban a detener a Alí, dijo con rotunda seguridad.

El silencio en la sala era como la calma antes de la tempestad. Por un instante quedé aterrorizada, pero Alí recobró enseguida su compostura y prácticamente escupió a Omar al afirmar:

—No pueden detenerme, a mí; yo soy un príncipe. Esos sacerdotes fanáticos no son más que unos pesados mosquitos en mis tobillos.

Y de pronto pensé que la cárcel quizá no le doliera a Alí.

Un chirrido de frenos señaló la llegada de mi padre. Entrando en tromba en la estancia y conteniendo a duras penas su cólera, agarró los artículos prohibidos uno tras otro. Al hojear la revista le echó a Alí una dura mirada. Apartó el whisky a un lado, despectivo, pues todos los príncipes tienen whisky en sus casas. Pero cuando levantó la diapositiva hacia la lámpara para verla a contraluz, nos gritó a mamá y a mí que abandonásemos la estancia. Y oímos cómo le pegaba a Alí con fuerza.

En conjunto aquel había sido un mal día para mi hermano.

Pero los *mutawas* debieron de pensar dos veces aquello de acudir a la Policía para que detuvieran a uno de los miembros de la realeza, pues volvieron a las pocas horas con cierta piadosa cólera, pero sin mucha convicción. Aun cuando incluso nuestro padre tuvo sus dificultades para excusar ante los *mutawas* las diapositivas de mujeres copulando con animales.

Corría el año 1968 y el rey Faisal no era tan tolerante con las fechorías de los jóvenes príncipes como lo había sido su hermano Saud. Los *mutawas* se sentían en una situación de poder, pues todos, mi padre y ellos, sabían que su tío el rey se sentiría muy ofendido si el contenido de las diapositivas llegaba a ser de dominio público. Eran bien conocidos los temores de los *mutawas* ante el curso de modernización de nuestro país. El rey Faisal advertía continuamente a sus hermanos y primos que controlasen a sus hijos para evitar que la cólera de los sacerdotes cayera sobre las cabezas de los hombres que gobernaban. El rey aseguraba a los fieles de más edad que él llevaba al país a la modernización necesaria, no a una occidentalización degenerada. Los *mutawas* veían la prueba de la decadencia de Occidente en la conducta de la realeza.

Y la colección de diapositivas de Alí no tranquilizó sus mentes con respecto a la comentada decadencia de la propia familia real.

Hasta bien entrada la noche oímos que los *mutawas* buscaban el castigo adecuado para el hijo de un príncipe. Alí tenía suerte de ser un miembro de la familia saudí. Los *mutawas* sabían que, salvo que el rey diera su aprobación, con el actual sistema jurídico ningún príncipe podía ser acusado en nuestro país. Rara vez había ocurrido tal cosa, por no decir ninguna. Pero si Alí hubiera sido miembro de los saudíes comunes, o de la comunidad de extranjeros, habría sido condenado a una larga pena de cárcel.

En casa conocíamos demasiado bien la triste historia del hermano de uno de nuestros chóferes filipinos. Aquel hombre, que trabajaba para una empresa constructora italiana de Riad, había sido detenido cuatro años atrás por poseer una película pornográfica. Ahora se hallaba cumpliendo una condena de siete años de cárcel, y no solo languidecía allí sino que además le habían condenado a recibir diez latigazos todos los viernes. Y nuestro chófer, que le visitaba todos los sábados, lloraba al contarle a Alí que cada vez que iba a ver a su pobre hermano le encontraba ennegrecido de la cabeza a los pies de resultas de los latigazos del día anterior. Temía que no llegara vivo al año siguiente.

Por desgracia para Alí, su culpabilidad fue establecida sin sombra de duda y estamparon su nombre en cada uno de los artículos prohibidos. Finalmente se llegó a un compromiso entre las partes: mi padre donó una gran suma de dinero a la mezquita y a Alí se le obligó a ir a ella cinco veces al día para apaciguar a los hombres de Dios, a la vez que al mismo Dios. Los *mutawas* sabían que muy pocos de los príncipes se molestaban en ir a orar, y que a Alí le sería especialmente fastidioso un castigo como aquel. Se le anunció que en los doce meses siguientes tendría que presentarse al sumo sacerdote de nuestra mezquita en cada rezo. Su única excusa sería hallarse ausente de la ciudad. Y puesto que Alí dormía casi siempre hasta las nueve de la mañana, se puso muy ceñudo ante la sola idea de la oración del alba. Y además tendría que escribir mil veces en papel sellado «Dios es grande, y yo le he ofendido corriendo tras las costumbres corruptas e inmorales del Occidente ateo». Y como última condición se le obligaba a revelar el nombre de la persona que le había facilitado las revistas y las diapositivas. Resultó que las revistas Alí las había introducido en el país al volver de sus viajes al extranjero, pues en la Aduana a los príncipes solo les echan una ojeada de cortesía. Pero las diapositivas se las había vendido un extranjero occidental a quien había conocido en una fiesta y con quien había hecho amistad; y Alí, deseoso de cargarle el muerto a un villano occidental, se apresuró a facilitar a los *mutawas* el nombre y las señas laborales de este. Más tarde nos enteramos de que aquel tipo había sido detenido, azotado y expulsado del país.

Lo pasé muy mal. Mi estúpida travesura había deshonrado a mi familia con una dolorosa humillación. No creo que la lección le doliera a Alí, pero sé que a mis padres les afectó en gran manera y que perjudicaría a seres inocentes. Y me avergüenza confesarlo: me aterraba que se descubriese mi culpabilidad. Y le prometía a Dios que si me dejaba salir indemne aquella vez, a partir de entonces me portaría bien.

Omar acompañó a los *mutawas* a la puerta. Mamá y yo aguardamos a que mi padre y Alí volviesen al salón. Respirando ruidosamente, mi padre asió a su hijo por un brazo y lo empujó hacia la escalera. Alí miraba hacia donde me hallaba yo y nuestras miradas se encontraron. Y en un instante caí en la cuenta de que él había comprendido que yo era la culpable de aquello. Observé con tristeza que él parecía más dolido que encolerizado.

Y empecé a sollozar, pues sentía el peso de la terrible acción que había cometido. Mi padre me miró compadecido y le gritó a Alí, entre empujones, que había molestado a toda la familia, incluso a los niños inocentes. Por primera vez en la vida mi padre se acercó a mí y, tomándome en sus brazos, me dijo que no me preocupara.

Y entonces me sentí muy mal. El gesto cariñoso que había deseado toda la vida… y la alegría con la cual tantas veces había soñado la destruyó aquel esquivo premio conseguido de un modo tan artero.

Y sin embargo mi fechoría había logrado su objetivo. Jamás se habló del dedo roto de Alí, ni del retrete atascado con su *igaal*. Un pecado había compensado al otro de tal modo que habían terminado por borrarse mutuamente.

EL VIAJE

Pese a la reciente tempestad familiar, el viaje a Egipto y a Italia seguía adelante, aunque mi corazón no sentía ya ninguna alegría. Estaba preparando las maletas y haciendo las listas cuando vi que Alí pasaba con recelo y cautela ante la puerta de mi dormitorio. Anteriormente, Alí me habría dedicado muy poca atención. Se burlaba de mí por ser chica, alguien con quien pelear o a quien empujar a veces, una persona que no valía la pena. Pero ahora me miraba de un modo distinto, pues descubrió sorprendido que yo, una simple chica y la más pequeña de la familia, era una contrincante valiosa y peligrosa.

El día de nuestra partida se necesitaron seis limusinas para trasladarnos al aeropuerto. Once de nosotros viajaríamos durante cuatro semanas: Nura y Ahmed, con tres de sus cinco hijos; dos de nuestras doncellas filipinas; Sara y yo; y Alí y su amigo Hadi.

Hadi le llevaba dos años a mi hermano y estudiaba en el Instituto Religioso, un colegio de Riad para los chicos que aspiraban a convertirse en *mutawas*. Hadi impresionaba a los adultos citando el Corán y actuando de un modo muy piadoso en su presencia. Mi padre confiaba en que Hadi ejerciera una buena influencia en sus hijos. Hadi contaba a todo el que quisiera escucharle su punto de vista acerca de las mujeres: todas ellas deberían ser confinadas en su hogar; le dijo a Alí que las mujeres eran la causa de todos los males de la Tierra.

Parecía que aquel iba a ser un viaje muy agradable, teniendo a Alí y Hadi con nosotras.

Mamá no nos acompañó al aeropuerto; en los días anteriores se había hallado triste y decaída: supongo que las «travesuras» de Alí la dejaron muy preocupada. Nos deseó buen viaje en el jardín y nos hizo ademanes de despedida desde la verja principal. Llevaba el velo, pero yo sabía que las lágrimas resbalaban por sus mejillas. Presentía que algo andaba mal, aunque no tenía tiempo para analizar el caso mientras tuviéramos ante nosotras las perspectivas de aquel emocionante viaje.

Ahmed acababa de comprarse un nuevo avión, por lo que el vuelo fue un asunto estrictamente familiar. Observé a los pilotos para ver si eran los que nos habían llevado a mamá y a mí a Jidda; vi con pesar que no eran ellos. En la cabina se hallaban dos pilotos británicos y parecían muy amistosos. La familia real tenía contratado un buen número de ciudadanos americanos y británicos como pilotos privados. Ahmed conferenciaba con los dos hombres mientras Nura y las criadas se instalaban con sus tres pequeñas. Sara se había quitado el velo y, abrigándose con una manta, asía sus preciosos libros. Hadi la miró con disgusto y le cuchicheó algo a Alí, furioso, quien a su vez le mandó a Sara cubrirse con el velo hasta que abandonásemos Arabia. Ella le replicó que no podía leer a través del tupido velo, y que si fuera listo cerraría su horrible boca.

Antes aun de emprender el vuelo ya habíamos tenido nuestra pelea familiar. Intenté pisarle el dedo malo a Alí, pero fallé; Alí trató de darme un coscorrón: yo bajé la cabeza y él falló. Por ser la mayor autoridad masculina, Ahmed gritó que todo el mundo tomara asiento y guardara silencio. Nura y él intercambiaron una mirada; comprendí que ya se estaban preguntando si habrían acertado con su generosa invitación.

Los tres lugares sagrados del Islam son La Meca, Medina y Jerusalén. La primera es la que cautiva el corazón de mil millones de musulmanes repartidos por todo el mundo, pues fue allí donde Alá le reveló su voluntad a su Profeta Mahoma. Los fundamentos de nuestra religión son cinco ritos obligatorios llamados los «pilares de la religión». Y uno de estos requiere que todo musulmán con medios suficientes debe cumplir con el Haj. Ningún musulmán que se precie se sentirá completo sin haber efectuado su peregrinación a La Meca al menos una vez en su vida.

Nuestro segundo lugar santo, Medina, considerada la «ciudad del Profeta», es el sitio donde sepultaron a Mahoma.

Y Jerusalén es nuestra tercera ciudad sagrada, pues fue allí donde Dios llevó a Mahoma al cielo sobre la cúpula de la Gran Roca, de la Kaaba. A los musulmanes se les saltan las lágrimas a la sola mención de Jerusalén, pues ahora es una ciudad ocupada; ya no es libre, ni abierta a nuestra gente.

Si La Meca, Medina y Jerusalén son las fuentes espirituales de los musulmanes, El Cairo es la coronación de la propia estimación de todo musulmán. El Cairo representa cincuenta siglos de titánica supervivencia y obsequia a los árabes con la maravilla de una de las mayores civilizaciones que han aparecido sobre la Tierra. Egipto es una fuente de orgullo para los árabes. Las gestas, el poder y la riqueza de los antiguos egipcios hace que la riqueza petrolera de los árabes modernos parezca endeble y frágil. Y fue en El Cairo, en esa ciudad que estalla de vida desde el principio de los tiempos, donde yo me convertí en mujer. En la cultura árabe, que tanta importancia le da al paso de la niñez a la edad adulta en la mujer, todas las niñas aguardan con una mezcla de miedo y profunda satisfacción la aparición de la primera menstruación. Cuando mis amigas occidentales me contaron que al ver su primera menstruación no sabían lo que les ocurría y que muchas creyeron que iban a morir, me quedé atónita. En el mundo musulmán la llegada del primer período de las mujeres es tema de charlas agradables. En ese momento una niña se transforma, de súbito, en un ser adulto. Ya no hay posible regreso al cálido capullo de la inocencia infantil.

En Arabia Saudí la aparición del primer período significa que ha llegado la hora de seleccionar el primer velo y el *abaaya* con el mayor cuidado. Incluso los tenderos musulmanes indios o paquistaníes se interesan sin embarazo y con todo respeto por todo lo relativo al tiempo en que las niñas se convierten en mujeres. El tendero sonreirá indulgente, dentro de la mayor seriedad, y procederá a seleccionar el *abaaya* y el velo que mejor sentarán a la niña.

Aun cuando el único color de los velos es el negro, hay un gran surtido de telas de distintos géneros y espesores. El velo puede ser de una tela muy transparente que permita al mundo vislumbrar el rostro prohibido. Una tela ligeramente más tupida es más práctica, pues se alcanza a ver algo a través de la gasa sin llegar a provocar miradas groseras o comentarios hirientes por parte de los valedores de la fe. Cuando una mujer elige la tradicional tela negra muy tupida, ningún hombre puede imaginar sus rasgos bajo una máscara que se niega a moverse ni con la mayor de las brisas. Claro que tal elección hace que sea imposible examinar las joyas en las tiendas del zoco, ni ver pasar a los coches por la noche. Y algunas de esas mujeres conservadoras deciden llevar, además de su tradicional velo negro grueso, gruesos guantes negros y gruesas medias negras para que el mundo no pueda vislumbrar ni un destello de carne.

Para las mujeres que sienten el deseo de expresar su individualidad y sentido de la moda hay maneras de evitar ese mar infinito de conformismo en el vestir por medio del diseño original. Muchas compran pañuelos adornados con pedrería cuyo movimiento o tintineo hacen volver la cabeza a los hombres. Y a menudo a los costados y al dorso de una *abaaya* se le cosen costosos adornos que atraen las miradas.

Las mujeres más jóvenes, en especial, pugnan por distinguirse comprando modelos exclusivos. El vendedor masculino le presentará los últimos modelos en velos y *abaayas* y mostrará a la muchacha la última manera de echarse el chal sobre la cabeza para dar la imagen de elegancia en el vestir. Se discute con todo detalle la forma de atarse el *abaaya* para mostrar la exacta cantidad de pie permitida sin que se considere arriesgado. Todas las chicas ensayan diversas maneras para dar con su propio modo de llevar el *abaaya* con talento.

En la tienda entra una niña, pero sale una mujer con su velo y, a partir de entonces, casadera. Su vida cambia durante aquel segundo de ruptura. Los hombres de Arabia apenas echarán una mirada a la niña que entra en la tienda, pero tan pronto lleve su velo y su *abaaya* unas discretas ojeadas saldrán a su encuentro. Ahora los hombres tratarán de vislumbrar el prohibido y, de súbito, erótico tobillo. Con el velo, nosotras, las mujeres árabes, nos convertimos en irresistiblemente seductoras y deseables a los ojos de los árabes. Pero ahora yo me hallaba en El Cairo y no en casa, en Arabia, por lo que el pleno descubrimiento de mi primera menstruación hizo poco más que irritarme. Sara y Nura me enseñaron todo lo que debe hacer una mujer. Ambas me advirtieron que no se lo dijera a Alí, como si yo hubiera podido querer eso, pues él habría tratado de que me pusieran el velo enseguida, pese a hallarnos en El Cairo. Sara me contempló con gran tristeza y me dio un fuerte abrazo. Sabía que a partir de entonces iba a ser tenida por una amenaza y un peligro para todos los hombres hasta que estuviera debidamente casada y recluida tras unos muros.

Ahmed poseía en El Cairo una lujosa *suite* que ocupaba tres pisos muy céntricos. Para mayor intimidad, Nura y Ahmed ocupaban el último piso. Las dos criadas filipinas, los tres críos de Nura, Sara y yo ocupábamos el segundo piso. Alí, Hadi y el guardaespaldas se instalaron en el primer piso. Sara y yo nos abrazamos alborozadas al advertir que un piso entero nos separaba de Alí y de Hadi.

La primera noche planeamos ir con Ahmed, Nura, Alí y Hadi a un *night club* a ver la danza del vientre. Ahmed creía que Sara y yo debíamos quedarnos en casa con los críos y las criadas filipinas. Sara no hizo la menor señal de protesta, pero yo defendí nuestro caso con tanta elocuencia que Ahmed acabó por ceder.

A mis catorce años, había surgido a la vida en la tierra de los faraones, y muy contenta escogí a El Cairo como mi ciudad predilecta. Y esa predilección nunca ha flaqueado. La emoción por esa ciudad me inflamó con una pasión que yo no había sentido con anterioridad, y que no he sabido explicarme todavía. Hombres y mujeres de todos los credos y razas pululan por las calles en busca de su ocasión. Reconocí que mi vida anterior había sido yerma y falta de estímulo, pues comprendí que El Cairo era lo opuesto a nuestras ciudades árabes que, a mis jóvenes ojos, eran todas estériles y carentes de vida.

La pobreza agobiadora me parecía inquietante, y sin embargo no era desalentadora, pues en ella vi una fuente profunda de vida. La pobreza puede convertir a una persona en una antorcha en llamas que encienda cambios y revoluciones, sin las que la Humanidad acabaría en el marasmo. Pensé de nuevo en Arabia Saudí y me dije que en nuestras vidas deberían filtrarse un poco de pobreza o de necesidad para obligarnos a renovar nuestra vida espiritual.

Sí, en mi país hay muchas clases de gente, desde los distintos niveles de riqueza de la familia real hasta asalariados de sueldos bajos. Pero no hay nadie, ni siquiera los trabajadores extranjeros, que no tenga cubiertas las necesidades elementales de la vida. Nuestro Gobierno asegura el bienestar de todos los saudíes. A todo ciudadano árabe se le garantiza un hogar, sanidad, educación, un empleo en alguna empresa donde ganarse la vida, créditos sin interés, incluso dinero para comida si fuese necesario. Y a las ciudadanas les facilitan todo eso los varones de sus familias, trátese del padre, del marido, o de un hermano o primo.

El resultado de tener cubiertas las necesidades elementales es que nuestro país carece de esa chispa de vida que generan los deseos materiales. Y por eso desespero de que las páginas de la Historia vuelvan algún día a él. Nosotros, los saudíes, somos demasiado ricos para cambiar, estamos excesivamente asentados en nuestra apatía. Mientras nuestro coche recorría la bulliciosa ciudad de El Cairo mencioné esas ideas a mi familia, aunque vi que solo Sara escuchaba y entendía la esencia de mis pensamientos.

En aquellos momentos se estaba poniendo el sol y detrás del recortado perfil de las pirámides el cielo se había convertido en oro puro. El generoso y lento Nilo imbuía de vida a toda la ciudad e incluso al desierto. Contemplando aquello sentía la vida correr por mis venas.

Alí y Hadi estaban furiosos porque a Sara y a mí, dos chicas solteras, se nos hubiese permitido ir a un *night club*. Hadi habló mucho y muy gravemente con Alí acerca del deterioro de los valores en nuestra familia. Con vanidosa satisfacción afirmó que todas sus hermanas se habían casado a la edad de catorce años y que por ellas habían velado cuidadosamente los hombres de su familia. Dijo que como *sacerdote* tendría que quejarse de aquello a nuestro padre al regreso de nuestro viaje. Envalentonadas por la distancia que nos separaba de Riad, Sara y yo le dirigimos muecas burlonas y le dijimos que él aún no era *sacerdote*. Y con un argot aprendido en las películas le aconsejamos que «cortase el rollo».

Hadi devoraba a las bailarinas con los ojos e hizo comentarios vulgares sobre partes de sus cuerpos, aunque a Alí le aseguró que no eran más que unas prostitutas, y que si por él fuera las mandaría lapidar. Hadi no era más que un asno pomposo; el propio Alí, harto ya de aquella actitud que parecía decir «soy más santo que tú», empezó a repiquetear los dedos en la mesa con impaciencia y a mirar distraído en derredor.

Después de los comentarios y actitudes de Hadi, al día siguiente me sentía como si me faltase el aire.

Ahmed alquiló una limusina con chófer para que nos llevase de compras a Nura, a Sara y a mí. Él tenía que ver a un hombre de negocios. El guardaespaldas, que hacía además de chófer, llevó a las dos filipinas y a los dos críos a la piscina del «Hotel Mena». Cuando dejábamos el apartamento vimos deambular por los salones a Alí y Hadi, exhaustos por haberse acostado tan tarde la noche anterior.

El sofocante calor de la ciudad fatigó muy pronto a Sara, y yo sugerí volver al apartamento con ella y hacerle compañía hasta que Nura terminase sus compras. Nura aceptó y mandó al chófer que nos llevase. Luego volvería a recoger a Nura.

Al entrar en el apartamento oímos unos sollozos sofocados. Sara y yo rastreamos el ruido hasta la habitación de Hadi y Alí. La puerta no estaba cerrada y súbitamente advertimos lo que ocurría ante nuestros ojos. Hadi estaba violando a una niña no mayor de ocho años y Alí la sujetaba. Había sangre por todas partes. Hadi y nuestro hermano se reían.

A la vista de aquella escena traumática, Sara se puso histérica: empezó a gritar y salió corriendo. El rostro de Alí se convirtió en una máscara de rabia al empujarme fuera de la habitación y arrojarme al suelo. Corrí detrás de Sara y ambas nos apiñamos en nuestro dormitorio.

Cuando no pude soportar por más tiempo los gritos de terror que seguían filtrándose hasta nuestro piso, salí y bajé silenciosamente la escalera. Desesperadamente trataba de pensar en el curso de acción a seguir, cuando de pronto sonó el timbre de la puerta. Y vi que Alí salía a atender a una egipcia de unos cuarenta años; le dio quince libras egipcias y le preguntó si tenía más hijas. Ella le replicó que sí y que volvería al día siguiente. Hadi condujo a la puerta a la llorosa niña. Sin mostrar la menor emoción, la madre la tomó de la mano (la niña cojeaba y las lágrimas le resbalaban por las mejillas) y cerró la puerta tras ella.

Ahmed no pareció sorprenderse cuando Nura, furiosa, le contó la historia. Apretando los labios, él dijo que averiguaría los detalles. Más tarde le contó a Nura que la propia madre había vendido a su hija y que él no podía hacer nada.

Pese a haber sido pillados en aquel acto vergonzoso, Alí y Hadi actuaban como si no hubiera ocurrido nada. Cuando yo me mofé de Hadi y le pregunté cómo podía ser sacerdote, él se rió en mis narices. Volviéndome hacia Alí le dije que le contaría a nuestro padre que atacaba a las niñas, y él se rió con más fuerza que Hadi. E inclinándose hacia mí replicó:

—¡Díselo, no me importa!

Dijo que nuestro padre le había dado el nombre de un tipo a quien podría contactar para que le hiciese aquella clase de servicios. Sonreía al decir que las muchachas son la mar de divertidas y que además nuestro padre hacía siempre ese tipo de cosas cuando venía a El Cairo.

Sentí como si me hubiesen electrocutado; el cerebro me

ardía, la quijada me colgaba y me quedé mirando a mi hermano sin verle. Llegaba al conocimiento de que todos los hombres eran malos. Quería destruir mis recuerdos de aquel día para sumirme de nuevo en la inocencia nebulosa de mi infancia. Me alejé en silencio. Empecé a temer al próximo hallazgo que pudiera descubrir del cruel mundo de los hombres.

Seguía queriendo a El Cairo como ciudad culta que era, pero la decadencia que le aportaba la pobreza me llevó a reconsiderar mis anteriores ideas. Aquella misma semana volví a ver a la madre egipcia llamando a las puertas de aquel edificio con otra niña a remolque. Deseaba hacerle algunas preguntas, quería saber cómo puede una madre vender a su propia hija. Al ver mi decidido aire inquisidor, ella escapó.

Con Nura y Sara hablamos muchas horas de aquel fenómeno; suspirando, Nura dijo que Ahmed le había contado que en la mayor parte del mundo aquel era un modo de vivir. Cuando, indignada, grité que preferiría morir de hambre antes que vender a mis hijos, Nura convino en ello, pero añadió que era fácil decir esas cosas mientras una no siente calambres en el estómago.

Dejamos atrás El Cairo y sus penas. Finalmente, Sara iba a tener la oportunidad de vivir sus sueños sobre Italia. Su radiante aspecto, ¿no valía el trabajo que había costado librarla para venir hasta aquí? Embriagada, proclamaba que la realidad superaba sus fantasías.

Recorrimos las ciudades de Venecia, Florencia y Roma. Aún resuenan en mis oídos la alegría y las risas de los italianos. Creo que su amor por la vida es una de las mayores bendiciones de la tierra, sobrepasando con mucho su contribución a la pintura y a la arquitectura. Nacida en un país de oscurantismo, me consolaba que una nación no se tomara a sí misma demasiado en serio.

En Milán, en cuestión de días, Nura gastó más dinero que el que la mayoría de la gente gana en toda su vida. Se diría que Ahmed y ella hacían frenéticas compras movidos por un profundo deseo de llenar algún solitario vacío de sus vidas.

Alí y Hadi se pasaban el tiempo comprando mujeres, pues

día y noche las calles de Italia están llenas de hermosas chicas a disposición de quienes pueden pagárselas. Vi que Alí era como siempre le había visto yo: un muchacho egoísta a quien solo preocupaba su placer. Pero vi también que Hadi era mucho peor que él, pues compraba mujeres, pero las condenaba por su participación en el acto. Él las deseaba, aunque las odiaba, a ellas y al sistema que las dejaba en libertad de hacer lo que querían. Para mí, su hipocresía era la esencia de la perversa naturaleza de los hombres.

Cuando nuestro avión tomó tierra en Riad, me preparé para soportar más cosas desagradables. Sabía que ahora, a mis catorce años, iba a ser considerada como una mujer, y que me aguardaba un duro destino. Por muy precaria que hubiera sido mi infancia, sentí un súbito deseo de asirla con fuerza y no soltarla jamás. No me cabía duda de que mi vida de mujer iba a ser una constante lucha contra el orden social de mi tierra que sacrifica a las de mi sexo.

Pronto mis temores con respecto al futuro iban a palidecer por las desdichas del presente. Llegué a casa para descubrir que mi madre agonizaba.

FIN DEL VIAJE

Nuestra única certeza en la vida es la muerte. Como fiel creyente en las palabras del Profeta Mahoma, mi madre no sentía miedo al llegar al final del viaje de su vida. Había seguido
la casta vida de una buena musulmana y sabía que le aguardaba su justo premio. Y entrelazaba su pesadumbre con los temores por sus hijas solteras. Ella era nuestra fuerza, nuestro
único apoyo, y sabía que al desaparecer quedaríamos a la
deriva.

Nos confesó haber notado que su vida se apagaba, en
cuanto nosotros salimos de viaje. Para decir aquello no poseía
basé alguna, más que tres visiones extraordinarias que le habían asaltado en sueños.

Los padres de mamá habían muerto de las fiebres cuando
ella contaba ocho años. Por ser la única hija, mamá había
cuidado de sus padres durante su corta enfermedad. Parecía
que ambos se recobraban cuando, en medio de los furiosos
remolinos de una cegadora tormenta de arena, su padre se
había levantado sobre los codos y, tras mirar sonriente a los
cielos, pronunció cuatro palabras:

—Ya veo el jardín. —Y murió.

Poco después moría su madre, sin revelar ni un ápice de
lo que creía que le esperaba. Y a mamá, dejada al cuidado de
sus cuatro hermanos varones, mayores que ella, la casaron con
mi padre a temprana edad.

El padre de mamá fue un hombre amable y compasivo.

Quiso a su hija como había querido a sus hijos. Cuando otros hombres de su tribu se enfurruñaban ante el nacimiento de una hija, el abuelo se reía y les decía que agradecieran a Dios aquel toque de ternura en sus casas. Mamá siempre decía que no la habrían casado a una edad tan tierna si su padre hubiera vivido. Creía que él le habría dado algunos años de la libertad de la infancia para sí misma.

Sara y yo estábamos sentadas junto a su lecho, mientras mamá nos confiaba, vacilante, sus inquietantes sueños. La primera de sus visiones la tuvo cuatro noches antes de enterarnos del intento de suicidio de Sara.

—Me hallaba en una tienda de beduinos; era como la tienda de mi familia, la de mi niñez. Me sorprendió ver a mis padres, jóvenes y sanos, sentados al amor de la lumbre. A lo lejos oí que mis hermanos traían las ovejas después de un día de apacentarlas. Corrí hacia mis padres, pero ellos no me vieron, ni me oyeron cuando les llamé a grandes voces.

»Dos de mis hermanos, que ahora están muertos, entraron en la tienda y se sentaron con mis padres. Mi hermano bebía a sorbos tibia leche de camella en una tacita, mientras mi padre molía los granos de café. Y el sueño terminaba cuando mi padre recitaba un poema suyo sobre el Paraíso que aguardaba a los buenos musulmanes. Aunque muy sencillos, los versos reconfortaban mi corazón. Decían:

> *Discurren los ríos más agradables*
> *y los árboles filtran el oro del sol,*
> *los frutos abundan a tus pies*
> *y la leche y la miel no se acaban jamás.*
> *Los seres queridos aguardan*
> *a quienes siguen atrapados en la tierra.*

El sueño terminaba. Mamá dijo que no le había dado más importancia que la de que podía ser un mensaje de ánimo de Dios para darle seguridad de que sus padres y demás familiares se hallaban en el Paraíso.

Una semana después de que Sara volviera a casa, mamá

tuvo una segunda visión. Aquella vez todos sus parientes fa-
llecidos se hallaban sentados a la sombra de una palmera.
Comían unos manjares maravillosos en vajilla de plata. Pero
esa vez ellos la vieron, y su padre se levantó y acudió a salu-
darla. Y tomándola de la mano intentó conseguir que tomara asiento y comiera con ellos.

Mamá nos dijo que en el sueño se asustó mucho y trató
de huir, pero que la mano de su padre la retuvo. Mamá recordaba que ella tenía que cuidar de sus pequeñas y que había
suplicado a su padre que la dejase marchar que no tenía tiempo de sentarse a comer con ellos. Contó que su madre se puso
de pie y dándole una palmada en el hombro le dijo:

—Fadila, Dios cuidará de tus hijas. Ha llegado el momento de que las dejes a Su cuidado.

Mamá despertó de su sueño. Dijo que en aquel instante
comprendió que su vida en la Tierra terminaba y que muy
pronto se reuniría con quienes partieron antes que ella.

Y dos semanas después de que saliéramos de viaje, mamá
empezó a sentir dolores en la espalda y en la nuca. Se sintió
enferma del estómago y mareada. El dolor era un mensaje:
comprendía que su tiempo se acababa. Y fue a ver a un médico y le contó sus sueños y sus nuevos achaques. Él rechazó los primeros con un ademán, pero se puso muy serio ante
la descripción del dolor. Unas pruebas especiales no tardaron
en indicar que mamá padecía un tumor de médula inoperable.

El sueño más reciente de mamá tuvo lugar la noche en que
el médico le confirmó su mortal enfermedad. En el sueño ella
se sentaba con su familia celestial, y comía y bebía con gran
alegría y abandono. Se hallaba en compañía de sus padres,
abuelos, hermanos y primos muertos muchos años antes.
Mamá se sonrió al ver que unos pequeños retozaban por el
campo y perseguían mariposas por la pradera. Su madre le
dijo sonriendo:

—Fadila, ¿por qué no prestas atención a tus bebés? ¿No
reconoces a los de tu propia sangre?

De súbito, mamá cayó en la cuenta de que los pequeños
eran realmente suyos, los que había perdido siendo muy ni-

ños. Ellos se subieron sobre sus rodillas, aquellos cinco bebés celestiales, y ella empezó a acunarlos y a estrecharlos contra su pecho.

Mamá iba a reunirse con los niños perdidos, y a perder los que había conocido. Iba a dejarnos.

A Dios gracias sufrió poco al morir. Me gusta creer que Dios sabía que ella había pasado las graves pruebas de la vida como persona de gran santidad y que no sintió ninguna necesidad de causarle más dolor haciéndole sufrir al morir.

Sus hijas rodeaban cada centímetro del lecho de muerte; ella yacía arropada por el amor de los de su propia carne y sangre. Sus ojos se demoraron en cada una de nosotras; no mediaron palabras, aunque percibimos su despedida. Cuando su mirada descansó en mi faz, noté que su preocupación se acumulaba como una tormenta, pues ella sabía que, si no me inclinaba ante el vendaval, la vida se me haría más dura que a la mayoría.

El cadáver de mi madre fue lavado y preparado por las viejas tías de la familia para su retorno a la tierra. La vi cuando envolvían con el blanco sudario su delgado cuerpo, agotado por los partos y la enfermedad. Su expresión, libre de las preocupaciones terrenales, era ahora de paz. Pensé que mamá parecía más joven muerta que en vida. Se me hacía difícil creer que hubiera dado vida a dieciséis hijos, de los cuales habían sobrevivido once.

Nuestros parientes más próximos, junto con las esposas de mi padre y sus hijos, acudieron a nuestra casa; leyeron un versículo del Corán para consolarnos. Luego el cadáver amortajado de mamá fue depositado en el asiento trasero de una limusina negra que, conducida por Omar, se lo llevó con ella.

Nuestras costumbres prohíben a las mujeres estar presentes en los entierros, pero mis hermanas y yo formamos un inquebrantable frente común ante nuestro padre; y él cedió ante la promesa de que nosotras no nos lamentaríamos en voz alta ni nos arrancaríamos el cabello. Y así fue como la familia al completo siguió al coche fúnebre, una caravana del desierto, triste, pero silenciosa.

En el Islam, mostrar dolor por la muerte de un ser querido indica contrariedad ante la voluntad de Dios. Además, nuestra familia procede de la región de Arabia llamada Najd, cuya gente no llora en público la muerte de sus parientes.

Nuestros criados sudaneses acababan de cavar una tumba en el desierto sin fin de nuestro país. El cuerpo de nuestra madre fue bajado con ternura y Alí, su único hijo varón, le quitó el blanco sudario que cubría su rostro. Mis hermanas se apiñaron lejos de la última morada de mamá, pero mis ojos no podrían dejar de mirar la tumba. Yo era la última hija nacida de aquel cuerpo; e iba a permanecer junto a sus despojos terrenales hasta el último momento. Vacilé al ver que los esclavos empujaban la roja arena sacada del hoyo sobre la faz y el cuerpo de mamá.

Y viendo cubrir de arena el cuerpo de alguien a quien había adorado tanto, recordé de pronto un bello poema del gran filósofo libanés Jalil Gibrán: «Quizá un entierro entre humanos sea una fiesta nupcial entre los ángeles.» Imaginé a mamá junto a sus padres, con sus propios hijos entre sus brazos. Y ante la certeza de que, otro día, iba a sentir la amorosa caricia de mi madre, dejé de llorar y me reuní con mis hermanas, a quienes asombré con mi serena y alegre sonrisa. Les cité el enérgico poema que Dios había enviado para calmar mi dolor y mis hermanas asintieron, comprendiendo perfectamente las sabias palabras de Jalil Gibrán.

Estábamos dejando a nuestra madre atrás, en el inmenso vacío del desierto, pero me dije que ya no importaba que ninguna piedra señalase su presencia allí, ni que ningún servicio religioso hubiera hablado de aquella sencilla mujer que había sido una llama de amor durante su estancia en la Tierra. Su recompensa era la de que ahora ella se hallaba con sus otros seres queridos y que nos esperaba.

Por una vez, Alí parecía perdido, y yo sabía que su dolor era también muy agudo. Nuestro padre tenía poco que decir y evitó nuestra villa después de la muerte de mamá. Nos mandaba sus misivas por medio de su segunda esposa, que ahora había remplazado a mamá como cabeza de sus mujeres.

Antes de un mes supimos por Alí que nuestro padre iba a casarse otra vez, pues en mi país cuatro esposas es algo común a los muy ricos y a los beduinos muy pobres. Dice el Corán que cada esposa debe ser tratada como las demás. Los saudíes acaudalados no tienen dificultad en dar un trato de igualdad a sus esposas. Los pobres beduinos solo tienen que erigir cuatro tiendas y facilitar el mínimo vital. Por esas razones uno ve que muchos de los musulmanes más ricos y más pobres tienen cuatro mujeres. No es más que el saudí de clase media quien tiene que encontrarse con una sola esposa, pues a él le es imposible hallar los fondos necesarios para sostener con los niveles de su clase a cuatro familias distintas.

Nuestro padre planeaba casarse con Randa, una de sus reales primas, una chica con quien yo había compartido juegos infantiles en lo que me parecía ya una vida anterior. La nueva novia de mi padre tenía quince años y era solo un año mayor que yo, la menor de las hijas de mamá.

Cuatro meses después de enterrar a mi madre yo aguardaba la boda de mi padre. Arisca, me negaba a asistir a las festividades; me embargaban contenidas emociones de animosidad. Después de haberle dado dieciséis hijos y de muchos años de obediente servidumbre, me dije que a mi padre no le había costado ningún esfuerzo borrar el recuerdo de mamá.

No solo estaba furiosa con mi padre, sino que odiaba con todo mi corazón a Randa, mi antigua compañera de juegos, que ahora iba a convertirse en la cuarta esposa, llenando así el vacío dejado por la muerte de mamá.

La boda fue fastuosa: la novia era joven y bella. Y mi odio por Randa se esfumó cuando mi padre la condujo de la enorme sala de baile al lecho nupcial. Se me desorbitaron los ojos al observar su asustada expresión. ¡Sus labios temblaban de miedo! Igual que una gran hoguera puede extinguirse en un instante, la obvia desesperación de Randa calmó mi pasión, transformándola de odio tenebroso en tierna conmiseración. Me avergoncé de mi hostilidad hacia ella, pues vi que, como todas nosotras, se hallaba desamparada ante la encumbrada y dominante masculinidad saudí.

Con su virginal novia, mi padre efectuó un viaje de luna de miel que les llevó a París y a Montecarlo. En mi favorable cambio de emociones, yo anhelaba ahora el regreso de Randa y, pensando en él, me juraba despertar a la nueva esposa de mi padre para que tomara la senda de un solo objetivo: libertad para las mujeres de nuestro país. No solo porque quería darle a Randa nuevos retos y sueños de poder, sino porque sabía que el despertar político y espiritual de su joven esposa heriría a mi padre. No podía perdonarle que hubiera olvidado tan fácilmente a la maravillosa mujer que fue mi madre.

AMIGAS

A la vuelta de su viaje de novios, mi padre y Randa se instalaron en nuestra villa. Aunque mamá ya no vivía en ella, sus hijas más pequeñas seguían residiendo en la villa de nuestro padre y se esperaba que la nueva esposa asumiera los deberes de una madre. Y puesto que yo era la más pequeña, solo un año menor que Randa, en nuestra situación la costumbre parecía ridícula. Sin embargo, en Arabia no hay espacio de maniobra para mejorar las condiciones de los individuos, por lo que Randa se instaló en nuestra casa; era una niña disfrazada de mujer y dueña de nuestro caserón.

De su luna de miel Randa volvió silenciosa, casi quebrada. No hablaba apenas, nunca sonreía y deambulaba lentamente por la villa, como si temiera causar algún daño. Nuestro padre parecía feliz con su nueva posesión, pues pasaba muchas horas recluido en sus alojamientos con su jovencísima novia.

Después de la tercera semana de esas atenciones indivisas a Randa, Alí contó, entre carcajadas, un chiste sobre las proezas sexuales de nuestro padre. Le pregunté a mi hermano cuáles creía que serían los sentimientos de Randa en aquel asunto… que la casaran con un hombre mucho mayor a quien no conocía ni quería. La vacía expresión de Alí me dijo muy a las claras no solo que la pregunta no había pasado nunca por su cabeza, sino que jamás iba a encontrar terreno abonado en el estrecho reino de su mente. Aquello me recordaba a las claras que nada penetraría nunca en ese océano oscuro de materia egoísta que es la mente de los hombres saudíes.

Randa y yo sustentábamos distintas filosofías. Ella creía que «lo que está escrito en tu frente, lo verán solo tus ojos». Y yo, que «la imagen que lleva una en la mente será la fotografía de tu vida». Y, además, Randa era terriblemente tímida, mientras que yo recibía a la vida con un cierto ardor.

Veía a Randa estudiando el movimiento de las manecillas del reloj; ella empezaba a impacientarse mucho antes de la hora de llegada acostumbrada de mi padre. Había recibido órdenes suyas de comer y cenar antes de su llegada y luego ducharse y prepararse para él.

Todos los días, á mediodía, indicaba a la cocinera que le sirviera el almuerzo. Apenas comía y se retiraba a sus alojamientos. Generalmente mi padre llegaba a casa a la una, almorzaba y luego visitaba a su nueva esposa. Abandonaba la villa sobre las cinco para volver a su despacho. (En Arabia, los días laborables están divididos en dos turnos: de 9 a 1 y, tras una interrupción de 4 horas, de 5 a 8 de la tarde.)

Viendo el aire cansado de Randa, pensé preguntarle a mi padre por las enseñanzas del Corán acerca de que Dios ha ordenado que todo buen musulmán divida sus días y noches entre cuatro esposas. Desde el día que se casó con Randa, virtualmente había ignorado a sus otras tres mujeres. Aunque después de pensarlo mejor no lo hice.

Y así las cenas eran una repetición de los almuerzos. Randa pedía su cena para las ocho, cenaba y se retiraba a sus habitaciones para tomar un baño y prepararse para su marido. Por lo general, no volvía a verla hasta después de que mi padre se hubiera ido a trabajar a la mañana siguiente. Ella tenía órdenes de esperar en el dormitorio hasta que él se hubiera ido.

Mi preocupación al ver la sombría expresión de Randa me empujó a cometer una tontería. Yo tenía dos amigas que me asustaban incluso a mí con su atrevimiento. Su vivacidad quizá animara a Randa a hacer que la tuviesen en más. Poco imaginaba yo las fuerzas que había desatado al formar un «club de chicas», con Randa, mis dos indómitas amigas y yo como únicos miembros.

Llamamos a nuestro club «lenguas vivas», pues nuestra meta era hablar con valentía para combatir la silenciosa aceptación del papel de las mujeres en nuestra sociedad. Y prometimos solemnemente perseguir las siguientes metas:

1. Dejar que fuese el espíritu de los derechos de la mujer el que en todas las ocasiones moviese nuestros labios y guiase nuestra lengua.
2. Cada miembro se esforzaría en traer otro nuevo miembro cada mes.
3. Nuestro primer objetivo iba a ser terminar con los matrimonios de chicas jóvenes con hombres viejos.

Nosotras, las mujeres de Arabia, sabíamos que los hombres de nuestra tierra no buscarían jamás cambios sociales para las de nuestro sexo, que tendríamos que forzar ese cambio. En tanto las mujeres saudíes aceptasen su autoridad, mandarían los hombres. Supusimos que era responsabilidad de toda mujer hacer fermentar el deseo de que su propia vida y la de otras mujeres de su pequeño círculo la dominase solo una misma. Nuestras mujeres están tan vencidas por siglos y siglos de malos tratos que el movimiento tenía que empezar por despertar el espíritu.

Mis dos amigas, Nadia y Wafa, no pertenecían a la realeza, aunque eran hijas de familias prominentes de la ciudad de Riad.

El padre de Nadia tenía una gran empresa de construcción de obras públicas. Por su habilidad en repartir grandes comisiones a diversos, príncipes, su compañía se veía recompensada con importantes contratas de construcción del Gobierno. Empleaba a miles de trabajadores extranjeros de Sri Lanka, Filipinas y Yemen. El padre de Nadia era tan rico como los miembros de la realeza; mantenía cómodamente a tres esposas y catorce hijos. Nadia era la cuarta de sus siete hijas. Había visto consternada cómo a sus tres hermanas mayores las casaban en matrimonios de conveniencia.

Sorprendentemente, los tres matrimonios habían resultado un acierto para sus hermanas, y ellas vivían felices con sus maridos. Nadia decía que una suerte como aquella no podía continuar. Tenía el presentimiento cada vez más pesimista de que terminaría casada con un marido viejo, horrible y cruel.

Nadia era más afortunada que la mayoría de las mujeres saudíes; su padre había decidido que podría continuar su educación; le había dicho que no tendría que casarse hasta cumplir los veintiuno. La imposición de esta fecha límite movió a Nadia a la acción. Afirmaba que, puesto que solo le quedaban cuatro años de libertad, iba a probar todos los aspectos de la vida durante este tiempo con objeto de hacer acopio de sueños para pensar el resto de su aburrida vida de casada con un viejo.

El padre de Wafa era un importante *mutawa*, y sus extremismos habían inspirado a su hija los suyos propios.

Su padre tenía solo una esposa, la madre de Wafa, pero él era un hombre vicioso y cruel. Wafa juraba que ella no quería saber nada de una religión que nombraba líderes a hombres como su padre. Wafa creía en Dios y en que Mahoma era su mensajero, pero pensaba que de algún modo sus mensajes habían sido enunciados incorrectamente por sus seguidores, pues ningún dios querría que las mujeres, la mitad de la población mundial, sufrieran tan grandes aflicciones.

Wafa no precisaba mirar fuera de su propio hogar. A su madre no le habían permitido salir nunca de su casa; era una virtual presa, esclavizada por un sacerdote. Tenía seis hijos, de los cuales cinco eran varones adultos. Para sus padres, Wafa había sido una tardía sorpresa, y su padre quedó tan disgustado por tener una hija, que prácticamente la había ignorado salvo para darle órdenes. Le habían mandado que permaneciese en casa y aprendiera cocina y costura. Desde los siete años le habían obligado a vestir una *abaaya* y a cubrirse el cabello. Y desde los nueve, su padre le preguntaba todas las mañanas si había tenido ya su primera menstruación. Le alarmaba que su hija pudiera salir de la casa con el rostro descubierto después que Dios la hubiera clasificado como mujer.

Y no le permitieron tener muchos amigos. Y los pocos que tenía desaparecieron al poco tiempo, pues su padre adquirió la costumbre de inquirir brutalmente por su primera menstruación en su presencia.

Cansada, exhausta por las rígidas reglas de su marido, su madre había decidido, tarde en su vida, desafiar silenciosamente sus peticiones. Ayudaba a su hija a deslizarse fuera de la casa, y le decía a su marido que la niña dormía o estudiaba el Corán cuando él preguntaba a voces dónde se hallaba Wafa.

Yo me había creído rebelde y atrevida, pero Nadia y Wafa hacían que mi lucha por la mujer pareciese impotente y endeble. Decían que lo único que yo hacía era suministrar estimulación inteligente… Que mi respuesta al problema era hablar de él hasta la muerte…, aunque mis esfuerzos para ayudar a las mujeres eran ineficaces. Al fin y al cabo, mi vida no había cambiado. Comprendí que estaban en lo cierto.

Nunca olvidaré un incidente que ocurrió en un céntrico aparcamiento subterráneo cercano al zoco, no lejos del lugar que los extranjeros llaman «plaza carnicera», pues es allí donde nuestros delincuentes pierden sus manos o sus cabezas los viernes, nuestro día de fiesta religiosa semanal.

Yo le había ocultado a mi padre mi primera menstruación, pues no tenía prisa alguna en envolverme en las negras vestiduras de nuestras mujeres. Por desgracia, Nura y Ahmed decidieron que ya había demorado bastante lo inevitable. Nura me dijo que si no se lo contaba yo inmediatamente a mi padre, lo haría ella. Así pues reuní junto a mí a mis amigas, incluyendo a Randa, y nos dimos el encargo de comprar el nuevo uniforme de mi vida: chal negro sobre velo negro sobre negro *abaaya*.

Omar nos llevó a la entrada del zoco y nosotras, cuatro chicas jóvenes, desembarcamos tras quedar en encontrarnos dos horas después en el mismo sitio. Omar siempre nos acompañaba por el zoco, para montar una vigilancia especial con las mujeres de la familia, pero aquel día él tenía un encargo especial que cumplir y aprovechó la ocasión mientras nosotras íbamos de compras. Además, la nueva esposa de mi padre acompañaba a su hija, y a Omar le tranquilizó la voluntaria presencia de Randa con nosotras. No había atisbado aún ninguna señal de su lento despertar tras la larga y gris somnolencia de la sumisión.

Nos apiñamos en los puestos y examinamos con nuestras manos los variados pañuelos, *abaayas* y velos. Yo quería algo especial, una manera de ser original en aquel océano de mujeres de negro. Me maldije por no poseer ya un *abaaya* hecho en Italia, de la seda italiana más fina, con intrincados dibujos de algún artista, para que cuando yo pasara despreocupadamente la gente supiera que bajo aquellas envolturas negras había una individualidad, alguien con estilo y clase.

Todo el mundo llevaba velo menos yo y, mientras nos adentrábamos en el zoco para continuar nuestra búsqueda, advertí que Wafa y Nadia cuchicheaban y soltaban risitas con las cabezas muy pegadas. Randa y yo aceleramos el paso y yo les pregunté qué era aquello tan divertido. Mirando hacia mí, Nadia me dijo a través del velo que estaban recordando a un hombre que vieron en su último recorrido por el zoco.

¿Un hombre? Me volví a mirar a Randa. Ambas nos hallábamos confusas por lo que aquello significaba.

Solo nos llevó una hora encontrar el *abaaya*, el pañuelo y el velo adecuados; la selección parecía más bien limitada.

La vida cambiaba muy aprisa. Yo había entrado en la zona del zoco como una individualidad llena de vida, que expresaba a la gente sus emociones con el rostro. Y la abandonaba cubierta de la cabeza a los pies, convertida en una extraña figura negra sin rostro.

Debo admitir que los primeros momentos de llevar velo tuvieron su emoción. El velo era una novedad para mí, y me volvía a mirar con gran interés cuando los adolescentes saudíes me echaban una ojeada, a mí, convertida ahora en una misteriosa figura negra. Sabía que estaban deseosos de que un soplo de brisa levantara mi velo para poder vislumbrar mi prohibida piel. Por unos instantes me supe un objeto de belleza, una cosa tan adorable que tenía que ir tapada para proteger a los hombres de sus incontrolables deseos.

Aunque la novedad de llevar velo y *abaaya* fue muy efímera. En cuanto abandonamos la zona fresca del zoco y nos metimos en la del sol abrasador, empecé a dar boqueadas para respirar y a sorber aire con furia a través de la fina tela negra. El aire sabía muy rancio y seco al filtrarse por la leve gasa. Había comprado el velo más ligero que podía adquirirse, y sin embargo me parecía estar viendo la vida a través de una tupida pantalla. ¿Cómo podrían ver las mujeres a través de velos hechos de una tela más gruesa? El cielo ya no era azul, el brillo del sol palidecía; se me encogió el estómago al comprender que a partir de aquel momento, fuera de mi casa, no viviría la vida como es en realidad, con todo su colorido. Y de pronto el mundo me pareció un lugar gris; ¡y además peligroso!: iba dando traspiés por la acera llena de grietas y baches, con el temor de torcerme un tobillo o romperme una pierna.

Mis amigas estallaron en carcajadas ante la torpeza de mis movimientos y mis vanos esfuerzos por ajustarme el velo. Tropecé con varios niños de una beduina y contemplé con envidia la libertad de su velo. Las beduinas llevan unos velos que les cubren solo la nariz, dejándoles los ojos libres para examinar lo que les rodea. ¡Cómo me hubiese gustado ser beduina! Me cubriría el rostro alegremente, con solo que pudiera dejar mis ojos libres para ver los infinitos cambios de la vida a mi alrededor.

Llegamos muy pronto al lugar de encuentro indicado por Omar. Randa miró su reloj; tendríamos que esperar casi una hora. Y sugirió que volviéramos al zoco, pues bajo aquel sol ardiente hacía demasiado calor. Nadia y Wafa nos preguntaron si queríamos divertirnos un poco. Sin dudarlo dije que por supuesto. Randa pasaba el peso de su cuerpo de un pie al otro, esperando a Omar; juraría que se sentía incómoda ante la sola palabra «divertirse». Con mi maravilloso poder de convicción convencí a Randa para seguir a Nadia y Wafa. Sentía gran curiosidad, por no haber roto jamás ninguna de las normas establecidas para las mujeres. La pobre Randa no tuvo más remedio que acomodarse sencillamente a una voluntad más fuerte que la suya.

Las dos muchachas intercambiaron una mirada y nos dijeron que las siguiéramos. Y se dirigieron al aparcamiento subterráneo de un nuevo edifico de oficinas cercano al zoco. Allí aparcaban sus coches hombres que trabajaban en aquel edificio y en las tiendas de los alrededores.

Y nosotras, cuatro chicas solas, cruzamos con dificultad la transitada calle. Randa dio un grito y me golpeó la mano cuando me levanté el velo para poder ver el tráfico sin impedimentos. ¡Y advertí demasiado tarde que había expuesto mi rostro a todos los hombres de la calle! Los hombres parecieron sorprenderse por su buena estrella, pues habían visto un rostro de mujer en un lugar público. Y al instante me di cuenta de que era mejor ser arrollada por un veloz automóvil que mostrarse al público en una acción como aquella.

Cuando llegamos a los ascensores del aparcamiento, vacilé ante la actitud de mis amigas. Nadia y Wafa se acercaron a un extranjero, un sirio guapísimo. Le preguntaron si quería divertirse un poco. Por un momento pareció que el hombre iba a echar a correr; y tras mirar a derecha e izquierda pulsó el botón del ascensor. Finalmente lo pensó mejor, sin duda al considerar lo difícil que en Arabia Saudí era dar con mujeres disponibles y seguramente bellas. Preguntó qué clase de diversión. Wafa le preguntó si disponía de coche y apartamento privado. Él dijo que sí, que tenía un apartamento y un compañero de habitación, un libanés. Nadia le preguntó si a su compañero le gustaría una amiga, y el sirio, sonriendo, le replicó que sí, que les gustaría a ambos.

Randa y yo nos habíamos recobrado bastante como para empezar a movernos y, cogiendo nuestros *abaayas*, salimos corriendo del aparcamiento temiendo por nuestras vidas. Por el camino perdí mi chal; al volverme para recogerlo, Randa se dio de bruces contra mí. Cayó de espaldas y quedó despatarrada sobre la arena exponiendo a la vista sus piernas prohibidas.

Cuando Nadia y Wafa dieron con nosotras, respirábamos con dificultad apoyadas contra el escaparate de una tienda. Ellas se apoyaban la una contra la otra, riendo abiertamente.

Habían estado observando cómo yo me esforzaba en ayudar a Randa a levantarse.

Les susurramos palabras coléricas. ¿Cómo habían podido hacer una idiotez como aquella? ¡Ligar con extranjeros! Y, de todos modos, ¿qué clase de diversión habían planeado? ¿No se les había ocurrido que a Randa la paralizaría la sorpresa, y que podíamos acabar en la cárcel? Una cosa era pasarlo bien, ¡pero lo que habían planeado era un suicidio!

Wafa y Nadia se limitaron a soltar una carcajada y a encogerse de hombros ante nuestro enojo. Sabían que si las pillaban serían castigadas, pero no les preocupaba. Para ellas, su inminente futuro era tan desolador que valía la pena arriesgarse. Además, quizá se topasen con un extranjero amable que se casara con ellas. ¡Cualquier hombre sería mejor que un saudí!

Creí que Randa iba a desmayarse. Corrió a la calle y oteó a derecha e izquierda en busca de Omar. Sabía que si la sorprendían en una situación como aquella mi padre no tendría clemencia. ¡Estaba aterrorizada!

Cauto y perspicaz, Omar nos preguntó qué había ocurrido. Muy agitada, Randa empezó a hablar, pero yo la interrumpí para contarle a Omar una historia acerca de que habíamos visto a un muchacho robar un collar de una joyería del zoco. Que el joyero le había apaleado y que un policía se lo había llevado a la cárcel casi a rastras. Me tembló la voz al decirle a Omar que nos había afectado por ser tan joven el ladrón y saber que su acción podía costarle la mano. Metiendo la suya bajo mis negros hábitos, Randa me abrazó, agradecida.

Más tarde averigüé, por Nadia y Wafa, a qué llamaban ellas «diversión». Procuraban toparse con extranjeros, por lo general de países vecinos de Arabia, y alguna que otra vez americanos o británicos, en los ascensores de algún aparcamiento, y elegían a hombres guapos, a tipos que ellas pudiesen amar. A veces los hombres se atemorizaban y desaparecían en los ascensores, largándose a otra planta. Pero otras veces aquello les interesaba; y si mostraban estar intrigados,

Nadia y Wafa concertaban una cita con ellos para más tarde, en los mismos ascensores. Les pedían que, para recogerlas, se agenciaran una furgoneta y no un coche. Luego, en la fecha y a la hora convenidas, las chicas pretenderían ir con ellos de compras. El conductor las llevaba al zoco, ellas hacían algunas compras y después se reunían en el lugar indicado. A veces los hombres se mostraban recelosos y no aparecían; otras veces las aguardaban muy nerviosos. Si habían conseguido una furgoneta, las muchachas se aseguraban que no hubiese nadie por los alrededores, y luego se metían ágilmente en la parte trasera. Los hombres las conducían con gran discreción a su casa y, con la misma discreción, las colarían en su apartamento. Si les pillaban, la condena podía ser muy severa, probablemente la muerte para todos los implicados.

La razón de que pidiesen una furgoneta era sencilla. En Arabia no se permite que hombres y mujeres viajen en el mismo coche, salvo en caso de tratarse de parientes próximos. Si los *mutawas* entran en sospechas, obligarán a detenerse al vehículo y les harán identificarse. Además, los solteros no pueden tener mujeres en sus apartamentos. A la menor sospecha de irregularidad, no es raro que los *mutawas* rodeen la casa de algún extranjero y se lleven a cuantos hallen en su interior, hombres y mujeres, a la cárcel.

Yo temía por mis amigas. Una y otra vez les advertí de las posibles consecuencias. Eran jóvenes, imprudentes, y les aburría su vida. Entre carcajadas me contaron otras cosas que hacían para divertirse. Marcaban números de teléfono al azar hasta dar con algún extranjero que contestara. Cualquier hombre servía, si no era, claro, saudí o yemení. Le preguntaban si se hallaba solo y deseaba compañía femenina. Por lo común les contestaban que sí, pues a muy pocas mujeres se les permite la entrada en Arabia, y la mayoría de extranjeros trabajan allí con visados de solteros. Una vez establecida la elegibilidad de un hombre, las chicas le pedían que describiera su cuerpo. Halagado, el hombre solía hacerlo de modo muy gráfico, y luego les pedía que hicieran lo mismo ellas. Y así Nadia y Wafa describían sus cuerpos de la cabeza a los pies, sin olvidar detalle. Lo pasaban en grande, dijeron, y a veces se veían luego, como con los amantes de los aparcamientos.

Pregunté hasta dónde habían intimado mis amigas con esos amantes recogidos por ahí. Me asombré al oír que lo hacían todo, salvo la penetración. No podían arriesgarse a perder la virginidad, pues se daban cuenta de las consecuencias que tendrían que arrostrar en su noche de bodas. Sus maridos las devolverían a sus padres y estos las echarían de casa. Los *mutawas* harían averiguaciones. Les podía costar la vida; y si la salvaban, quizá no tuvieran dónde vivir.

Wafa dijo que en sus encuentros con esos hombres, ni Nadia ni ella se quitaban jamás el velo. Quizá se quitasen toda la ropa, pero mantenían sus velos intactos. Los hombres les suplicaban y les rogaban que se los quitaran y, a veces, trataban de conseguirlo por la fuerza, pero las chicas decían que solo se sentían seguras en tanto ningún hombre les viera el rostro. Dijeron que si alguno hubiese ido en serio con ellas, quizá hubieran considerado la posibilidad de mostrarles la cara; pero ninguno lo hizo, claro. Para ellos también se trataba solo de diversión. Mis amigas, a la desesperada, intentaban hallar una escapada de un futuro que se levantaba amenazadoramente ante ellas como una sombría noche sin fin.

Randa y yo lloramos al comentar entre nosotras la conducta de nuestras amigas. El odio a las costumbres de mi país se me atragantaba. La absoluta falta de control sobre nuestro propio sexo, la falta de libertad sexual, impulsaba a chicas como Nadia y Wafa a cometer acciones desesperadas. Y eran actos que sabían podían costarles la vida si eran descubiertas.

Antes de finalizar el año, Nadia y Wafa fueron detenidas. Por desgracia para ellas, miembros del autoproclamado Comité de Moralidad Pública que infestaban las calles de Riad en un esfuerzo por sorprender a gente que cometiese actos prohibidos por el Corán, se habían enterado de sus actividades prohibidas. En el preciso momento en que Nadia y Wafa se metían en la parte trasera de una camioneta, un grupo de jóvenes fanáticos llegados en un coche se abalanzaron sobre el vehículo bloqueándolo. Llevaban semanas espiando la zona, hasta que uno de los miembros del Comité oyó que un palestino hablaba de dos mujeres veladas que le habían hecho proposiciones en los ascensores.

Ambas salvaron la vida gracias a que sus hímenes se hallaban intactos. Ni el Comité de Moralidad, ni el Consejo de Sacerdotes, ni mucho menos sus padres creyeron su dudosa explicación de que ellas se habían limitado a pedir a aquellos hombres que las llevaran en coche al ver que sus chóferes se retrasaban. Supongo que era la mejor historia que pudieron pergeñar, teniendo en cuenta las circunstancias.

El Consejo de Sacerdotes preguntó a todos los hombres que trabajaban en aquel barrio y encontró a un total de catorce que dijeron que un par de mujeres veladas les habían hecho proposiciones. Ninguno confesó haber participado luego en algún tipo de actividad con ellas.

Después de tres meses de lóbrega cárcel, y debido a la falta de pruebas concretas de alguna actividad sexual, el Comité libró a ambas a sus padres para el castigo correspondiente.

Por raro que parezca, el padre de Wafa, aquel inflexible religioso, se sentó junto a su hija para preguntarle por las razones de su fea conducta. Cuando ella, llorando, le expuso sus sentimientos de rechazo y desesperación, él le expresó su pesar por su infelicidad. Pero pese a su dolor y a su compasión, le comunicó que había decidido apartarla de cualquier nueva tentación. Se le aconsejó que estudiase el Corán y que aceptase la sencilla vida planeada para las mujeres, muy lejos de la ciudad. Luego se apresuró a arreglarle una boda con un beduino *mutawa* de una pequeña ciudad. Este tenía cincuenta y tres años y Wafa, con diecisiete, sería su tercera esposa.

Y, oh ironías de la vida, fue el padre de Nadia quien reaccionó con una rabia espantosa. Se negó a hablar con su hija y la confinó en sus habitaciones hasta tomar una decisión acerca de su castigo.

Pocos días después, mi padre volvió temprano a casa y nos convocó a Randa y a mí en su salón. Nos sentamos sin poder creer lo que oíamos cuando él nos comunicó que a la mañana siguiente, a las diez, Nadia iba a ser ahogada por su propio padre en la piscina familiar. Dijo que toda la familia de Nadia presenciaría la ejecución.

El corazón se me encogió de temor cuando mi padre le preguntó a Randa si ella o yo habíamos acompañado alguna vez a Nadia o a Wafa en sus vergonzosas empresas. Me adelanté y empecé a vocear mi negación absoluta, cuando él me gritó y de un empujón hizo que me sentara de nuevo en el sofá. Randa rompió a llorar y le contó la historia de aquel día ya tan lejano en que compramos mi primer velo y mi primer *abaaya*. Mi padre permaneció inmóvil, sin pestañear, hasta que Randa hubo terminado. Entonces nos interrogó acerca de nuestro club de mujeres, el que llevaba el nombre de «lenguas vivas». Dijo que él también podía haber contado aquella verdad, que hacía días que Nadia había confesado todas nuestras actividades. Al atragantársele a Randa las palabras, mi padre sacó de su maletín los papeles de nuestro club. Había registrado mi dormitorio y había encontrado nuestras fichas con las listas de miembros. Por primera vez en mi vida tenía la boca seca y los labios cerrados como bajo candado.

Mi padre devolvió los papeles al maletín con gran calma y mirando a Randa directamente a los ojos le dijo:

—Hoy me he divorciado de ti; tu padre mandará un coche a recogerte dentro de una hora para llevarte a su casa. Y te queda prohibido ver a mis hijos.

Y le contemplé horrorizada cuando se volvió después hacia mí.

—Tú eres hija mía, y tu madre fue una buena mujer. Pero aun así, si hubieras tomado parte en esas actividades con Nadia y Wafa, cumpliría las enseñanzas del Corán y vería cómo te metían en la tumba. Que no tenga que decirte nada más; te dedicarás solo a tus lecciones, mientras te busco el matrimonio adecuado. —Y tras una pausa se me acercó más aún y clavó sus duros ojos en los míos—. Sultana, acepta el futuro como una persona obediente; no te queda otra salida.

Mi padre recogió su maletín y abandonó la estancia sin volver a dirigirnos la mirada ni a Randa ni a mí.

Humillada, seguí a Randa a su dormitorio, y la contemplé, petrificada, mientras ella recogía sus joyas, ropas y libros y los dejaba en un informe montón sobre la cama. Su rostro no reflejaba ninguna emoción. Yo no conseguía formar las palabras que se habían extraviado en mi cabeza. El timbre de la puerta sonó demasiado pronto, y yo me vi ayudando apresurada a las criadas a llevar sus cosas al coche. Sin una palabra de despedida, Randa se fue de mi casa, aunque no de mi corazón.

A las diez de la mañana siguiente me hallaba sola, mirando sin ver desde el balcón de mi dormitorio. Pensaba en Nadia y la imaginaba cargada de pesadas cadenas, con la cabeza cubierta por una oscura caperuza; la izaban por encima de la piscina familiar, colgada de sus manos atadas, para hundirla después en las aguas verdeazuladas. Si cerraba los ojos veía su cuerpo convulsionándose, sus boqueadas en busca de aire y los pulmones clamando por un alivio en las bocanadas de agua.

Recordaba sus brillantes ojos castaños y el especial modo con que levantaba la barbilla al llenar la estancia con sus risas. Y el suave contacto de su linda piel. Y pensé, con una mueca de horror, en el rápido trabajo que haría la cruel Naturaleza en aquella tersura. Y al mirar la hora vi que eran las diez y diez, y sentí que se me paralizaba el corazón al saber que Nadia no volvería a reír nunca más.

Fue la hora más dramática de mi juventud, pues sabía que la idea que tenían mis amigas de lo que fuese la diversión, por equivocadas y tristes que fueran, no deberían haber sido causa ni de la muerte de Nadia ni de la prematura boda de Wafa. Aquellos actos crueles eran el mejor comentario sobre la cultura de los hombres, que consumen y destrozan las vidas y los sueños de sus mujeres con la más fría de las indiferencias.

EXTRANJERAS

Tras la súbita marcha de Randa, la boda de Wafa y la muerte de Nadia, me sumí en un mínimo vital. Recuerdo que creía que mi cuerpo ya no necesitaba el fresco aliento de la vida. Soñaba con permanecer hibernada y deseaba experimentar la somera respiración y el ralentizado latir del corazón a que se someten algunas criaturas salvajes durante meses. Echada en la cama, me tapaba la nariz pellizcándola con los dedos y mantenía la boca cerrada apretándome los labios con los dientes. Y solo cuando los pulmones me forzaban a expulsar el aire, reconocí yo a regañadientes que tenía muy poco control sobre mis funciones vitales.

Las criadas de la casa sentían mi pena vivamente, pues me tenían por el miembro más sensible de la familia y por quien más se habían interesado siempre por su situación. Las exiguas sumas de dinero que les entregaba Omar todos los meses parecían un precio muy alto para ellas para verse separadas ahora de aquellos a quienes querían.

En un esfuerzo por mejorar mi interés por la vida, mi criada filipina Marci empezó a hacer revivir mis ideas contándome relatos de la gente de su país. Nuestras largas charlas sirvieron para deshelar la impersonal relación que existe entre dueña y criada.

Un día me reveló tímidamente la ambición de su vida. Trabajando de criada para mi familia, quería ahorrar el dinero necesario para estudiar para enfermera al volver a su país.

Las enfermeras filipinas están muy solicitadas en todo el mundo y en las Filipinas esa carrera está considerada como una profesión muy lucrativa para las mujeres.

Marci decía que en cuanto se graduase volvería a Arabia para trabajar en uno de nuestros modernos hospitales. Me dijo, sonriendo, que las enfermeras filipinas ganaban un salario mensual de 3.800 riyales, unos mil dólares (contra los doscientos que ganaba como criada nuestra). Con un sueldo así, decía, podía mantener a toda su familia de las Filipinas.

Cuando Marci contaba solo tres años, su padre murió de accidente en una mina. Su madre se hallaba en el séptimo mes de embarazo de su segundo hijo. Sus vidas tenían sombrías perspectivas, aunque la abuela de Marci atendía a los niños mientras su madre trabajaba dos turnos de criada en los hoteles de la zona. La madre de Marci solía repetir que el saber era la única solución para la pobreza, y con su vida frugal ahorraba para que sus hijos recibieran una educación.

Dos años antes de que Marci se alistase en un colegio para enfermeras, Tony, su hermano menor, fue atropellado por un automóvil y sufrió heridas de consideración. Las piernas resultaron tan dañadas que tuvieron que amputárselas. Los gastos clínicos se llevaron hasta el último centavo de los ahorros reservados para el colegio de Marci.

Oyendo la vida de Marci, yo derramaba amargas lágrimas. Le pregunté cómo día tras día y semana tras semana podía mantener aquella sonrisa feliz. Marci esbozó una ancha sonrisa. Le resultaba fácil, dijo, pues ella tenía un sueño y además el modo de convertirlo en realidad.

La infancia que había vivido en una de las zonas de mayor miseria de las Filipinas la llevaron a sentirse muy afortunada por contar con un empleo y poder llenar el plato tres veces al día. En realidad, subrayó, la gente de su pueblo no moriría de hambre, sino de una nutrición deficiente que les dejaba sin defensas ante enfermedades que no se hubieran propagado entre una comunidad sana.

Marci te contaba aquellos relatos con tal viveza que me sentía parte de ellos, de su tierra, de su rica cultura. Vi que había menospreciado a Marci y a otras filipinas, pues hasta entonces había pensado muy poco en ellas, creyendo solo que carecían de ambiciones. ¡Qué equivocada estaba!

Algunas semanas después, Marci se armó de valor para hablarme de su amiga Madeline. Al hablarme de Madeline abría un interrogante sobre los valores morales de mi país. Y por ella me enteré de que en mi propio país, Arabia, mujeres de países del Tercer Mundo eran mantenidas en esclavitud sexual.

Marci y Madeline eran amigas desde niñas. Pese a lo muy pobre que era la familia de Marci, la de Madeline lo era más aún. Ella y sus siete hermanos solían pedir limosna en la carretera que unía su provincia a Manila. A veces se detenía el cochazo de algún extranjero y unas enormes manos blancas dejaban caer unas monedas en las extendidas palmas de las suyas. Y mientras Marci acudía a sus clases, Madeline salía en busca de comida.

A una edad muy temprana, Madeline tuvo un sueño, y planeó el modo de hacer que ese sueño pudiera convertirse en realidad. A los dieciocho años se hizo un vestido con el viejo abrigo del colegio de Marci para poder ir a Manila; y a Manila se fue. Y allí contrató los servicios de una agencia que empleaba a filipinas en el extranjero; Madeline pidió un empleo de criada. Era tan menuda y bonita que el dueño, un libanés, le sugirió taimadamente que podría encontrarle trabajo en un burdel de Manila. Que podría ganar unas sumas de dinero que las criadas no podían ni imaginar. Aunque hubiera crecido en la miseria, Madeline era una devota católica; su reacción en contra convenció al libanés de que ella no iba a vender su cuerpo. Y con un suspiro de pena, el tipo le dijo que llenara su petición y que aguardase la respuesta.

El libanés le dijo que acababa de recibir un contrato para mandar a más de tres mil filipinos a la zona del golfo Pérsico y que iba a darle prioridad en las listas de criadas, pues los árabes ricos pedían siempre criadas bonitas. Y guiñándole el ojo le dio una palmada en el trasero al despedirla.

Cuando recibió la confirmación de un empleo de criada

en Arabia Saudí, en Riad, Madeline se sintió a la vez emocionada y asustada. Casi por aquel entonces los planes de Marci de ir a un colegio para enfermeras se habían venido abajo, por lo que esta decidió seguir los pasos de Madeline y buscar un empleo en el extranjero. Cuando Madeline salió para Arabia, Marci bromeó acerca de que no iba a quedarse atrás por mucho tiempo. Y ambas amigas se despidieron entre abrazos, prometiendo escribirse.

Cuatro meses después, cuando se enteró Marci de que también ella iba a trabajar en Arabia, todavía no había tenido noticias de Madeline. Y una vez allí no sabría dónde encontrar a su amiga, si no era en la ciudad de Riad. Y puesto que Marci iba a trabajar con una familia en la misma ciudad, estaba decidida a encontrarla.

Me acuerdo de la noche que Marci llegó a casa. Mamá era la encargada de la marcha de la casa y la distribución del servicio. Recuerdo que Marci parecía una cosita asustada que se pegó de inmediato a la mayor de nuestras criadas filipinas.

Puesto que teníamos más de veinte criadas en la villa, a Marci se la notó muy poco. Como criada de diecinueve años y sin experiencia se le asignó el trabajo de limpiar las habitaciones de las dos hijas menores de la casa, Sara y yo. Durante los dieciséis meses en que ella, paciente y silenciosamente, me había seguido por la villa preguntándome si necesitaba alguna cosa, yo le había prestado escasa atención.

Me sorprendió al confesarme que otras criadas filipinas creían que había tenido muchísima suerte en su trabajo, pues ni Sara ni yo la habíamos golpeado jamás y ni siquiera le habíamos levantado la voz para reprocharle algo. Mis ojos echaron chispas cuando le pregunté si en nuestra casa se golpeaba a la gente. Y solté un suspiro de alivio al contestarme ella que no, que en nuestra villa no. Dijo, no obstante, que a Alí sí se le tenía por un chico difícil que hablaba siempre a voces y con aire insultante. Pero su única acción violenta había sido pegarle a Omar en la barbilla varias veces. Me reí, pues no sentía una gran simpatía por Omar.

Marci hablaba en susurros al contarme los chismes de la

servidumbre. Me dijo que la segunda esposa de mi padre, mujer de uno de los Estados vecinos del Golfo, golpeaba a sus criadas todos los días. Una pobre chica paquistaní sufrió una lesión cerebral al ser empujada por las escaleras. Le había dicho que no trabajaba bastante aprisa, y ella corrió al cuarto de baño con un cesto de toallas y sábanas sucias. Cuando se topó por accidente con la mujer de mi padre, esta se puso tan furiosa que la golpeó en el estómago, haciéndola caer por la escalera dando tumbos. Y mientras la chica yacía gimiendo en el suelo, la vieja bajó la escalera para patearla y gritarle que terminara su trabajo. Y al no moverse esta, la acusó de estar fingiendo. Al final tuvieron que llevarla al médico; y aún no se había recobrado, pues siempre se estaba llevando las manos a la cabeza y soltando risitas.

Siguiendo instrucciones de la esposa de mi padre, el médico de palacio llenó el formulario alegando que la chica se había caído y sufría una contusión. En cuanto pudiera viajar iba a ser devuelta a Paquistán. Se le negaron las dos últimas pagas y fue enviada a casa de sus padres con solo cincuenta riyales saudíes, unos quince dólares.

Marci quiso saber por qué me sorprendía tanto aquello. En mi país se maltrataba a muchas criadas, y nuestra villa era solo una rara excepción. Le recordé que yo había estado en las casas de muchas de mis amigas y aunque debía admitir que a las criadas se les tenía poca consideración, nunca fui testigo de que las pegasen. Había visto a algunas de mis amigas insultar a sus criadas, pero le presté escasa atención, pues ninguna fue atacada físicamente.

Marci suspiró con cansancio, y dijo que los ataques físicos y sexuales solían cometerse a escondidas. Me recordó que yo vivía a solo unos metros de un palacio que ocultaba los sufrimientos de muchas chicas y que sin embargo no sabía nada de ello. Me dijo que mantuviese los ojos abiertos para ver lo que les ocurría a las mujeres de otras tierras en mi país; asentí abatida.

Después de aquellas charlas, Marci fue más consciente de mi naturaleza compasiva. Y decidió ser absolutamente franca conmigo y contarme toda la historia de su amiga Madeline. Recuerdo esa conversación como si hubiera tenido lugar ayer. El intercambio de palabras está muy claro en mi mente. Puedo ver aún la seriedad de su rostro ante mí.

—Señora, quiero que sepa la verdad sobre Madeline, mi mejor amiga. Usted es una princesa: quizá llegue el día en que pueda ayudar a las pobres filipinas.

Aquella mañana me hallaba sola y el aburrimiento me rondaba, por lo que acepté de buen grado una sesión matinal de chismorreo revelador, aunque proviniera de una filipina. Me eché en la cama; atenta, Marci me puso unas almohadas bajo la cabeza, exactamente como ella sabía que me gustaban. Y le dije:

—Antes de empezar tu relato, ve a buscarme una fuente de fruta y un vaso de *labán*.

El *labán* es un batido de leche y mantequilla, bebida muy común en los países de Oriente Medio. Y cuando ella volvió con una fuente de fruta y mi bebida fría, saqué los pies de debajo de la colcha y le pedí a Marci que me los frotara mientras me contaba lo de esa Madeline amiga suya.

Al volver la mirada atrás me ruborizo de vergüenza recordando mis modales de niña egoísta. Me intrigaba la idea de un relato trágico, pero no me contentaba con sentarme a escuchar hasta que el menor de mis deseos fuera satisfecho. Ahora, ya mayor y con mayores conocimientos, solo puedo mirar atrás con pesar por los hábitos aprendidos de la cultura saudí. Ningún saudí de los que yo conozco ha mostrado jamás el menor interés por la vida de un criado: por el número de miembros de su familia, por sus sueños y aspiraciones. Las personas del Tercer Mundo se hallaban allí para servirnos, a nosotros, los saudíes ricos, y eso era todo. E incluso mi madre, que era amable y gentil, rara vez expresó su interés por los problemas personales de la servidumbre; aunque yo deba atribuir eso a su aplastante responsabilidad por llevar una gran mansión y satisfacer además a mi exigente padre. Pero yo no tenía una excusa así. Me siento muy mezquina al caer en la cuenta de que Marci y las demás criadas fueron para mí poco más que robots que estaban allí para cumplir mis órdenes. ¡Y pensar que a ellas les parecí amable por ser la única que se interesó por sus vidas! Es un duro recuerdo para quien se tenía por un ser sensible.

Pensativa, sin la menor expresión en el rostro, Marci empezó a frotarme los pies y a contarme el relato:

—Señora, antes de dejar mi país mendigué de aquel libanés las señas de los que contrataron a Madeline. Me replicó que no, que no estaba permitido. Y yo le mentí, señora. Le dije que llevaba a mi amiga unos objetos de parte de su madre. Y tanto insistí que él finalmente aceptó, y me dio el número de teléfono y el nombre del barrio de Riad en que trabajaba Madeline.

—Su señor, ¿es un príncipe?

—No, señora. Vive en el distrito llamado Al Malaz, a unos treinta minutos de aquí en coche.

Nuestro palacio se hallaba en el barrio de Al Nasriyá, una zona residencial habitada por muchos miembros de la realeza; es el distrito residencial de Riad con la gente más acaudalada. Yo había estado en el barrio de Al Malaz en una ocasión, hacía muchos años, y recordaba muchos palacios hermosos de la mejor clase empresarial saudí.

Sabía que a Marci le estaba prohibido salir del recinto del palacio más que para las salidas mensuales que organizaba Omar para las criadas. Y como nuestras sirvientas, al igual que la mayor parte del servicio doméstico de Arabia, trabajaba un brutal calendario de siete días por semana y cincuenta y dos semanas al año, yo me preguntaba cuándo habría podido escaparse para ver a su amiga.

—¿Y cómo te las arreglaste para ir a Al Malaz? —dije, expresando mi curiosidad.

Marci vaciló unos instantes.

—Bueno, señora, ¿conoce a Antoine, el chófer filipino?

Nosotros tenemos cuatro chóferes, dos filipinos y dos egipcios. A mí solía llevarme Omar o el otro egipcio. A los filipinos se les utilizaba para la compra del mercado y para los recados.

—¿Antoine, el muchacho que siempre sonríe?

—Sí, señora. Ese. Pues bueno, nos gustábamos, y él aceptó buscar conmigo a mi amiga.

—¡Marci, tienes novio! —le dije entre risas—. ¿Y Omar? ¿Cómo te las arreglaste para no tener problemas con Omar?

—Esperamos a que Omar se fuese con la familia a At Táif y entonces aprovechamos la oportunidad. —Y Marci sonreía ante mi aspecto satisfecho. Ella sabía que nada me producía mayor placer que jugársela bien a los hombres de la familia—. Lo primero que hicimos fue llamar al teléfono que me habían dado en las Filipinas. Nadie quería autorizarme a hablar con Madeline; les dije que tenía un recado de su madre para ella. Después de un gran esfuerzo para convencerlos, me dieron la descripción y la situación de la villa. Antoine fue en coche a aquel barrio, localizó el lugar y le dejó una carta a Madeline, que recogió un yemení. Dos semanas después recibí una llamada de mi amiga que apenas conseguí entender, pues hablaba en susurros por temor a ser descubierta charlando por teléfono. Me dijo que se hallaba en un difícil trance, que fuera a ayudarla, por lo que más quisiera. Y por teléfono trazamos un plan.

Dejé a un lado la comida, para poder dedicar a Marci mi total atención. Y le dije que dejara de frotarme los pies. El peligro del encuentro entre ellas acrecentó mi interés por aquella valiente filipina a la que no conocía.

—Pasaron dos meses; sabíamos que los tórridos meses de verano nos darían la ocasión de vernos. Temíamos que pudieran llevarse a Madeline a Europa, con la familia de su señor, pero finalmente le ordenaron quedarse en Riad. Cuando vuestra familia abandonó, con Omar, la ciudad, me oculté en el asiento posterior del «Mercedes» negro y Antoine me llevó a ver a Madeline. —Y con la voz rota por la emoción, Marci me describió el problema de Madeline—. Cuando Antoine llamó a la puerta de la villa, me senté en el coche. Y mientras aguardaba no pude por menos de advertir el estado del muro de la casa. La pintura caía desconchada, la verja se hallaba oxidada y las pocas plantas que colgaban de las paredes de la casa estaban muriendo por falta de agua. Se notaba que era un mal lugar. Percibí que mi amiga se hallaba en peligro, si tenía que trabajar en un hogar como aquel.

»No había entrado aún, y ya me sentía muy deprimida. Antoine tuvo que pulsar el timbre cuatro o cinco veces antes de que oyésemos alguna actividad en el interior, cuando acudieron a atender la llamada. Todo ocurría como Madeline había dicho. ¡Era horrible! Abrió la puerta un viejo yemení que llevaba una falda escocesa. Parecía haber estado durmiendo; su feo rostro nos dijo que no estaba muy contento de que hubiéramos interrumpido su siesta.

»Antoine y yo nos asustamos y oí un temblor en su voz cuando le dijo que por favor anunciara a Miss Madeline la llegada de los filipinos. El yemení apenas hablaba inglés, pero Antoine tenía una ligera idea de árabe. Entre ambos lograron entenderse lo suficiente para que el yemení nos negara la entrada. Nos despidió agitando la mano, y empezaba a cerrar la puerta cuando yo bajé de un salto del asiento posterior y empecé a llorar. Le dije entre lágrimas que Madeline era mi hermana. Que acababa de llegar a Riad y que trabajaba en el palacio de uno de los príncipes saudíes. Pensé que eso podía asustarlo, pero su expresión no cambió. Agité ante él un sobre recién llegado de Filipinas. Nuestra madre estaba gravemente enferma. Tenía que hablar unos instantes con Madeline para transmitirle el último mensaje de nuestra agonizante madre.

»¡Le rogué a Dios que no me castigara por aquellas mentiras! Y creo que Dios me escuchó, pues el yemení pareció cambiar de idea al oír la palabra árabe que significa «madre». Vi que estaba meditando. Miró primero a Antoine y luego a mí; y finalmente nos pidió que aguardásemos unos instantes. Cerró la puerta y oímos el taconeo de sus sandalias en su camino de vuelta a la villa.

»Comprendimos que el yemení iba a interrogar a Madeline, a pedirle que describiese a su hermana. Sonreí débilmente a Antoine. Parecía que nuestro plan podía funcionar.

Marci hizo una pausa, recordando aquel día.

—Señora, aquel yemení daba miedo. Su aspecto era el de un malhechor; llevaba una cimitarra al cinto. Antoine y yo estuvimos a punto de volver al coche y regresar al palacio. Solo recobré un poco las fuerzas al pensar en mi pobre amiga.

»Madeline me había dicho que custodiaban la villa dos guardias yemeníes. Vigilaban a las hembras de la casa. Ni a una sola de las criadas se les permitía dejar su empleo. Madeline me había contado por teléfono que el joven yemení no tenía buen corazón y que no iba a permitir que nadie acudiera a la puerta, ni por la propia madre moribunda. Pensó que quizá tuviéramos suerte con el viejo.

»Puesto que la familia al completo se hallaba de vacaciones en Europa, al yemení más joven le habían dado dos semanas de descanso, y había vuelto al Yemen para casarse. En aquellos momentos, los únicos hombres de la casa eran el viejo yemení y un jardinero paquistaní.

»Yo comprobé la hora y Antoine también. Por fin oímos confusamente unos pasos al regresar el viejo. La puerta crujió al abrirse lentamente. Me estremecí, pues tuve la sensación de que estaba cruzando las puertas del infierno. El viejo yemení gruñó algo y con la mano le indicó a Antoine que se quedara fuera, en el coche. Solo me iban a dejar entrar a mí.

Sentí frío al pensar en el temor que habría pasado Marci.

—¿Cómo os atrevisteis? Deberíais haber llamado a la Policía.

—La Policía no ayuda a los filipinos en este país —dijo Marci negando con la cabeza—. Lo hubieran comunicado a nuestros patronos y luego nos hubiesen expulsado del país o metido en la cárcel, según lo que hubiera querido su padre. La Policía de este país está con los fuertes, no con los débiles.

Sabía que decía la verdad. Los filipinos estaban aún por debajo de nosotras, las mujeres. Y yo, toda una princesa, jamás recibiría ayuda de la Policía si eso significara ir contra los deseos de los hombres de mi familia. Pero ahora no quería pensar en mis problemas; me hallaba muy metida en la aventura de Marci.

—Prosigue, dime, ¿qué descubriste en el interior? —dije

imaginando las maquinaciones del monstruo de un Frankenstein saudí.

Habiendo captado todo el interés de su dueña, Marci se fue animando y empezó a hacer muecas más expresivas y a describir su experiencia con entusiasmo.

—Siguiendo sus lentos pasos, pude echar una ojeada a lo que me rodeaba. Los bloques de cemento jamás habían sido pintados. Una pequeña construcción vecina carecía de puertas, solo eran unos huecos cubiertos por viejas esteras deshilachadas colgadas de sus dinteles. A juzgar por el amasijo de esteras sucias, latas vacías y olores a basura, comprendí que el viejo yemení debía de vivir allí. Pasamos junto a la piscina familiar, aunque estaba vacía, con solo unos residuos de aguas negras en el fondo. Tres pequeños esqueletos (que parecían los restos de unos gatitos) yacían en la parte menos profunda de la piscina.

—¿Gatitos? ¡Oh, Dios mío! —Marci sabía cuánto quería yo a esos animalitos—. ¡Qué muerte más horrible!

—Parecían gatitos. Supuse que habían nacido en la piscina vacía y que su madre no pudo sacarlos de allí.

Me estremecí, desesperada, mientras Marci continuaba:

—La villa era grande, aunque tenía el mismo aspecto desolado del muro. La pintura la habían echado sobre los bloques en algún pasado remoto, pero las tormentas de arena los había dejado muy feos. Existía un jardín, pero todas las plantas habían muerto por falta de agua. En una jaula que colgaba de un árbol muy alto, vi cuatro o cinco pájaros; estaban flacos y tristes, sin canciones que cantar en su corazón.

»Desde la puerta de entrada el yemení gritó algo en árabe a alguien a quien no veíamos; con la cabeza señaló hacia mí y me indicó que entrara. Vacilé en el umbral, cuando me asaltó el mal olor. Temblorosa y llena de temor, pronuncié en voz alta el nombre de Madeline. El yemení me dio la espalda y volvió a su interrumpida siesta.

Madeline avanzaba hacia mí por un largo pasillo oscuro. La luz era muy tenue y, después del brillante sol del exterior, apenas podía verla acercarse a mí. Y ella empezó a correr al comprobar que realmente se trataba de su vieja amiga Marci. Ambas nos abrazamos con fuerza, y me sorprendió encontrarla tan limpia y con tan buen olor. ¡Estaba más delgada que la última vez que la vi, pero viva!

Me invadió una sensación de alivio, pues había esperado que Marci dijera que había encontrado a su amiga medio muerta, tumbada sobre una sucia estera, esforzándose por dar las últimas instrucciones para que llevasen su cuerpo a Manila.

—¿Y qué ocurrió entonces? —Ardía en deseos de conocer el final de la historia de Marci.

La voz de esta volvió a adquirir su tono susurrante, como si sus recuerdos fuesen demasiado penosos para revivirlos.

—Pues que cuando terminamos de abrazarnos y de saludarnos, Madeline me llevó con ella por el largo pasillo. Me llevó de la mano a un saloncito que quedaba a la derecha. Y tras acompañarme hasta un sofá, tomó asiento en el suelo frente a mí.

»Tan pronto como nos quedamos a solas, rompió a llorar. Y al hundir su rostro en mi regazo, le acaricié el cabello y le susurré que me contara lo que le había ocurrido. Cuando hubo dominado sus lágrimas, me contó su vida desde que dejara Manila, un año antes.

»En el aeropuerto la habían recibido dos criados yemeníes. Sostenían una pancarta con su nombre escrito en inglés. Ella siguió a los dos hombres, pues no supo qué otra cosa podía hacer. Le alarmó el salvaje aspecto de aquellos hombres y dijo que temió por su vida mientras corrían a toda velocidad por la ciudad. Era bien entrada la noche cuando llegaron a la villa; no había luz alguna, por lo que no pudo darse cuenta del descuidado aspecto de los jardines.

»Por aquellos días la familia había ido a La Meca para el peregrinaje del Haj. Una vieja criada árabe que no sabía inglés la condujo a su habitación. Le dio de comer dátiles y pastas y le sirvió un té. Al dejar la estancia, la vieja le entregó una nota que decía que al día siguiente la instruirían en sus deberes.

—La vieja debía de ser la abuela —dije.

—Quizá… Madeline no me lo dijo. De cualquier modo, no lo sé. El corazón de la pobre Madeline se encogió cuando la luz del día le dio a ver su nueva morada. Dio un brinco al ver la cama donde había dormido, pues las sábanas estaban sucísimas. Por el vaso y el plato de la noche anterior pululaban las cucarachas.

»Con el corazón en un puño, Madeline encontró un cuarto de baño, solo para descubrir que la ducha no funcionaba. Intentó lavarse en la bañera con unos restos de jabón sucio y agua tibia, anhelando en vano que Dios calmara su desbocado corazón. Y entonces la vieja llamó a la puerta.

»No tuvo más remedio que seguir a la mujer a la cocina, en donde esta le dio una lista de obligaciones. Madeline leyó aquella nota escrita precipitadamente y vio que tendría que ayudar a la cocinera, hacer de ama de llaves y cuidar de los niños. La vieja le indicó que se preparase algo de comer. Después del desayuno, empezó a fregar y limpiar las cacerolas y pucheros.

»Además de Madeline había otras tres empleadas: una vieja cocinera india, una atractiva doncella cingalesa y una criada de Bangladesh; la cocinera tenía sesenta años por lo menos; las otras dos andarían por los veintitantos.

»La cocinera se negaba a hablar con cualquiera; iba a regresar a la India antes de dos meses y solo soñaba en su casa y en su libertad. La criada soportaba en silencio su desgracia, pues le faltaba más de un año para cumplir su contrato. La bonita doncella de Sri Lanka trabajaba muy poco y pasaba la mayor parte del tiempo mirándose al espejo. Decía estar deseando que regresara la familia. A las claras dejó entrever a Madeline que le gustaba mucho al dueño de la casa. Esperaba que a su regreso de La Meca le compraría un collar de oro.

»Madeline dijo que quedó sorprendida cuando la doncella le mandó que se diese la vuelta para poder ver su figura. Y entonces, poniéndose las manos en las caderas, la doncella dijo sonriendo que al amo Madeline le parecería demasiado flaca, aunque quizá le gustara a alguno de sus hijos. Madeline no entendió lo que aquello implicaba y siguió con su interminable limpieza.

»Cuatro días más tarde la familia regresó de La Meca. Madeline vio enseguida que sus señores eran una familia de humilde condición. Eran maleducados y tenían malos modales, y su conducta le demostró muy pronto que su juicio había sido acertado. Se habían hecho ricos repentinamente y sin el menor esfuerzo de su parte, y su única educación les venía del Corán que, en su ignorancia, tergiversaban de acuerdo con sus necesidades.

»La condición secundaria de la mujer que indica el Corán, el jefe de la familia la entendía como esclavitud. A cualquier mujer que no fuera musulmana la consideraba una prostituta; y no ayudaba en nada que cuatro veces al año él y sus hijos fuesen a Tailandia a visitar los burdeles de Bangkok y gozar de los servicios de jóvenes y bellas tailandesas. Al saber que muchas mujeres orientales se vendían, la familia se convenció de que podía conseguirse cualquier mujer que no perteneciera a la fe musulmana. Y al contratar a una criada se daba por supuesto que podía utilizársela como a un animal sometido al capricho de los hombres de la casa.

»Por la madre supo enseguida Madeline que había sido empleada para solaz sexual de los dos hijos adolescentes. Aquella le dijo a Madeline que debería turnarse diariamente entre sus hijos Basel y Faris. Y para desesperación de Madeline aquello le fue dicho sin la menor emoción.

»Al padre, para asombro de la doncella sexy, Madeline le pareció de su agrado. Y les dijo a sus hijos que podrían dormir con la nueva chica después de gozarla él.

Contuve un grito y la respiración: sabía lo que iba a contarme Marci; y habría preferido no oírlo.

—Señora Sultana, la primera noche tras el regreso de la familia, ¡el padre violó a Madeline! —Marci lloraba—. ¡Y aquello fue solo el comienzo, pues el padre decidió que ella le gustaba tanto que la violaría a diario!

—¿Y por qué no se escapó? ¿Le pidió ayuda a alguien?

—Lo intentó, señora. Les suplicó a las otras criadas que la ayudasen. Ni la cocinera ni la criada fea quisieron verse envueltas en aquel asunto que podría costarles el empleo. La doncella bonita odiaba a Madeline y la acusaba de ser la razón de que no le hubiesen regalado el collar de oro. En cuanto a la esposa y a la vieja, también ellas recibían malos tratos del dueño. No le hicieron el menor caso, alegando que había sido contratada para solaz de los hombres de la casa.

—¡Yo habría intentado saltar por la ventana y escapar!

—Intentó escapar, y muchas veces. Pero fue atrapada y ordenaron a todos los de la casa que la vigilaran. En cierta ocasión, cuando todo el mundo dormía, se subió a la azotea y dejó caer unas notas a la calle pidiendo auxilio. ¡Unos vecinos saudíes entregaron esas notas a los yemeníes, y a ella le valió una paliza!

—¿Y qué pasó después de que la encontraras?

La expresión de Marci era de tristeza y resignación al proseguir:

—Yo lo intenté muchas veces. Llamé a nuestra Embajada en Jidda. El hombre que contestó me dijo que recibía muchas quejas como aquella, pero que era muy poco lo que podían hacer. Nuestro país necesita el dinero que le mandan sus trabajadores desde el extranjero; nuestro Gobierno no quiere ponerse a mal con el Gobierno saudí acogiendo reclamaciones de ese tipo. ¿Dónde andaría el pobre pueblo filipino sin los recursos extranjeros?

»Antoine tanteó con alguno de los chóferes la posibilidad de ir a la Policía, pero le dijeron que esta siempre creería la historia que le contasen los hombres saudíes, y que Madeline quizá terminara por caer en una situación aún peor.

—¡Marci! ¿Qué podría ser peor que eso?

—Nada, señora. Nada. Yo no sabía qué hacer. Antoine se asustó y dijo que no podíamos hacer nada más. Finalmente escribí a la madre de Madeline explicándole la situación y ella fue a la agencia de empleo de Manila y allí la mandaron a paseo. Fue luego a ver al alcalde de la ciudad, y este le dijo que estaba impotente para actuar. Nadie quiso mezclarse en el asunto.

—¿Y dónde está tu amiga ahora?

—Recibí carta de ella hace solo un mes. Estoy contenta de

que la mandasen de vuelta a Filipinas al finalizar su contrato de dos años. La han sustituido dos filipinas más jóvenes que ella. ¿Y puede creerlo, señora? Madeline está enojada conmigo. Cree que la abandoné y que no intenté ayudarla.

»Créame si le digo que hice cuanto pude. Le escribí explicándole todo lo que ha pasado; todavía no he recibido su respuesta.

Yo no pude decir palabra en defensa de mis paisanos. Y me quedé contemplando su rostro con la mirada perdida. Por fin ella rompió el silencio:

—Y esto, señora, es lo que le ocurrió a mi amiga en este país.

Podría asegurar que a Marci lo de su amiga le había roto el corazón. A mí me embargaba la tristeza. ¿Qué se podía contestar a un relato de horror como aquel? Yo no supe. Avergonzada por los hombres de mi país, ya no pude sentirme superior a la chica que solo unos momentos antes era mi criada, una inferior. Sumida en el remordimiento, hundí la cara en la almohada y despedí a Marci chasqueando los dedos. Durante muchos días permanecí retirada y en silencio, pensando en la miríada de casos de malos tratos que torturan las mentes de saudíes y extranjeros en esta tierra que llamo mi patria.

¿Cuántas Madeline tratarán de echar una mano a los desamparados para descubrir el vacío que se esconde bajo el uniforme oficial de quienes cobran por hacerlo? Y los de Filipinas, la tierra de Marci, no eran mucho mejores que los de mi país, pues rehuyeron toda implicación personal en el asunto.

Al despertar de mi inquietante sueño de mortificación empecé a interrogar a mis amigas y a descubrir su pasividad en lo relativo a la suerte de sus criadas. Mi tenacidad me inundó de relatos de primera mano sobre los actos viles y nefandos que cometen los hombres de mi cultura contra mujeres de todas las naciones.

Me enteré de lo de Shakuntale, una india que a los trece años fue vendida por su familia por 600 riyales (170 dólares); la hacían trabajar durante el día y la forzaban por la noche, de forma muy parecida a la confiada Madeline. Pero a Shakuntale la habían vendido. Era una propiedad que nadie debía devolver: Shakuntale jamás podría volver a su tierra. Era propiedad de sus sayones.

Horrorizada escuché lo de la señora que rechazó entre risas las quejas de su criada tailandesa a quien violó su hijo a placer. Le dijo que su hijo necesitaba sexo y que la santidad de las mujeres saudíes obligaba a la familia a buscarle una mujer para él. A las orientales, dijo con aplomo, no les importa con quién se acuestan. A los ojos de sus madres, los chicos son reyes.

Advirtiendo de pronto toda la maldad que nos impregnaba, le pregunté a Alí por qué él y mi padre iban a Tailandia y a las Filipinas tres veces al año. Entre burlas me contestó que no era cosa de mi incumbencia. Pero yo sabía la respuesta, pues muchos de los padres y hermanos de mis amigas hacen el mismo viaje a las bellas tierras que venden a sus muchachas y a sus mujeres a cualquier animal que disponga de dinero.

Descubrí que sabía muy poco de los hombres y de su apetito sexual. La vida, vista por fuera, no es más que una fachada; con un poco de esfuerzo pude descubrir la maldad que se agazapa entre los sexos bajo una delgada costra de urbanidad.

Por primera vez en mi joven vida comprendí el impenetrable cometido con que se enfrentaban las de nuestro sexo. Vi que mi meta de conseguir la igualdad para la mujer era desesperada, pues al fin advertía que el mundo de los hombres contiene un enfermizo estado de exagerada indulgencia para sí mismo. Nosotras, las mujeres, somos sus vasallas, y los muros de nuestras cárceles son insalvables, puesto que esta ridícula enfermedad de preeminencia vive en el esperma de los hombres y se transmite de generación en generación: una incurable y mortal enfermedad cuyo huésped es el hombre, y su víctima la mujer.

La propiedad de mi cuerpo, así como la de mi alma, iban a pasar muy pronto de mi padre a un extraño al que llamaría mi marido, pues mi padre me había informado que me casaría tres meses después de mi decimosexto cumpleaños. Sentí que las cadenas de la tradición me envolvían estrechamente; solo me quedaban seis meses de libertad que saborear. Aguardaba a que mi destino se desplegase ante mí, criatura tan desvalida como el insecto atrapado en una dañina tela de araña.

HUDA

Eran las diez de la noche del doce de enero de 1972 y mis nueve hermanas y yo nos hallábamos escuchando hechizadas a nuestra vieja esclava sudanesa Huda, que nos contaba el futuro de Sara. Desde sus traumáticos matrimonio y divorcio, a Sara le había dado por estudiar astrología y estaba convencida de que la Luna y las estrellas habían jugado un papel determinante en su vida. Huda, que desde la más temprana edad había llenado nuestros oídos de relatos de magia negra, estaba encantada de ser el centro de atención y de facilitar distracciones contra la monotonía de la vida en la aburrida Riad.

Todas nosotras sabíamos que en 1899, a la edad de ocho años, Huda, que se había extraviado de su madre, ocupada en recoger boniatos para la cena de la familia, había sido capturada por mercaderes árabes de esclavos. En nuestra juventud, Huda había entretenido a los niños de la casa durante incontables horas con el serial de su captura y prisión.

Para nuestra mayor felicidad, ella mejoraba siempre su captura con gran talento, sin importar las veces que tuviera que repetir el relato. Se agazapaba junto al sofá y canturreaba suavemente, fingiendo jugar con la arena. Tras un chillido salvaje, sacaba un cojín de los de detrás de su espalda y se lo ponía sobre la cabeza, mordiendo y soltando patadas a sus imaginarios verdugos. Se lamentaba, se lanzaba al suelo y pateaba reclamando a su madre entre llantos. Finalmente se subía de un brinco a la mesa de café y, oteando por las ventanas del salón, describía las azules aguas del mar Rojo que surcó el buque en que la llevaron desde el Sudán a los desiertos de Arabia.

Los ojos se le salían de las órbitas al luchar con imaginarios ladrones que asaltaban su escasa comida. Entonces arrebataba un melocotón o una pera del frutero y lo engullía sin dejar más que el hueso o el rabo. Luego caminaba solemnemente por la estancia con las manos a la espalda, pidiendo a Alá la liberación cuando la llevaban al mercado de esclavos.

Vendida a cambio de una escopeta a un miembro del clan Raschid de Riad, andaba tambaleándose entre cegadoras tormentas de arena cuando la conducían por las calles de Jidda hacia la fortaleza de Mismaak, la guarnición del clan Raschid en la capital.

Ahora, al representarlo de nuevo, Huda se iba agazapando detrás de cada mueble; y nos echábamos a reír cuando ella saltaba de un lado a otro esquivando las balas de nuestra gente, el joven Abdul Aziz y sus sesenta hombres, cuando atacaron la guarnición, derrotaron a los Raschid y reclamaron el país para los al Saud. Ella arrojaba su gordo cuerpo sobre una silla y luchaba por protegerse mientras los guerreros del desierto acababan con sus enemigos. Nos contaba que la había rescatado el padre de mi padre, y finalizaba la representación arrastrando al suelo a la más cercana de nosotras cubriéndola de besos, jurándonos que besó a nuestro abuelo por rescatarla. Y así es como entró Huda en nuestra familia.

Al hacernos mayores, ella nos distrajo de nuestras tragedias asustándonos con sobrenaturales afirmaciones de brujería. Mamá solía despachar con una sonrisa esas proclamaciones de Huda, pero cuando, llorando a gritos, desperté de sueños de brujas y pociones, le prohibió a Huda divulgar sus creencias entre las niñas más pequeñas. Ahora que mamá ya no estaba con nosotras, Huda volvía a sus antiguos hábitos con delectación.

La contemplábamos fascinadas cuando le seguía a Sara los surcos de la palma de la mano y entrecerraba sus redondos ojos negros, como si viera desplegarse ante ella su vida como una visión.

A Sara aquello no parecía impresionarle mucho, como si aguardara precisamente aquellas palabras; pero Huda le dijo solemnemente que no conseguiría ver realizadas las ambiciones de su vida. Yo solté un quejido y me agaché tras ella en cuclillas; tenía tantas ganas de que Sara hallase la felicidad que merecía, que vi que me enojaba con Huda y rechazaba a voces sus profecías, tratándolas de supercherías. Nadie me prestó la menor atención, al seguir Huda con el examen de las líneas de la vida de Sara. La anciana restregó su barbilla contra la palma de la mano de Sara, murmurando:

—Hum, Sarita. Ahí leo que vas a casarte muy pronto.

Soltando un chillido, Sara desasió su mano del agarrón de Huda. La pesadilla de otra boda no era lo que ella deseaba oír.

Huda rió suavemente y le dijo a Sara que no huyera de su futuro. Le dijo que iba a conocer un matrimonio con amor y que bendeciría al país con seis pequeños que le darían gran felicidad.

Sara frunció el entrecejo, preocupada, aunque luego se encogió de hombros, apartando de sí lo que no podía controlar. Mirando hacia donde yo estaba, sonrió de un modo extraño. Y le pidió a Huda que leyera mi mano, asegurando que si era capaz de predecir las acciones que su imprevisible hermana pudiera cometer, ella, Sara, creería fielmente en los poderes de Huda hasta el fin de los tiempos. Mis otras hermanas se revolcaban de risa y estaban de acuerdo con Sara, aunque por sus miradas puedo asegurar que querían con tierno orgullo a su hermana más pequeña, aquella que ponía a prueba su paciencia.

Levanté la cabeza con una displicencia que no sentía y me dejé caer pesadamente en un sillón frente a Huda. Y mostrándole las palmas de mis manos le pedí con modales altaneros y mandones que me dijera qué haría yo exactamente dentro de un año.

Huda no hizo caso de mis malos modos infantiles y examinó la palma de mi mano durante lo que me parecieron horas, antes de anunciar mi destino. Nos sorprendió a todas con sus gestos: agitó la cabeza, murmuró para sí unas palabras, y gimió en voz alta mientras consideraba mi futuro. Por fin fijó su mirada en mi rostro y proclamó sus augurios con tal confianza que me asustó su predicción y sentí el siniestro viento cálido de la magia en las palabras que dijo. Con una inesperada voz profunda, Huda me anunció que nuestro padre me comunicaría muy pronto mi próxima boda. Que yo hallaría desgracia y felicidad en un único hombre. Que derramaría destrucción sobre quienes me rodearan. Que mis futuras acciones traerían bienes y males a la familia que amaba. Que sería la destinataria de un gran amor y de un profundo odio. Que había en mí la fuerza del bien y del mal. Que sería un enigma para todo aquel que me quisiera.

Con un grito desgarrador, Huda levantó las manos hacia el cielo y le pidió a Alá que interviniera en mi vida para protegerme de mí misma. Tras acercarse lentamente me levantó y, estrechándome entre sus brazos, dejó escapar un alto y salvaje aullido que era un lamento. Nura se puso en pie de un brinco y me rescató del sofocante abrazo de Huda. Y mientras Nura se llevaba de la estancia a Huda, que susurraba que Alá protegiese la vida de la hija menor de su querida Fadila, mis hermanas trataron de tranquilizarme.

Temblaba aún por la conmoción de los augurios de Huda. Empecé a sollozar y dejé escapar que en una ocasión Huda había alardeado ante mí de ser una bruja; que antes que ella lo había sido su madre, y que los poderes se los había transmitido con la leche materna cuando Huda era una niña de pecho. ¡Precisamente, me lamenté, solo una bruja podría haber reconocido a alguien tan perversa como yo!

Una de mis hermanas mayores, Tahani, me mandó callar, que un juego tonto había salido mal y que no era necesario dramatizar. En un intento por mejorar el humor general, Sara me secó las lágrimas diciendo que mis penas se debían a la preocupación por no sentirme capaz de vivir según las salvajes predicciones de Huda.

Uniéndose a los esfuerzos de Sara, las demás hermanas

empezaron a bromear y acordarse entre ataques de risa de algunas de las travesuras que, a lo largo de los años, le gasté a Alí. Y me recordaron una de las favoritas, que en aquel momento de camaradería comentamos entre nosotras una vez más.

La travesura empezó cuando le pedí a una de mis amigas que llamara a Alí y fingiera haber sucumbido a sus encantos. Durante horas escuchamos las tonterías que él balbuceaba al teléfono y los precisos planos que debería seguir el chófer de la chica para encontrarse con él detrás de una cercana villa en construcción.

La muchacha le convenció de que debía llevar a un chivito atado a una correa para que su chófer pudiera identificarle. Le contó que sus padres se hallaban fuera de la ciudad; que le resultaría más seguro seguir a su chófer hasta su casa para tener un encuentro secreto.

La casa en construcción se hallaba enfrente de donde vivía mi amiga, y mi hermana y yo nos reunimos con ella tras las celosías de su dormitorio. Casi nos pusimos malas de tanto reír, viendo el plantón de horas del pobre Alí, que no soltaba al chivito y que no hacía más que alargar el cuello en busca del chófer. ¡Y para mayor diversión, la chica se las arregló para poner a Alí en aquel trance, no una vez, sino en tres ocasiones! Con sus ganas de encontrar a una chica, Alí perdía el juicio. ¡Recuerdo que pensé que aquel tonto asunto de poner velos funcionaba en ambas direcciones!

Envalentonada con las risas y la confianza de mis hermanas, conseguí apartar de mi mente las cavernosas predicciones de Huda. Al fin y al cabo ella ya había cumplido los ochenta y era muy probable que chocheara.

La consternación se abatió de nuevo sobre mí al visitarnos nuestro padre aquella noche para comunicarme que me había hallado un marido adecuado. Con el corazón encogido, solo pude pensar que la primera de las predicciones de Huda había resultado ser cierta. En mi terror olvidé preguntarle a mi padre el nombre de mi prometido y abandoné la estancia con los ojos velados y con amargura en la garganta. Permanecí despierta casi toda la noche recordando las palabras de Huda. Por primera vez en mi corta vida me asustaba el futuro.

Nura regresó a la villa a la mañana siguiente para decirme que me iba a casar con Karim, uno de mis reales primos. De niña yo había jugado con la hermana de ese primo, aunque no me acordaba de casi nada de lo que había contado de él, salvo que era un mandón. Ahora él tenía veintiocho años y yo iba a ser su primera esposa. Nura me dijo que había visto una fotografía de él y que era excepcionalmente guapo. Y no solo eso: había estudiado leyes en Londres, era abogado. Y todavía más insólito: se distinguía de la mayoría de sus reales primos en que se había labrado una auténtica posición en el mundo de los negocios. Recientemente había abierto su propio e importante bufete de abogados en Riad. Nura añadió que yo era una chica muy afortunada, pues Karim ya le había dicho a mi padre que deseaba que yo completara mis estudios antes de formar una familia. Que no quería una mujer con quien no pudiese discutir las ideas.

Al no sentirme con ánimos de ser tratada con condescendencia, me cubrí la cabeza con la colcha. Nura soltó un gran suspiro cuando le grité que la afortunada no era yo, que si acaso lo sería mi primo Karim.

En cuanto Nura se fue llamé a la hermana de Karim, a quien conocía muy poco, y le dije que le aconsejara a su hermano que haría mejor en reconsiderar lo de casarse conmigo. Le amenacé con que si se casaba conmigo no podría tomar otras esposas, o las envenenaría a la primera oportunidad. Además, le dije, a mi padre le había resultado muy difícil hallarme marido, pues yo había sufrido un accidente en el laboratorio del colegio. Y al preguntarme la hermana de Karim qué había sucedido, me las di de inocente para terminar admitiendo que había dejado caer tontamente un frasco de ácido y que el resultado era que mi rostro tenía unas cicatrices horrorosas. Solté una gran carcajada cuando ella se apresuró a colgar para contárselo a su hermano.

Aquella misma tarde, poco después, mi padre se plantó furioso en la villa llevando a remolque a dos de las tías de

Karim, y tuve que permanecer en actitud de firmes mientras me examinaban en busca de cicatrices faciales o de miembros deformes. Me encolericé de tal manera con aquella inspección que abrí la boca y les dije que me examinasen también la dentadura, si se atrevían. E inclinándome hacia ellas simulé masticar ruidosamente. Y cuando relinché como un caballo y les mostré la suela de mi zapato como dándoles una coz, que en el mundo árabe es un tremendo insulto, ellas se apresuraron a abandonar la habitación mirándome, consternadas, por encima del hombro.

Mi padre me contempló en silencio durante un buen rato. Parecía que trataba de contener sus emociones y entonces, para mi completo asombro, agitó la cabeza y empezó a reír. Había esperado un cachete o un sermón... Ni loca habría podido imaginar que se riera ahora. Noté que asomaba una temblorosa sonrisa a mi rostro y luego también yo estallé en convulsivas carcajadas. Llevados por la curiosidad, Sara y Alí aparecieron en la habitación y se quedaron mirándonos con unas sonrisas interrogativas en sus caras.

Mi padre se derrumbó en el sofá, secándose las lágrimas con el dobladillo de su *zobe*. Y mirándome, exclamó:

—Sultana, ¿te fijaste en las caras que pusieron cuando trataste de morderlas? ¡Una de ellas sí que parecía un caballo! ¡Chica, eres de miedo! Por tu primo Karim no sé si sentir envidia o compasión. —Y se sonó—. ¡Lo que es seguro es que la vida contigo será un asunto tempestuoso!

Sintiéndome embriagada por la aprobación de mi padre, me senté en el suelo ante él y me recliné sobre sus rodillas. Quería retener aquel momento para siempre, cuando él, apretujándome los hombros, dirigió una franca sonrisa a su divertida hija. Aprovechándome de aquella escena tan íntima, me envalentoné y le pregunté a mi padre si podría ver a Karim antes de la boda.

Volviéndose, él miró a Sara; algo en su expresión le emocionó. Y dando unas palmadas al sofá, le pidió que se sentase allí. No hubo palabras entre los tres, pero nos comunicamos a través del vínculo generacional.

Asombrado por la atención que se dispensaba a las hembras de la familia, Alí se apoyó en el marco de la puerta con la boca abierta en un círculo perfecto; ¡se había quedado mudo!

KARIM

Para mayor extrañeza de mi padre y para mi mayor amargura, la familia de Karim no rompió el compromiso. En vez de
eso, la semana siguiente Karim y su padre se presentaron en
el despacho del mío y le pidieron con toda cortesía que a
Karim se le permitiera verme, bajo la adecuada supervisión,
claro. Karim se había enterado de mi conducta poco ortodoxa
con sus parientes y, por curiosidad, quería saber si estaba
completamente loca o si era solo muy animada.

Mi padre no había contestado a mi demanda de ver a
Karim, pero una petición de la familia de Karim era algo muy
distinto. Y tras discutir largamente con varias tías de la familia y con mi hermana Nura, papá dio una respuesta favorable
a la petición de Karim.

Cuando papá me contó la noticia, bailé por la estancia loca
de contento. ¡Me vería antes de la boda con el hombre con
quien me iba a casar! Mis hermanas y yo nos sentíamos elec-
trizadas, pues aquello era algo que no se hacía en nuestro
mundo; éramos como prisioneras que sienten que se les ali-
geran las cadenas siempre presentes de la tradición.

Los padres de Karim, con Nura y mi padre, decretaron
que Karim y su madre vinieran a nuestra villa a tomar el té
con nosotras una tarde, dos semanas después. A Karim y a mí
nos harían de carabina su madre, Nura, Sara y dos tías más.

Ante la posibilidad que se había abierto en el horizonte de
poder controlar mi vida, renació la esperanza, una fantasía que

ayer no me hubiese atrevido a soñar. Estaba muy emocionada y me preguntaba si Karim sería de mi agrado. Entonces me asaltó un pensamiento nuevo y desagradable: ¡quizá yo no le gustara a Karim! ¡Cuánto me hubiese gustado ser bella como Sara para que los corazones de los hombres latiesen locos de deseo al verme!

Ahora pasaba horas mirándome al espejo, maldiciendo mi baja estatura, retorciendo mis cortos y lacios rizos. La nariz me parecía demasiado pequeña para mi cara…, los ojos carecían de realce. ¡Quizá sería mejor que me ocultara bajo un velo hasta la noche de la boda!

Sara se rió de mis sufrimientos y trató de tranquilizarme; a los hombres les gustan las mujeres menudas, en especial las que tienen naricillas respingonas y ojos sonrientes. Nura, cuya opinión respetaba siempre todo el mundo, dijo riendo que a todas las mujeres de la familia les parecía una chica muy bonita. Yo nunca había perseguido la belleza; quizá hubiera llegado la hora de realzar mis encantos.

Consumida de pronto por el deseo de ser considerada una mujer deseable, le dije a mi padre que no tenía qué ponerme. Pues aunque nosotras, las saudíes, llevemos velo por la calle, nuestras oscuras prendas exteriores quedan descartadas tan pronto entramos en la casa de una amiga. Y ya que no podemos consternar a los del sexo opuesto, salvo a nuestros maridos, nosotras, las mujeres, con los modelos elegidos con todo cuidado, tratamos de deslumbrarnos las unas a las otras. ¡Pues sí, en realidad nos vestimos para las demás mujeres! Y así, por ejemplo, las mujeres de mi país se presentarán a un té vistiendo encajes de satén y con sus adornos elegantemente acentuados por un despliegue de valiosos diamantes y rubíes.

Muchas de mis amigas extranjeras se han asombrado de los descocados escotes y cortas faldas que ocultan nuestras desaliñadas *abaayas*. Me han dicho que nosotras, las mujeres saudíes, nos parecemos a las vistosas aves exóticas, en eso de guardar nuestras prendas más selectas bajo los negros velos y los *abaayas*. Sin duda las mujeres de negro nos tomamos más tiempo y esfuerzo con la ropa que llevamos bajo los velos, que las occidentales, que pueden ostentar su ropa elegante.

Una mujer con el tradicional velo beduino.

En un apartado desierto como este, barrido por los vientos, la madre de Sultana fue enterrada en una tumba anónima.

Aunque ya no se utilizan para el transporte, los camellos son aún valorados por razones sentimentales.

Fuerte Mismaak, Riad. En este lugar, el primer rey de Arabia Saudí derrotó al clan Raschild.

Un palacio típico en Arabia Saudí.

El rey Fahd, actual monarca de Arabia Saudí.

Una habitación decorada como una tienda, en el interior de un palacio saudí. Muchas mansiones reales poseen tales habitaciones en homenaje a sus orígenes beduinos.

Una tienda en el mercado del oro, en Riad.

Las mujeres saudíes deben llevar el velo hasta en la playa.

Una mujer con el tradicional velo y abaaya.

Mi padre, encantado por el interés que demostraba en una boda que él creyó que yo iba a trastornar, cedió fácilmente a mis súplicas. Y nos fuimos con Nura y su marido a Londres para una juerga de tres días de compras en «Harrods».

No escatimé esfuerzos para contarles a las vendedoras de «Harrods» que iba a conocer a mi novio la semana siguiente. Y precisamente porque era una princesa saudí, no quise que supusieran que no podía elegir. Me desagradó que nadie se sorprendiera ante mi orgullosa proclamación. Quienes son libres no pueden comprender el valor que tienen las pequeñas victorias para quienes viven con el ronzal al cuello.

En Londres, Nura dispuso lo necesario para que un nuevo maquillaje me diera una apariencia enteramente distinta y para que me tuvieran preparado un muestrario de vestidos con indicación de los colores que mejor conjugaban. Cuando me dijeron que el verde esmeralda era el color que mejor me quedaba, me compré diecisiete artículos en esa tonalidad. Mi rebelde pelo fue recogido hacia atrás en suaves rizos, y yo me quedaba contemplando con delicioso asombro a la sofisticada desconocida al pasar ante los escaparates cuando iba de compras por los barrios comerciales de Londres.

Ya en el día de la recepción, Sara y Marci me ayudaron a vestirme. Yo alternaba gritos y maldiciones ante la imposibilidad de repetir mi peinado de Londres, cuando de súbito apareció Huda en la puerta del dormitorio.

—¡Estáte atenta! —chilló entrecerrando los ojos hasta convertirlos en rayas—. ¡Primero conocerás la felicidad, pero luego la desgracia te llegará también con tu marido!

Le arrojé el cepillo a la cabeza y le ordené a voces que no me estropeara el día con sus enredos. Mientras me ondulaba el pelo, Sara me dijo que debería darme vergüenza, que Huda no era más que una pobre anciana. Pero la conciencia no me pesaba en lo más mínimo, y así se lo dije a Sara. Y ella me contestó que la razón era que yo no tenía conciencia. Nos enfurruñamos ambas hasta que sonó el timbre de la puerta. Y entonces me abrazó y me dijo que estaba adorable con mi ropa verde esmeralda.

¡Y ahora iba a ver a mi futuro marido en carne y hueso! Los fuertes latidos de mi corazón me ensordecían los oídos. Y saber que todos los ojos vigilaban mi reacción, me hizo enrojecer, lo que echaba a perder la distinguida entrada que había planeado. ¡Oh, poder volver a la seguridad de la infancia!

Pero no tenía por qué pasar por aquello. Karim no solo era el chico más guapo que había visto en mi vida, sino que sus sensuales ojos siguieron acariciadores mis menores movimientos e hicieron que me sintiera la criatura más adorable de la Tierra. Al poco de nuestra forzada presentación, yo sabía que él jamás rompería nuestro compromiso. Descubrí en mí un talento oculto, el más valioso para las mujeres que deben arreglárselas para conseguir su objetivo. Supe que era una coqueta. Con la mayor naturalidad me encontré haciendo mohínes con los labios y parpadeando al mirar a Karim. Mi imaginación me remontó; Karim solo era *uno* de mis galanes.

La madre de Karim no me quitaba ojo, poco complacida con mis modales de vampiresa. Sara, Nura y las tías intercambiaban miradas apenadas. Pero Karim había quedado hipnotizado, y lo demás no importaba.

Antes de que él y su madre se fueran, preguntó si podría llamarme por teléfono una noche de aquella semana para discutir los planes de nuestra boda. Y yo escandalicé a mis tías al no pedirles permiso antes de contestar:

—Pues claro, a cualquier hora después de las nueve, perfecto.

Y dirigí a Karim una femenina y prometedora sonrisa al despedirnos.

Canturreaba mi tonadilla predilecta, una balada libanesa de amor, mientras Nura, Sara y las tías me contaban con todo detalle hasta el menor de mis errores. Me dijeron que estaban seguras de que la madre de Karim insistiría para que se anulara el compromiso, pues con los ojos y los labios prácticamente yo había seducido a su hijo. Les contesté que lo que ellas tenían eran celos de que hubiera tenido la ocasión de ver a mi novio antes de la boda. Sacándoles la lengua a las tías les dije que eran demasiado viejas para entender los latidos de los corazones jóvenes; las dejé boquiabiertas y con los ojos desorbitados con mi audacia. Luego me encerré en el cuarto de baño y empecé a cantar a pleno pulmón.

Más tarde medité sobre mi conducta. Si no me hubiera gustado Karim, me habría asegurado no gustarle a él. Pero al gustarme, había querido que se enamorase de mí. Mis acciones habían sido muy preparadas: si él me hubiese parecido repulsivo y hubiera querido que rompieran el compromiso, hubiese comido con malos modales, eructando a la cara de su madre y derramando el té sobre las rodillas de Karim. Y si eso no lograba convencer a su madre y a su familia de que yo no era la esposa ideal para Karim, estaba dispuesta incluso a pedorrear. Afortunadamente para Karim y para su madre, se salvaron de una tarde sorprendente, porque le encontré atractivo y de carácter agradable. Me sentía tan aliviada al saber que no me iba a casar con un viejo, que pensé que el amor iba a hallar un terreno muy fértil en nuestra unión.

Con unos pensamientos tan placenteros en la cabeza, regalé a Marci seis preciosos conjuntos de mi armario y le dije que iba a pedirle a mi padre que la dejase ir conmigo a mi nuevo hogar.

Aquella noche me llamó Karim. Me contó muy divertido que su madre le había aconsejado que no se casara conmigo. Que temblaba de rabia por mi atrevimiento y predecía que yo causaría pesadumbre al mayor de sus hijos y, a la vez, sería un desastre para toda la familia.

Sintiéndome segura de las artimañas femeninas recién halladas en mí, le respondí provocativa que haría bien en seguir el consejo de su madre.

Karim me susurró que yo era la chica de sus sueños; una real prima, brillante y alegre. Afirmó que no podía soportar a las mujeres con las que su madre lo querría casar: chicas que permanecían sentadas, mudas, ante él, tratando de anticiparse a sus menores deseos. Que a él le gustaban las chicas con agallas; que le aburría lo corriente; que yo era el deleite de sus ojos.

Karim sacó un tema extraño; me preguntó si había sido «circuncidada». Le dije que tendría que preguntárselo a papá. Pero él me advirtió:

—No, no lo hagas; si no lo sabes, quiere decir que no.

Y aquello pareció gustarle.

En mi inocencia, saqué el tema de la circuncisión durante la cena. Aquella noche era el turno de mi padre con su tercera esposa, por lo que Alí presidía la mesa. Pasmado por mi pregunta, dejó su copa en la mesa bruscamente y miró a Sara en espera de su comentario. Yo continué mojando pan en el plato de *humus* (un guiso de garbanzos) y, por unos instantes, no acerté a ver la ansiedad en los ojos de mis hermanas. Pero al levantar la mirada vi que todo el mundo se sentía muy incómodo.

Creyéndose el jefe de la familia, Alí dio un puñetazo en la mesa y quiso saber dónde había oído yo aquella palabra. Advirtiendo que algo andaba mal, me acordé de la advertencia de Karim y dije que había oído la charla de unas criadas.

Con una mirada hacia mí, Alí acalló mi ignorancia y le ordenó bruscamente a Sara que llamase a Nura por la mañana para que hablase con «esa niña».

Ahora que nuestra madre había muerto, Nura, por ser la mayor, era la encargada de explicarme esos temas. Y llegó a nuestra villa a las diez de la mañana y subió directamente a mi habitación. La había llamado Alí. Tenía una expresión huidiza al decirme que Alí le había informado de que su misión como hermana mayor dejaba mucho que desear. Y que Alí le iba a comunicar a su padre sus observaciones y su desagrado.

Sentándose en el borde de mi cama, Nura me preguntó en tono amable qué sabía yo de las relaciones entre hombre y mujer. Muy confiada le contesté que sabía cuanto hay que saber.

—Creo que te domina la lengua, hermanita —sonrió mi hermana—. Quizá no lo sepas todo de la vida.

Pero comprobó que yo sabía muchas cosas acerca del acto sexual.

Como en la mayor parte del mundo musulmán, en Arabia Saudí el tema del sexo es tabú. Y el resultado es que las mujeres apenas hablan de nada más. Las charlas sobre el sexo, los hombres y los críos dominan en todas las reuniones femeninas.

En mi país, con las pocas actividades que hay para calmar la mente de las mujeres, la ocupación más importante para ellas es reunirse un día en el palacio de una y al siguiente en el de otra. No es raro para nosotras asistir a esas reuniones todos los días de la semana, salvo los viernes, que es nuestra fiesta religiosa. Nos reunimos, tomamos té o café, comemos pasteles y dulces, vamos de un sofá a otro contándonos chismes. En cuanto una mujer lleva su velo, automáticamente la incluyen en esas funciones.

Desde que llevo el mío he oído, fascinada, contar a jóvenes novias sus noches de boda, y ningún detalle era tan íntimo que no pudiera ser revelado. Algunas de las más jóvenes asombraban a las reunidas declarando que ellas gozaban con el sexo. Otras decían que simulaban disfrutar de las atenciones de su marido para evitar que tomasen otra esposa. Luego había también esas mujeres que desprecian todo lo del sexo de tal modo que durante el acto mantienen los ojos cerrados, soportando los embates de sus maridos con miedo y asco. Y algunas, durante esas charlas, guardaban silencio, huyendo del tema; esas eran las mujeres a las que los hombres de sus vidas trataban con crueldad, de modo parecido al trato brutal que había padecido Sara.

Convencida de que había comprendido las implicaciones de la vida marital, Nura añadió muy poco a mis conocimientos. Lo que sí hizo fue desvelar que era mi deber como esposa estar disponible para Karim en todo momento, sin importar mis sentimientos. Yo proclamé que haría lo que quisiera, que Karim no podría forzarme en contra de mis inclinaciones. Nura hizo ademanes negativos con la cabeza. Ni Karim ni ningún otro hombre aceptaría el rechazo. El lecho matrimonial era su derecho. Hice constar que Karim era distinto; que nunca iba a utilizar la fuerza. Nura contestó que los hombres no eran comprensivos en esos asuntos. Que no debía esperar eso, o me aplastarían las sorpresas desagradables.

Para cambiar de tema le pregunté a mi hermana sobre la circuncisión. Casi en voz baja, Nura me contó que a ella la habían circuncidado a los doce años, y que aquel rito se había practicado también en las tres hermanas que la seguían en edad. A las seis hijas más jóvenes de la familia se les ahorró aquella bárbara costumbre gracias a la intervención de un médico occidental que habló durante horas con nuestro padre en contra de aquel rito. Nura añadió que no sabía yo la bendición que era tener que soportar aquel trauma.

Advertí que mi hermana se hallaba al borde del llanto; le pregunté qué había sucedido.

Durante más generaciones de las que conoció Nura, las mujeres de mi país habían sido circuncidadas. Como la mayoría de las saudíes, nuestra madre lo fue al convertirse en mujer, pocas semanas antes de su boda. Y a los catorce años, cuando Nura se convirtió en mujer, nuestra madre siguió la única tradición que conocía y dispuso la circuncisión de Nura en un poblado a unos kilómetros de Riad.

Y se preparó una fiesta, y tuvo lugar una ceremonia. La joven Nura estaba asustada por el honor que le concedían como centro de atención. Poco antes del ritual su madre le contó que las mujeres de más edad iban a efectuar una pequeña ceremonia y que era muy importante que Nura permaneciera muy quieta. Una mujer tocó un tambor, otra canturreó. Las ancianas se apiñaron en torno a la asustada criatura. Cuatro mujeres acostaron sobre una sábana extendida sobre el suelo a una Nura desnuda de cintura para abajo; la más vieja de las mujeres levantó su mano: horrorizada, Nura advirtió que lo que empuñaba en ella era un instrumento parecido a una cuchilla. Nura gritó al sentir un dolor agudo en la zona genital. Las mujeres la levantaron y, mareada por el trastorno, fue felicitada por haberse convertido en mujer adulta. Y temblando de la cabeza a los pies vio que la sangre manaba de sus heridas. Fue llevada a una tienda, donde la curaron y vendaron.

Sus heridas sanaron rápidamente, pero ella no entendió las implicaciones de aquel proceder hasta su noche de bodas; hubo dolor insoportable y mucha sangre. Y por persistir ambas cosas, sintió despertarse en ella un gran miedo a acostarse con su marido. Finalmente, al quedar encinta, visitó a un médico occidental que se horrorizó ante sus cicatrices. Le dijo que le habían cercenado la totalidad de sus genitales externos y que no había duda de que a ella él acto sexual siempre le acarrearía sangre, dolor y llanto.

Cuando el médico averiguó que otras tres hermanas de Nura habían sido circuncidadas y que seguramente las seis restantes sufrirían la misma suerte, le encareció que le arreglara una entrevista con sus padres en la clínica.

Mis otras tres hermanas visitaron también al médico. Él dijo que mi hermana Baher se hallaba mucho peor aún que Nura y que no entendía cómo podía aguantar las relaciones sexuales con su marido. Nura, que había presenciado las ceremonias de sus hermanas, recordaba que Baher había luchado con las ancianas y que había conseguido alejarse algunos metros de sus torturadoras. Pero que al fin fue atrapada y devuelta a la sábana, donde sus pataleos provocaron muchas mutilaciones y una gran pérdida de sangre.

Para sorpresa del médico, resultó ser mi madre quien insistió en que circuncidasen a sus hijas. Ella había sufrido también el rito; estaba convencida de que aquello era voluntad de Alá. Por fin el médico convenció a nuestro padre de la rematada estupidez de aquel proceder, así como de sus peligros para la salud. Nura dijo que yo me había salvado de una costumbre cruel e inútil.

Le pregunté a Nura por qué creía ella que Karim me interrogó sobre aquel asunto. Me contestó que tenía suerte de que Karim fuese un hombre que creyera que para una mujer era mejor estar completa. Que muchos insisten aún en la circuncisión de sus novias. Aquel asunto dependía de la región de procedencia y de las creencias de la familia en cuyo seno había nacido la niña. Unas familias continúan su práctica, mientras que otras la han relegado al bárbaro pasado al que pertenece. Añadió que a ella aquello le parecía como si Karim quisiera una esposa que compartiera el placer, que no fuera solo un objeto de placer.

Y me dejó a solas con mis pensamientos. Sabía que era muy afortunada de ser una de las hijas menores de la familia. Me sacudió un estremecimiento al pensar en el trauma por el que habían pasado Nura y mis otras hermanas.

Era feliz de que Karim se preocupara por mi bienestar. Empecé a acariciar la idea de que algunas mujeres pudieran ser felices en mi país pese a tradiciones que no pertenecen a una sociedad civilizada. Y aun así, la injusticia de todo aquello seguía dándome vueltas en la cabeza; que las mujeres de Arabia solo pudiéramos hallar la felicidad si los hombres que mandaban en nuestras vidas eran considerados con nosotras; que en otro caso nos embargaría la tristeza. Y sin que importe lo que hagamos, nuestro futuro va atado a un requisito previo: el grado de amabilidad del hombre que mande en nosotras.

Sintiéndome soñolienta aún, me volví a acostar, soñé que aguardaba a mi novio Karim y llevaba un bello camisón verde esmeralda. Karim tardaba en llegar y mi sueño se convirtió en una pesadilla de la que desperté bañada en sudor y temblando; me perseguían unas macabras viejas de negro, empuñando cuchillas y pidiendo a gritos mi sangre.

Llamé a Marci para que me trajera agua fría. Estaba angustiada, pues reconocía el significado de mi pesadilla; el mayor obstáculo para cambiar y mejorar nuestras anticuadas costumbres es la propia mujer árabe. Las mujeres de la generación de mi madre carecían de educación y tenían pocos conocimientos aparte de los que sus hombres les decían que eran ciertos; y la trágica consecuencia de eso era que, bajo el cruel cuchillo de la barbarie, tradiciones como la circuncisión eran mantenidas vivas por la misma gente que las había padecido. En su confusión entre pasado y presente, ayudaban involuntariamente a los hombres en su esfuerzo para mantenernos en el aislamiento y la ignorancia. Y aunque le hubieran hablado de peligros clínicos, mi madre se hubiese apegado al pasado tradicional; no habría podido imaginar para sus hijas otra senda que la que ella misma había seguido, por temor a que cambiar las tradiciones perjudicara sus oportunidades de casarse.

Solo nosotras, las mujeres modernas e instruidas, podíamos cambiar el curso de la vida de la mujer. Estaba a nuestro alcance; en nuestras matrices. Contemplaba la fecha de mi boda con decidida anticipación; yo iba a ser la primera mujer saudí que reformara su círculo íntimo. Y serían mis hijos y mis hijas quienes remodelarían Arabia, convirtiéndola en un país válido para todos sus ciudadanos, hombres y mujeres.

LA BODA

Con motivo de mi boda, la habitación en que me estaban vistiendo rebosaba alegría. Me rodeaban mujeres de mi familia; no se podía oír a nadie, pues todo el mundo hablaba y reía por ser aquella una ceremonia de fausto muy especial.

Me hallaba en el palacio de Nura y Ahmed, el cual habían ultimado solo unas semanas antes de mi boda. Nura estaba contenta del resultado y ansiaba que los comentarios sobre su lujosa mansión traspasaran la ciudad de Riad, y que esta dejara a todos boquiabiertos por la belleza conseguida y el dinero gastado.

Para empezar, yo odiaba el palacio de Nura; por motivos románticos me hubiera gustado casarme en Jidda, junto al mar. Pero mi padre había insistido en celebrar una boda tradicional y, por una vez, no hice ninguna escena porque mis demandas no fueran satisfechas. Meses atrás había decidido ya contener mis arrebatos, salvo para asuntos de excepcional importancia, y dejar que me resbalaran las irritaciones de menor enjundia. No había duda de que las desventajas de mi tierra me estaban dejando exhausta.

Con Nura irradiando felicidad, nuestras parientas la llenaban de cumplidos sobre la belleza del palacio. Sara y yo intercambiábamos sonrisitas, pues ya hacía algún tiempo que habíamos convenido en que el palacio era del peor gusto.

El palacio de mármol de Nura era enorme; cientos de operarios yemeníes, filipinos y tailandeses supervisados por serios contratistas alemanes habían trabajado de sol a sol durante meses para crear aquella monstruosidad. Pintores, carpinteros, herreros y arquitectos no habían hablado entre ellos, y él resultado era que el palacio se daba de bofetadas consigo mismo.

Los vestíbulos eran dorados y estaban ricamente adornados. Sara y yo contamos ciento ochenta pinturas solo en el vestíbulo principal. Sara retrocedía angustiada diciendo que la elección de las pinturas había sido hecha por alguien que no tenía el menor conocimiento de los grandes maestros. Alfombras chillonas adornadas con una gran variedad de aves y otros animales cubrían suelos interminables. Los engalanados dormitorios sofocaban mi corazón; me preguntaba cómo era posible que hijas de la misma sangre pudieran diferir de aquel modo al elegir estilos.

Pero mientras que Nura había fracasado miserablemente en la decoración de su casa, los jardines eran una obra maestra. Rodeaban el palacio casi dos kilómetros de lagos y extensiones de césped adornados con macizos de flores, plantas y árboles maravillosamente dispuestos. Había muchas sorpresas para deleite de los ojos: esculturas, vistosas pajareras, fuentes de agua… incluso un tiovivo.

Me iba a casar con Karim en los jardines, a las nueve de la noche. Sabiendo que me gustaban las rosas amarillas, Nura había mandado traer de Europa miles de ellas, que ahora flotaban en el lago, junto al pabellón rosado donde debía ir a reclamarme Karim. Nura anunció con orgullo que la gente ya decía que aquella era la boda de la década.

En Arabia Saudí no se anuncian las bodas ni los compromisos; esos asuntos se consideran extremadamente privados. Pero los chismorreos sobre ocasiones fastuosas y dispendios económicos se extienden deprisa por todo el territorio, y cada rama de la realeza rivaliza por gastar más que las demás.

Empecé a dar manotazos a mis tías y a gritar cuando eliminaron bruscamente el vello de mis partes íntimas. Aullando de dolor les pregunté cuándo había empezado aquella costumbre salvaje. La mayor de mis tías me abofeteó por tamaño descaro.

Y mirándome con severidad a los ojos afirmó que yo era una niña tonta y que como hija de la fe musulmana debería saber que el Profeta recomienda que en aras de la higiene hay que eliminar el vello púbico y el de las axilas cada cuarenta días. Obstinada como siempre, grité que esa práctica ya no tenía ningún sentido, pues los musulmanes modernos contamos con agua caliente y jabón para combatir nuestra suciedad. ¡Ya no tenemos que utilizar la arena del desierto para esas cosas!

Sabiendo lo inútil que era discutir conmigo, mi tía prosiguió con sus deberes. Y escandalicé a todos los presentes al proclamar que si el Profeta pudiera hablar en esta época de comodidades modernas, estaba segura de que pondría fin a aquella estúpida tradición. Claro, dije a voces, aquello solo probaba que nosotros, los saudíes, no teníamos más personalidad que las mulas; que seguimos los pasos de la mula que nos precede aunque nos lleve directamente a un precipicio. Y solo cuando actuemos con la vitalidad de un garañón y con una fuerte voluntad podremos entrar en el progreso y dejar atrás la época de aquellos primitivos.

Mis parientas intercambiaron miradas de preocupación, pues vivían atemorizadas por mi espíritu de rebeldía y solo se sentían a gusto entre mujeres complacientes. El hecho de que me gustara la persona que había elegido mi padre lo consideraban poco menos que milagroso, pero hasta que se hubiera completado el último de los ritos ninguna de mis parientas recobraría el aliento.

Mi vestido había sido confeccionado con encaje del color rojo más vivo que pude encontrar. Yo era una novia audaz y hallaba un gran placer en escandalizar a mi familia, que me había rogado que llevara uno de un suave tono melocotón o rosa pálido. Y según mi costumbre, me negué a ceder. Sabía que tenía razón. E incluso mis hermanas terminaron por aceptar que aquel color tan vivo le sentaba muy bien a mi cutis y a mis ojos.

Me entró un feliz aturdimiento cuando Sara y Nura deslizaron por mi cabeza y hombros el vestido y abrocharon los delicados botones alrededor de mi cintura.

Y sentí unos instantes de pesar al abrocharme Nura al cuello el regalo de rubíes y diamantes de Karim. No pude dejar de recordar la imagen de mamá el triste día de la boda de Sara, cuando, como una niña que era yo, me senté en el suelo ante ella para verle abrochar las indeseadas joyas alrededor del cuello de su hija. Solo hacía dos años de aquello, y sin embargo parecía que hubiera ocurrido en otra vida, y a otra Sultana. Pero dejé a un lado la melancolía y sonreí al advertir que mamá me contemplaba desde una gran distancia con un brillo de satisfacción en los ojos. Apenas podía respirar dentro de aquel estrecho corpiño al inclinarme a recoger un ramo de primaverales flores hecho enteramente de piedras preciosas, que Sara había diseñado especialmente para la ocasión.

Mirando a los sonrientes rostros de mis hermanas anuncié finalmente:

—Estoy dispuesta.

Era otro comienzo para mí, una nueva vida.

Un redoble de tambores ahogó los sones de la orquesta contratada en Egipto. Y con Nura a un lado y Sara al otro hice mi entrada triunfal ante los impacientes invitados que aguardaban, ansiosos, en el jardín.

Como en todas las bodas saudíes, la ceremonia oficial había tenido lugar con anterioridad. Con Karim y su familia en un extremo del palacio y yo y la mía en el otro, el jeque religioso había ido de una habitación a la otra preguntándonos si nos aceptábamos el uno al otro. Ni a Karim ni a mí se nos había permitido decir las palabras rituales en presencia del otro.

Durante cuatro días con sus noches nuestras familias lo habían estado celebrando. Y la fiesta continuaría otros tres días después de que nos presentásemos ante nuestras invitadas. La ceremonia de aquella noche era solo el escenario montado para que los amantes disfrutaran con la belleza del cumplimiento de la juventud y de la ilusión. Era nuestra noche de gloria.

No había vuelto a ver a Karim desde nuestro primer encuentro. Sin embargo, nuestro noviazgo había proseguido durante largas horas de juguetonas charlas por teléfono. Ahora admiraba a Karim que, escoltado por su padre, avanzaba lentamente hacia el pabellón. ¡Era tan guapo, e iba a ser mi marido!

Por algún extraño motivo, me sentía fascinada por los latidos de su corazón. Contemplaba los temblorosos movimientos de su garganta y contaba los latidos. Con la imaginación me refugiaba en su pecho, en aquel poderoso lugar de romance, pensando «este corazón es mío». Solo yo tengo el poder de hacerlo latir feliz o desgraciado. Era aquel un momento que devolvía la serenidad a una muchacha.

Por fin él vino a quedar ante mí, alto y erguido; de súbito sentí que me embargaba la emoción. Noté que los labios me temblaban y los ojos se me humedecían mientras luchaba por contener las lágrimas. Entonces Karim me quitó el velo que cubría mi faz y ambos rompimos a reír, por lo intenso de nuestra emoción y alegría. El público femenino empezó a aplaudir ruidosamente y a patear con los pies. En Arabia es raro ver novios tan encantados el uno con el otro.

Yo me ahogaba en los ojos de Karim, y él en los míos. Me llenaba un sentimiento de incredulidad. Había sido una chica llena de aprensiones y ahora mi marido, en vez de ser el esperado objeto de mis temores, era quien me liberaba dulcemente de las angustias de mi juventud.

Ansiosos por hallarnos a solas, nos demoramos muy poco después de la ceremonia para recibir los parabienes de nuestras amigas y familiares. De unas bolsitas de terciopelo, Karim sacó unas monedas de oro que lanzó a varios grupos de felices invitadas, mientras yo desaparecía calladamente para cambiarme el vestido por ropa de viaje.

Hubiera querido hablar con mi padre, pero en cuanto finalizó su papel se había apresurado a abandonar los jardines. Sus ideas se habían tranquilizado; la más pequeña y tremenda de las hijas de su matrimonio con su primera esposa estaba a buen recaudo y había dejado de ser responsabilidad suya. Me dolía que mi deseo de que hubiese habido unos lazos de amor entre nosotros no hubiera conseguido hacerse realidad.

Karim me había prometido que, para la luna de miel, iríamos adonde yo quisiera y haríamos lo que a mí se me antojara. Que mis deseos serían órdenes para él. Con el júbilo de la juventud, hice listas de los lugares que deseaba ver y de las cosas que me gustaría hacer. Nuestra primera escala sería El Cairo para, desde allí, ir a París, Nueva York, Los Ángeles y Hawai. Íbamos a disfrutar de ocho preciosas semanas de libertad, lejos de los temores de Arabia Saudí.

Vestida con un conjunto de seda verde esmeralda, me despedí calurosamente de mis hermanas. Sara no podía soportar verme partir y lloraba desconsolada. Susurraba repetidamente «Ten valor» y el corazón se me partía en el pecho; de sobras veía yo que los recuerdos de su noche de bodas no se le borrarían jamás por completo. En el mejor de los casos, aquellos pensamientos sobre su propia luna de miel se volverían borrosos con el paso del tiempo.

Me cubrí el conjunto de gran modisto con mi negro *abaaya* y mi negro velo y me deslicé en el asiento trasero del «Mercedes» junto a mi flamante marido. Mis catorce valijas ya habían sido transportadas al aeropuerto.

Para poder disfrutar de una mayor intimidad, Karim había sacado billetes de primera clase en todos los vuelos del viaje. Las azafatas libanesas dejaban escapar abiertas sonrisas al observar nuestra torpe conducta. Éramos como adolescentes, pues no habíamos podido aprender el arte de cortejar.

Llegamos finalmente a El Cairo, pasamos rápidamente la Aduana y nos llevaron a una opulenta mansión junto a los bancos del viejo Nilo. La casa, que pertenecía al padre de Karim, había sido construida en el siglo XVIII por un rico comerciante turco. Restaurada por el padre de Karim hasta recobrar su original esplendor, la villa, con sus treinta habitaciones, se extendía por niveles irregulares con arqueadas ventanas que daban a los lujuriantes jardines. Cubrían las paredes unos azulejos de un delicado azul celeste y con unas intrincadas figuras grabadas. Me sentí seducida por la casa. Y le dije a un orgulloso Karim que aquel era un lugar maravilloso donde empezar un matrimonio.

Aquella villa, impecablemente decorada, me trajo a la mente los chillones defectos en la decoración del palacio de Nura. Y de pronto caí en la cuenta de que el dinero no concede de un modo automático la categoría de artista a los de mi país, ni siquiera en mi propia familia.

Yo era una niña entonces, tenía solo dieciséis años, pero mi marido entendió lo que significaba mi juventud y me facilitó la introducción al mundo de los adultos del único modo posible. Ni él ni yo estábamos de acuerdo con los modales en los matrimonios de nuestro país. Él decía que a dos extraños no había que intimidarlos, ni aun cuando fueran marido y mujer. En su opinión, hombre y mujer debían disponer de tiempo para entender los secretos del otro, que es lo que hace crecer el deseo. Karim me contó que muchas semanas antes decidió que él y yo íbamos a tener nuestro cortejo después de nuestra boda. Y que cuando yo estuviera dispuesta para él, sería yo quien dijera «quiero conocerte por entero.»

Pasamos nuestros días y noches jugando. Cenábamos, paseábamos a caballo alrededor de las pirámides, curioseábamos en los atestados bazares de El Cairo, leíamos y charlábamos. A los criados les extrañaba ver una pareja tan alegre que se daba castamente el beso de buenas noches antes de meterse en dormitorios separados.

A la cuarta noche me llevé a mi marido hasta meterlo en mi cama. Luego, con mi somnolienta cabeza sobre su hombro, le susurré que quería ser una de aquellas escandalosas esposas jóvenes de Riad que animosamente admitían gozar de la relación sexual con su marido.

Nunca había estado antes en América y ansiaba formarme una opinión de la gente que estaba esparciendo su cultura por todo el mundo, aunque pareciera saber tan poco del mundo ella misma. Los neoyorquinos, con sus modales modestos y groseros, me intimidaron. Me alegré de llegar a Los Ángeles, con su ambiente distendido y agradable que los árabes encontramos más familiar.

En California, después de semanas de toparnos con norteamericanos venidos de casi todos los Estados de la Unión, declaré a Karim que amaba a aquella gente rara y ruidosa, los yanquis. Y cuando él me preguntó por qué, tuve dificultades para expresar en palabras lo que sentía mi corazón. Y por fin le dije:

—Creo que esa maravillosa mezcla de culturas ha acercado más la civilización a la realidad, más que en ninguna otra civilización del mundo.

Puesto que estaba segura de que Karim no entendía lo que le estaba diciendo, traté de explicárselo.

—¡Son tan pocos los países que consiguen que todos sus ciudadanos disfruten de libertad sin provocar el caos! Y eso se ha logrado en esta tierra enorme. Tratándose de un número de personas tan grande parece imposible que sigan participando en la carrera de la libertad para todos, cuando hay tantas opciones disponibles. Imagina solo lo que hubiera sucedido en el mundo árabe: un país de las dimensiones de América habría tenido una guerra por minuto, ¡y cada hombre estaría seguro de tener la única respuesta correcta para el bien del país! En nuestra tierra los hombres no buscan la solución más allá de sus narices. Aquí es muy distinto.

Karim me miró sorprendido. No estaba acostumbrado a que una mujer se interesara por los grandes esquemas de las cosas, y empezó a hacerme preguntas en plena noche para conocer mis ideas sobre distintos temas. Era evidente que Karim no estaba habituado a que una mujer tuviera opiniones propias. Pareció conmocionarle el hecho de que opinase de política y sobre el estado del mundo. Al final me besó en la nuca prometiéndome que al volver a Riad yo seguiría con mis estudios.

Molesta por su tono de concesión, le dije que no sabía que mi educación fuera tema a discutir.

Las planeadas ocho semanas de luna de miel se convirtieron en diez. Solo después de una llamada del padre de Karim nos resignamos a volver a regañadientes con nuestras familias. Y decidimos vivir en el palacio del padre de Karim hasta que el nuestro estuviera construido.

Ya sabía yo que la madre de Karim me miraba con desagrado; y ahora ella tenía el poder de hacerme la vida difícil. Pensé en mi insensato menosprecio por la tradición, que había provocado su desdén, y me insulté por pensar tan poco en mi futuro al enemistarme con mi suegra al primer encuentro. Sabía que, como todos los hombres árabes, Karim no se alinearía jamás con su esposa contra su madre. Me correspondía a mí, pues, llegar en son de paz con la ramita de olivo.

Sentí una conmoción muy desagradable cuando el avión en que viajábamos se dispuso a aterrizar en Riad: Karim me recordó mi velo. Me revolvía el ánimo tener que cubrirme de negro y me asaltó un feroz anhelo del dulce aroma de la libertad que había empezado a perder en el instante de entrar en el espacio aéreo saudí.

Con la garganta seca por la aprensión, entramos en el palacio de su madre para empezar nuestra vida de casados. Por aquel entonces todavía ignoraba que a ella le desagradaba yo tanto que ya había estado tramando las maneras de poner punto final a nuestra feliz unión.

VIDA DE CASADA

Si existiera una palabra para describir a las mujeres saudíes de la generación de mi madre, esta sería «espera». Ellas se pasaron la vida esperando. A las mujeres de aquel tiempo les estaba prohibido recibir educación y oportunidades de trabajo, así que tenían poco que hacer, salvo esperar a casarse, esperar los partos, esperar la llegada de nietos y la vejez.

En los países árabes, la edad trae grandes satisfacciones a las mujeres, pues los honores se conceden a aquellas que cumplen con su deber de producir muchos hijos, dando de este modo continuidad al nombre y el linaje de la familia.

Nura, mi suegra, se había pasado la vida esperando a una nuera que le rindiera los honores a los que ella creía tener derecho ahora. Karim era su hijo mayor y el que más quería. Las costumbres saudíes de los viejos tiempos exigían que la esposa del hijo mayor cumpliera las órdenes de su suegra. Como todas las muchachas, yo conocía también esa tradición, pero no quería pensar en ella hasta el momento en que debiera enfrentarme a los hechos.

Ciertamente, el deseo de tener hijos varones es común en la mayor parte del mundo, pero en ningún lugar se puede comparar con los países árabes, donde las mujeres pasan por tensiones insoportables, mientras están en edad fecunda, aguardando el nacimiento de un hijo varón. Los hijos son la única razón del matrimonio, la satisfacción del marido. Los hijos varones son tan valorados que entre madre e hijo surge un vínculo feroz. Solo el amor por otra mujer puede separar a ambos. Desde el momento de nuestra boda, la madre de Karim no vio en mí más que a una competidora, no a un nuevo miembro bienvenido de la familia. Yo era la promesa de una cuña entre Nura y su hijo; mi presencia no hacía más que intensificar el fuerte ambiente de infelicidad general. Unos años antes, su vida había sufrido un cambio brusco que envenenó sus perspectivas.

Nura, primera mujer del padre de Karim, dio a su marido siete hijos, de los cuales tres fueron varones. Al cumplir Karim los catorce años, su padre tomó una segunda esposa, una libanesa dotada de gran belleza y encanto. Desde aquel momento no había habido paz dentro de los muros que rodeaban los palacios de ambas esposas.

Mezquina y ruin, Nura fue decididamente malévola con el segundo matrimonio de su marido. Llevada de su odio, acudió a un brujo etíope, criado del palacio del rey (aunque los de la realeza podían contratar sus servicios), y le pagó una gran suma para que echara una maldición a la libanesa que la hiciera estéril. Orgullosa de su propia fertilidad, Nura estaba convencida de que la libanesa sería repudiada si no podía tener hijos.

Y sucedió que el padre de Karim amaba a aquella mujer y le dijo que no se preocupara si no le daba hijos. Con el paso de los años, Nura vio a las claras que la libanesa no iba a tener hijos ni a ser repudiada. Y puesto que la energía que mantenía la vida de Nura era la idea de librar a su marido de su segunda esposa, volvió a consultar al brujo y a pagarle una suma mayor aún que la anterior para que se abatiera una nube de muerte sobre aquella libanesa.

Cuando el padre de Karim se enteró por los chismorreos de la casa de lo que tramaba Nura, fue a verla, colérico. Y le juró que si la libanesa moría antes que ella, se divorciaría de Nura. Y que la apartaría de la familia, le haría la vida imposible y no le permitiría volver a ver a sus hijos.

Convencida de que aquel vientre estéril era fruto del poder del brujo, a Nura le aterrorizaba que aquella mujer pudiera morir ahora; seguramente la magia negra era irrevocable.

Y desde aquel momento Nura se vio obligada a velar por la vida de la libanesa. Y ahora llevaba una vida desgraciada tratando de salvarle la vida a la mismísima mujer a quien había intentado matar con las artes del vudú.

Era una extraña familia.

En su malhumor, Nura arremetía contra todos los que la rodeaban, salvo sus hijos. Puesto que yo no era de su sangre y Karim me amaba de veras, su objetivo natural era yo. Sus intensos celos eran evidentes para todos, excepto para Karim quien, como la mayoría de los hijos, no veía nada malo en su devota madre. Y parece que ella, en su madurez, había ganado en sabiduría, pues simulaba sentir un gran afecto por mí cuando Karim se hallaba presente.

Todas las mañanas acompañaba yo a mi marido hasta la verja del jardín. Karim, que trabajaba duramente en su bufete, se iba a las nueve, que es una hora muy temprana para empezar la jornada en Arabia, en especial para un príncipe. Pocos miembros de la realeza se levantan antes de las diez o las once.

Yo estaba segura de que Nura nos vigilaba desde la ventana de su dormitorio, pues en cuanto se cerraba la puerta tras él, Nura empezaba a llamarme a voces con la mayor urgencia. No podía hacerlo ninguna de las treinta y tres criadas que tenía en casa; tenía que ser yo quien le sirviera el té caliente.

Y puesto que había pasado la juventud maltratada por los hombres de mi casa, no tenía muchas ganas de que en la segunda parte de mi vida se aprovechase de mí mujer alguna, ni siquiera la madre de Karim.

Por el momento guardé silencio. Pero la madre de Karim iba a enterarse muy pronto de que yo me había enfrentado con rivales mucho más feroces que una anciana con sombríos recovecos en su mente. Además, un proverbio dice: «La paciencia es la llave de todas las soluciones.» Tratando de cambiar el fracaso en éxito, pensé que sería bueno hacer caso de la sabiduría que había pasado de generación en generación. Sería paciente y aguardaría la oportunidad de reducir el poder de Nura sobre mí.

Por fortuna no tuve que esperar mucho. Munir, el hermano menor de Karim, había vuelto poco antes de América, en donde había cursado sus estudios. Su cólera por estar de vuelta en Arabia hizo mella en la paz de la casa.

Aunque mucho se ha dicho ya de la inevitable monotonía de la vida de las mujeres de Arabia, se ha prestado escasa atención a la vida que desperdician la mayoría de nuestros jóvenes varones. Cierto que su vida es pura gloria comparada con la de las mujeres; pero aun así les faltan muchas cosas, y los jóvenes árabes pasan muchas horas lánguidas anhelando algún estímulo. No hay ni cines, ni clubes, ni discotecas, pues hombres y mujeres no pueden ir juntos a los restaurantes salvo si son marido y mujer, o hermanos, o padre e hija.

Acostumbrado a la libertad de la vida norteamericana, Munir, a sus veintidós años, no disfrutaba de su regreso a Arabia. Se acababa de graduar en ciencias empresariales en Washington y había planeado trabajar de intermediario comercial para el Gobierno. Mientras aguardaba su oportunidad para demostrar que sabía ganar grandes sumas de dinero, pasión que comparten todos nuestros príncipes, empezó a salir en compañía de un grupo de príncipes conocidos por su arriesgada conducta. Acudían a fiestas mixtas y las daban. Y estaban de servicio allí extranjeras de moral dudosa que trabajaban para distintas clínicas y compañías aéreas.

Abundaban las drogas. Y muchos de esos príncipes eran ya adictos al alcohol, a la droga o a ambos. Y en la torpeza producida por el uno o la otra, la insatisfacción con la dinastía que gobernaba el país, la suya, se enconaba. No contentos con la modernización, anhelaban además la occidentalización; eran muchachos con ardientes ideas revolucionarias. No era de extrañar que su ociosidad alimentara charlas y conductas peligrosas y que, tarde o temprano, sus intrigas revolucionarias fueran del dominio público.

El rey Faisal, que había sido también un muchacho de cuidado pero que se había convertido en un rey piadoso, seguía con diligencia las acciones de sus jóvenes parientes tratando, con su solicitud de siempre, de mostrarles el camino de salida de los excesos de aquella vida vacía. Y colocaban a algunos de los preocupantes príncipes en los negocios familiares, mientras que a otros los mandaban a servir en el Ejército.

Después de que el rey Faisal le hablara al padre de Munir de su preocupación por la increíble conducta del joven, oí voces encrespadas y gritos procedentes del despacho. Y, al igual que las otras mujeres de la casa, no tardé en encontrar una tarea urgente en el extremo opuesto del pasillo, en la sala de mapas. Con la mirada puesta en los mapas y los oídos en los gritos, dimos un respingo al oír que Munir acusaba a la familia gobernante de corrupción y dilapidación. Munir juró que él y sus amigos iban a aportar los cambios que con tanta urgencia necesitaba el país. Y abandonó la casa soltando juramentos y gritos de rebelión.

Y aunque Munir clamaba que el país necesitaba marchar hacia el futuro, su cometido era vago y sus actividades reales causaban muchos problemas. La suya era una triste historia de mala cabeza; el alcohol y el dinero fácil le habían seducido.

Pues ahora los extranjeros ya saben que antes de 1952 el alcohol no estuvo prohibido en el reino de Arabia a los infieles (los no musulmanes). Dos distintos acontecimientos trágicos que involucraron a príncipes de la realeza fueron la causa de que Abdul Aziz, nuestro primer rey, lo prohibiera.

Al final de la década de los cuarenta, el príncipe Nasir, hijo de aquel, volvió de los Estados Unidos convertido en un hombre distinto al que había salido del reino. Allí descubrió la tentadora combinación que forma el alcohol y las despreocupadas mujeres occidentales. A su juicio el alcohol era la clave para conseguir que las mujeres le idolatrasen a uno.

Al tener Nasir el cargo de gobernador de Riad no encontró muchas barreras para conseguir suministros secretos del deseado brebaje. Dio fiestas prohibidas a las que invitó a hombres y mujeres. En el verano de 1947, después de una fiesta de madrugada, murieron siete de los participantes por ingerir alcohol metílico. Entre ellos había algunas mujeres.

El padre de Nasir, Abdul Aziz, se indignó de tal manera

ante aquella tragedia innecesaria que, tras azotar personalmente a su hijo, lo metió en la cárcel.

En 1951, Mishari, otro de los hijos del rey, mató al vicecónsul británico de unos disparos efectuados durante una borrachera, e hirió de gravedad a su mujer, y la paciencia del viejo rey se agotó. A partir de entonces se prohibió el alcohol en el reino de Arabia y nacieron las redes de un mercado negro.

Desde 1952 el precio del alcohol ha aumentado hasta los 650 riyales por botella de whisky (200 dólares). Se podía hacer una fortuna importando la ilegal bebida. Y como Munir y dos de sus primos, príncipes de alto rango, opinaban que el alcohol debería ser legalizado, unieron sus energías y muy pronto se hicieron fabulosamente ricos introduciendo de contrabando en el país alcohol de Jordania. Cuando los guardas de la frontera llegaban a sospechar del cargamento, se les despedía. Los únicos obstáculos al contrabando de alcohol son las bandas de los Comités para la Propagación de la Virtud y la Prevención del Vicio. Formaban esos Comités los *mutawas*, sacerdotes que tiemblan de cólera por la desfachatez de los miembros de la realeza saudí, quienes se supone deben defender las leyes musulmanas más que nadie, pero que una y otra vez demuestran creer hallarse por encima de las enseñanzas del Profeta.

Aquellos Comités pronto se convirtieron en la perdición de Munir e, involuntariamente, me facilitaron la solución al problema de mi molesta suegra.

Era sábado, primer día de la semana (los musulmanes, celebran su fiesta religiosa los viernes). Un día que ninguno de los miembros de la familia de Karim olvidará jamás.

Karim llegó a casa con aire adusto, cansado después de un día de trabajo caluroso y agotador, y se encontró con que su madre y su esposa se hallaban enzarzadas en una dura pugna. Nura, al ver a su hijo, magnificó la guerra a media luz que mantenía con su nuera, llorando y diciendo a voces que yo, Sultana, no le guardaba el menor respeto a su suegra y que sin motivo aparente había empezado una pelea con ella.

Y cuando abandonaba la escena me pellizcó en el antebrazo, y yo, en un creciente arrebato de cólera, corrí tras ella y le hubiera dado un fuerte empujón de no ser por la intervención de Karim. Ella me miró duramente y luego se volvió hacia él. Con aire compungido dio a entender que yo era una esposa incapaz y que si él investigara mis actividades no tardaría en querer repudiarme.

Cualquier otro día Karim se habría reído de nuestra infantil y ridícula exhibición, pues las mujeres sin nada que hacer más que matar el tiempo tienden a meterse en numerosas riñas. Pero aquel día su corredor de Bolsa de Londres le había comunicado que en una semana sus acciones habían perdido más de un millón de dólares en valor. Y en su malhumor se apresuró a avivar la violencia de verdad. Y puesto que ningún árabe contradice jamás a su madre, Karim me abofeteó tres veces en pleno rostro. Eran bofetones destinados a afrentarme; pues se limitaron a enrojecer levemente mis mejillas.

A los cinco años ya se había formado mi fuerte carácter. Era propensa a ponerme nerviosa cuando surgían problemas. Pero a medida que estos se acercaban me serenaba. Y cuando tenía el peligro encima, me crecía con ferocidad. Enzarzada con mi adversario, no siento miedo alguno y lucho hasta el fin sin importarme las heridas.

Había empezado la guerra. Arrojé a Karim un jarrón de gran valor, único, que acertó a hallarse junto a mí. Y él esquivó el golpe con un rápido movimiento hacia la izquierda. El jarrón se hizo añicos al estrellarse contra una pintura de Monet que valía cientos de miles de dólares. El jarrón y la pintura de nenúfares quedaron destruidos. En el rapto de cólera, agarré una carísima escultura oriental de marfil y se la arrojé a Karim a la cabeza.

El ruido de los golpes y las roturas, junto con nuestros gritos, alertó a la casa. Y de pronto mujeres de la familia y criadas aparecieron gritando junto a nosotros. Por aquel entonces Karim se había dado cuenta ya de que yo iba a destruir la estancia, que estaba repleta de los tesoros que adoraba su padre. Para detenerme, me sacudió en el mentón. Y me sumí en la oscuridad.

Al abrir los ojos, Marci, inclinada sobre mí, me salpicaba el rostro con el agua fría de un paño empapado. Oí fuertes voces al fondo y supuse que proseguía la excitación de mi pelea con Karim.

Pero Marci me dijo que no, que el nuevo alboroto era a causa de Munir. El rey Faisal había llamado al padre de Karim por algo relacionado con un contenedor de alcohol que había dejado un rastro de esa sustancia ilegal por las calles de Riad. Su conductor, un egipcio, se había detenido a comerse un bocadillo en un bar, y el penetrante olor del alcohol había reunido allí a una multitud. Detenido por un miembro de uno de los comités para luchar contra el vicio, se había acobardado, dando los nombres de Munir y de otro príncipe. Habían alertado al jefe del Consejo Religioso y este se lo había dicho al rey, que ahora sufría un inaudito ataque de cólera.

Karim y su padre abandonaron la villa para ir al palacio del rey, y mandaron a los chóferes en busca de Munir. Y yo, cuidando de mi hinchada mandíbula, planeé un nuevo plan para vengarme de Nura. Oía sus gritos de pesar; reuniendo mis fuerzas, descendí por la escalera de caracol oliendo el aire para encontrar su rastro. Como mujer bastante alejada de la santidad, deseaba contemplarla para recrearme con sus males. Seguí sus gritos hasta el salón; y de no ser por mi mandíbula hubiese sonreído. Nura se hallaba agazapada en un rincón de la estancia, pidiendo a gritos que Alá salvara a su adorado Munir de la cólera del rey y los sacerdotes.

Al verme se calló de golpe. Y tras una larga pausa, me miró con desprecio y me dijo:

—Karim me ha prometido que va a divorciarse de ti. Está de acuerdo en que «quien deja crecer dentro de sí un mal hábito, morirá con él» (que es un proverbio árabe), y tú te has convertido en una salvaje. En esta familia no hay sitio para nadie como tú.

Nura, que había esperado llantos y súplicas, lo normal en la gente desvalida, escrutó mi rostro muy de cerca al replicarle que era yo quien iba a pedir el divorcio de su hijo. Afirmé que en aquel momento Marci estaba haciéndome las maletas y que yo iba a abandonar su sofocante casa antes de una hora. Al dejarla, y como una afrenta más, le dije por encima del hombro que iba a influir en mi padre para que hiciera que Munir fuera un ejemplo para quienes desdeñan las leyes de nuestra fe. Que su precioso hijo seguramente sería azotado o metido en la cárcel, o ambas cosas. Dejé a Nura temblorosa y boquiabierta.

Las tornas habían cambiado. Mi voz sonaba con una confianza que yo no sentía. Pero Nura no tenía manera de saber si yo contaba con un poder entre bastidores con que cumplir mis amenazas. Si su hijo me hubiese repudiado, Nura lo habría celebrado; pero se vería mortificada si era yo quien pedía el divorcio. En Arabia es difícil que una mujer pueda divorciarse de su marido; pero no imposible. Y puesto que mi padre era un príncipe de sangre más próxima a la de nuestro rey que la de Karim, por unos instantes Nura temió que pudiera salir airosa de mi petición por el castigo de Munir. Ella no podía saber que seguramente mi padre me hubiese echado de casa por mi imprudencia y que yo no tendría dónde ir.

Ahora tenía que actuar para respaldar mis rotundas amenazas. Cuando Marci y yo aparecimos en el vestíbulo con las maletas, la gente de la casa estalló como una explosión.

Munir, que había sido localizado en casa de un amigo y a quien se había obligado a volver, acababa de llegar, traído por uno de los chóferes, y coincidimos por azar en la entrada. Desconocedor de la seriedad de la acusación que había contra él, soltó un juramento al decirle yo que su madre había provocado el divorcio de su hermano mayor.

Y una oleada de optimismo perverso invadió mi cuerpo al ver que Nura, reaccionando ante las posibilidades de mi ruidosa cólera, insistió para que no dejara la casa. La doble crisis había roto la determinación de Nura; y ella salió enteramente debilitada de nuestra amarga enemistad. Y después de mucho suplicarme, me quedé a regañadientes.

Dormía yo cuando regresó Karim, exhausto tras una tarde de mortificaciones. Le oí decir a Munir que antes de cometer acciones prohibidas debería tener en cuenta el nombre de su padre. Y no tuve que esforzarme mucho para oír la insolente respuesta de Munir acusando a Karim de aceitar la descomunal máquina de hipocresía que era el reino de Arabia Saudí.

El rey Faisal era reverenciado por la mayoría de los saudíes por su estilo de vida, devoto y dedicado al país. Y dentro de la propia familia, los príncipes de más edad le tenían un gran respeto. Él había conducido al país desde los sombríos días del gobierno del rey Saud hasta una posición de estima y aun de admiración en algunos aspectos. Pero dentro de la familia había una gran divergencia de opiniones entre los príncipes de más edad y más jóvenes.

Devorados por el deseo de conseguir la riqueza sin ganársela, esos jóvenes de la familia odiaban al rey que les recortaba las pensiones, les impedía participar en negocios ilegales y les regañaba si se apartaban de la senda del honor. No había ni la menor tregua entre ambas facciones y de continuo estallaban los problemas.

Aquella noche, en nuestra ancha cama, Karim durmió a gran distancia de mí. Le oí toser y revolverse toda la noche. Sabía que se hallaba sumido en sombríos pensamientos. Y sentí un raro pinchazo de culpabilidad al pensar en la gravedad de sus problemas. Decidí que si mi matrimonio sobrevivía a las penosas heridas de aquel día, suavizaría mi actitud.

A la mañana siguiente surgió un nuevo Karim, que no se dignaba hablarme ni acusar mi presencia. Mis buenas intenciones de la noche anterior se desvanecieron a la pálida luz de la mañana. Y levanté la voz para decirle que prefería el divorcio. Aunque en mi interior anhelaba una oferta de paz.

Pero él me miró y con un tono frío y sobrecogedor dijo:

—Prefiere lo que quieras, pero nosotros arreglaremos nuestras diferencias cuando esta crisis familiar quede atrás.

Y siguió afeitándose como si no hubiera dicho nada fuera de lo común. Aquel nuevo enemigo, la indiferencia, me hizo guardar silencio y me quedé canturreando una tonadilla, como si no estuviera preocupada, mientras Karim terminaba de vestirse. Y tras abrir la puerta del dormitorio, me dejó con estas palabras:

—¿Sabes, Sultana? Me has decepcionado, ocultando ese espíritu guerrero tras una sonrisa femenina.

Cuando se hubo ido me eché en la cama y lloré hasta quedar exhausta.

Nura me engatusó para llevarme a la mesa de la paz y arreglamos nuestras diferencias con expresiones de amor. Ella mandó a uno de sus chóferes al zoco a adquirir un collar de diamantes para mí. Me apresuré a llegarme a las joyerías y comprar el peto de oro más caro que pude encontrar. Me gasté más de 300.000 riyales (unos 80.000 dólares) sin preocuparme por lo que pudiera decir Karim. Ahora veía la posibilidad de lograr la paz con una mujer que podía causarme aflicciones sin fin si mi matrimonio se salvaba.

Transcurrieron semanas antes de que se decidiera la suerte de Munir. Una vez más, la familia no vio ninguna utilidad en que se diera a conocer la desgracia de la realeza. La cólera del rey había sido ablandada por los esfuerzos de mi padre y de varios príncipes que trataron de presentar el incidente como la locura de un muchacho influenciado todavía por las perversiones de Occidente.

Creyendo que había influido de algún modo en mi padre, Nura se sintió agradecida y correspondió con exclamaciones de alegría por tener una nuera como yo. La verdad nunca vio la luz; yo no le dije ni una palabra a mi padre. Su interés derivaba del hecho que yo perteneciera a la misma familia y él no quería que se le asociara con el hermano de Karim si surgía un escándalo. Su preocupación se centraba en él mismo y en Alí. Aun así, a mí me encantó de veras el resultado de su gestión y, aunque debo admitir que inmerecidamente, fui una heroína a los ojos de mi suegra.

Una vez más, los *mutawas* fueron silenciados gracias a los esfuerzos del rey. Este era tenido en tan alta estima por el Consejo Religioso, que sus apelaciones eran oídas y atendidas.

Munir fue metido en los negocios de su padre y lo mandaron a Jidda a dirigir las nuevas oficinas. Para librarle de su descontento le recompensaron con importantes contratos gubernamentales. A los pocos meses le dijo a su padre que deseaba casarse, y le encontraron una prima adecuada para que aumentara su felicidad. Unos meses más tarde empezó a ganar dinero a manos llenas y alcanzó el rango de los príncipes que viven solo para obtener cada vez más dinero, hasta que sus cuentas rebosen y produzcan con su interés rentas que rivalicen con los presupuestos de pequeños países.

Desde el día de nuestra charla, Karim se había mudado a otro dormitorio. Nada de lo que pudieran hacer o decirle sus padres le persuadió a reconsiderar la decisión de divorciarnos.

Y una semana antes de que tuviésemos que separarnos descubrí con horror que estaba embarazada. Tras mucho meditarlo decidí que no me quedaba más salida que la de abortar. Sabía que Karim jamás accedería a divorciarse si supiera que yo esperaba un hijo. Pero una persona como yo no es de la menor utilidad para un marido en apuros.

Y yo tenía un problema, pues el aborto no es común en mi tierra (la mayoría quiere tener muchos hijos) y yo no tenía la menor idea de dónde tenía que ir ni a quién tenía que ver.

Averiguarlo fue bastante complicado. Al fin le confié mi secreto a una prima noble que me había contado que su hermana menor había quedado embarazada el año anterior hallándose de vacaciones en Niza. Ignorante de su estado, ella había regresado a Riad. Por temor a que lo descubriera su padre, intentó suicidarse. Su madre había ocultado el secreto de la chica contratando los servicios de un médico indio que, a unas tarifas prohibitivas, practicaba abortos a las mujeres saudíes. Cuidadosamente planeé mi escapada de palacio para ir a la consulta del médico abortista. Mi confidente fue Marci.

Aguardaba, desalentada, en la consulta del médico, cuando entró por la puerta un congestionado Karim. Yo no era más que una mujer bajo velos entre otras mujeres igualmente veladas, pero él me reconoció por mi insólito *abaaya* de seda y por mis zapatos rojos italianos. Me sacó de la estancia a empujones, gritándole a la recepcionista que sería mejor que cerrasen la consulta de inmediato porque él, Karim, quería ver al médico en la cárcel.

Debajo del velo yo sonreía en el mejor de los humores,

mientras, de modo alternativo, Karim me confesaba su amor y me insultaba. Refulgía al mirarme. Y alejó de mí los temores de perderle al confesarme que nunca había pensado realmente divorciarse; que su proceder era debido solo a una mezcla de orgullo y cólera.

Karim descubrió mi plan cuando Marci le confió el secreto a otra criada de la casa. Esta había ido a decírselo directamente a Nura, y mi suegra había estado localizando frenéticamente a Karim hasta dar con él en el despacho de un cliente; allí le había contado, histérica, que yo iba a matar a su nieto nonato.

Nuestro hijo se salvó por los pelos. Tendría que recompensar a Marci.

Karim me llevó a casa entre maldiciones y juramentos. Ya en nuestras habitaciones, me cubrió de besos, y lloramos e hicimos las paces. Había costado mucho infortunio llegar a esta cima nuestra de felicidad.

¡Pero todo había terminado milagrosamente bien!

NACIMIENTO

La expresión más potente y completa de la vida es un nacimiento. Los actos de concebir y dar a luz son más profundos y bellos que cualquier milagro del arte. Eso lo aprendí al esperar a nuestro primer hijo con una felicidad y una alegría tan grandes.

Karim y yo planeamos meticulosamente el nacimiento. Ningún detalle era demasiado pequeño para dejarlo al azar. Hicimos las reservas de billetes para ir a Europa cuatro meses antes de la fecha prevista. Daría a luz en el Guy's Hospital de Londres.

Con unos planes tan minuciosamente preparados, surgieron pocas dificultades a nuestra partida: la madre de Karim, cegada por un nuevo velo confeccionado con una tela más tupida de lo habitual, se torció un tobillo al tropezar en el zoco con una vieja beduina sentada en el suelo; un primo muy próximo, que se hallaba a punto de firmar un importante contrato, pidió a Karim que retrasara la salida; y mi hermana Nura asustó a la familia con lo que el médico creyó que era un ataque de apendicitis.

Una vez superadas esas crisis me acometieron unos falsos dolores de parto y el médico me prohibió hacer el viaje. Karim y yo aceptamos lo inevitable y empezamos los preparativos para que nuestro hijo naciera en Riad.

Por desgracia, el Hospital y Centro de Investigación del Rey Faisal, una clínica especializada en partos que tenía que ofrecernos a los de sangre real los cuidados clínicos más avanzados, todavía no había sido inaugurada. Tendría que dar a luz en una pequeña institución de la ciudad, bien conocida por ser refugio de gérmenes y por su indolente personal.

En nuestra condición de miembros de la realeza, teníamos opciones que no estaban a disposición de otros saudíes. Karim dispuso lo necesario para que convirtieran tres habitaciones del pabellón de maternidad en una *suite* real. Contrató a carpinteros y pintores del lugar, e hizo venir de Londres a decoradores que se traían muestras de las telas y las cintas métricas.

Un ufano gerente del hospital nos condujo a mis hermanas y a mí por la unidad hasta nuestras habitaciones. La *suite* relucía en un azul celeste, con su tapizado y sus colchas de seda. Una primorosa cuna con colchas de seda a juego había sido fijada al piso con gruesos tornillos, ¡para impedir que algún miembro de aquel negligente personal pudiera tumbar por descuido la cuna y arrojar a nuestro precioso hijo al suelo! Nura se desternillaba de risa al hablar de esas precauciones, y me advertía que Karim nos volvería a todos locos con sus planes para proteger al niño.

Me senté, perdida el habla, cuando Karim me comunicó que iba a venir de Inglaterra en breve un equipo de seis personas para asistirme en el parto. A un conocido tocólogo de Londres y a cinco enfermeras altamente cualificadas se les habían pagado unos honorarios elevadísimos para que se desplazaran a Riad tres semanas antes de la fecha prevista para el parto.

Por ser yo huérfana de madre, Sara se vino a vivir a nuestro palacio hacia el fin de mi embarazo. Yo la contemplaba, y ella a mí. Yo la observaba atentamente, absorbiendo los tristes cambios que había sufrido ella. Comenté con Karim que temía que no se recobrara jamás de su abominable matrimonio; lo que una vez fuera un carácter muy alegre y animado, tenía ahora un duradero componente de silencio.

¡Qué injusta podía ser la vida! Por mi gran agresividad, yo podría habérmelas entendido mejor con un marido prepotente, pues los energúmenos tienden a ser menos violentos con quienes les plantan cara. Con su pacífico modo de ser y su espíritu amable, Sara había sido blanco fácil de la arrogancia de un marido salvaje.

Pero yo agradecía su grata presencia. A medida que mi cuerpo se hinchaba me fui volviendo imprevisible y miedosa. Y Karim, impresionado por su próxima paternidad, había perdido el sentido común.

Debido a la presencia de Asad, el hermano de Karim, y de varios primos que iban y venían sin avisar, Sara tenía buen cuidado en ponerse el velo cuando abandonaba nuestras habitaciones del segundo piso. Los hombres solteros de la familia se alojaban en otra ala, pero a todas horas aparecían por el palacio. Al tercer día de la permanencia de Sara en nuestra casa, y por medio de Karim, Nura nos mandó decir que Sara no tenía ninguna necesidad de llevar el velo en la zona habitada de la villa, ni en sus jardines. Aquello me agradó, como cualquier aflojamiento de las molestas limitaciones que de tal manera nos entorpecían la vida a las mujeres. Al principio Sara se sintió bastante incómoda, aunque muy pronto se despejó sin remilgos del exceso de ropaje negro.

Una noche, muy tarde, Sara y yo nos hallábamos recostadas en sendas tumbonas de mimbre disfrutando del fresco aire nocturno del jardín mixto (en la mayoría de los palacios saudíes hay jardines «para las mujeres» y jardines «mixtos»). De improviso, Asad y cuatro conocidos regresaron de una cita a altas horas de la noche.

Al oír que se acercaban los hombres, Sara volvió su rostro hacia la pared, pues no quería atraer la desgracia a la familia mostrándose a extraños. No tenía yo muchas ganas de imitar su ademán, por lo que proclamé nuestra presencia allí gritándole a Asad que había mujeres sin velo en el jardín. Los hombres que le acompañaban se apresuraron a cruzar ante nosotras sin echarnos una mirada y entraron por una puerta lateral al salón de los hombres. Asad, cortés, se acercó a nosotras de un modo informal para preguntarnos el paradero de Karim, cuando sus ojos acertaron a posarse en el rostro de Sara.

Su reacción física fue tan súbita que temí que le hubiera dado un infarto. Dio un respingo tan grotesco que me acerqué a él tan deprisa como me lo permitió mi barriga y le sacudí el brazo para atraer su atención. Estaba preocupada de verdad. ¿Estaría enfermo? Asad tenía el rostro congestionado y parecía incapaz de moverse en una dirección concreta; le acompañé a un asiento y llamé a una criada para que le trajera agua.

Al no contestar nadie, Sara se levantó de un brinco y fue ella misma por el agua. Incómodo, Asad trató de irse, pero yo le convencí de que se hallaba al borde del desmayo. Insistí para que se quedara. Dijo que no le dolía nada, aunque no supo explicar la repentina pérdida de su capacidad de movimiento.

Sara volvió con una botella de agua mineral fría y un vaso. Sin mirarle, llenó el vaso y le dio a beber. La mano de Asad quemó los dedos de Sara. Se miraron y sus miradas se aprisionaron mutuamente. El vaso cayó al suelo y se hizo añicos. Sara me rozó al salir corriendo hacia la villa.

Dejé a Asad con sus amigos, que se habían impacientado y empezaron a salir al jardín. Se mostraron más aturdidos por ver mi rostro que mi protuberante y enorme barriga. Desafiante, me contoneé entre ellos y tuve buen cuidado de mirarles directamente a los ojos. Contestaron con unos avergonzados gruñidos.

Karim me despertó a media noche. Al llegar al palacio había sido interceptado por Asad. Ahora, Karim quería que yo le explicara lo que había ocurrido en el jardín. Adormilada, le conté los acontecimientos de la noche y me interesé por el estado de salud de Asad.

Me senté de un brinco al oír que Asad insistía en contraer matrimonio con Sara. Le había dicho a Karim que no conocería nunca la felicidad si Sara no era su mujer. ¡Y eso lo decía el mayor de los playboys! Un hombre que solo unas semanas antes había entristecido a su madre al jurarle con toda vehemencia que no se casaría jamás.

Estaba asombrada. Le dije a Karim que era fácil adivinar

la atracción que por Sara podía haber sentido Asad por su conducta en el jardín, ¡pero de aquello a su insistencia en casarse! Era inconcebible. ¿Por unos instantes de placer visual? Le dije que era una tontería y me di la vuelta.

Mientras Karim se duchaba, volví a pensar en lo ocurrido y salté de la cama. Fui a llamar a la puerta de Sara y, al no obtener respuesta, abrí lentamente la puerta. Desde la terraza, mi hermana contemplaba un cielo cuajado de estrellas.

Me acerqué trabajosamente a un rincón de la terraza y tomé asiento en silencio, estupefacta ante el giro de los acontecimientos.

Sin mirarme, Sara habló con firmeza.

—Desea casarse conmigo.

—Sí —convine con un hilillo de voz.

Con un ardiente brillo en su mirada, Sara continuó:

—Vi la vida abierta ante mí, Sultana, al mirarle a los ojos. Este es el hombre que vio Huda cuando dijo que yo sabría querer. También dijo que como resultado de ese amor iba a traer seis pequeños al mundo.

Cerré los ojos, tratando de recordar los comentarios de Huda aquel lejano día en nuestra casa paterna. Me acordaba de que se había hablado de las frustradas ambiciones de Sara y se había mencionado una boda, pero de aquella conversación recordaba poco más. Me estremecí al advertir que mucho de lo que había predicho Huda había resultado cierto.

Me sentía obligada a rechazar lo del amor a primera vista, el flechazo. Pero de pronto recordé la intensidad de las emociones que sentí el día que conocí a Karim. Conque me mordí la lengua.

Sara me dio unas palmadas en la barriga.

—Vete a la cama, Sultana; tu hijo tiene que descansar. El destino saldrá a mi encuentro. —Volvió su confusa mirada a las estrellas—. Dile a Karim que Asad debería hablar de este asunto con nuestro padre.

Cuando volví a la cama, Karim aún estaba despierto. Le repetí las palabras de Sara y él sacudió la cabeza, maravillado; murmuró que la vida era verdaderamente extraña, y luego me rodeó la barriga con sus brazos. Y el sueño llegó suavemente a nosotros, pues nuestras vidas seguían un curso cuidadosamente programado y ninguno de los dos esperaba cambios.

A la mañana siguiente dejé a Karim afeitándose y bajé pesadamente la escalera. Oí a Nura, antes de verla, dedicándose a su pasatiempo preferido: citando un proverbio. Sin aliento casi, solté un juramento; pero escuché en silencio desde el umbral.

—El hombre que se casa con una mujer por su belleza quedará decepcionado; quien lo haga por su sentido común podrá decir realmente que se ha casado.

No me habían quedado ganas de discutir, por lo que pensé en toser para anunciar mi presencia. Pero al empezar a hablar Nura de nuevo, cambié de idea. Contuve el aliento y afiné el oído para escuchar sus palabras.

—Asad, la chica ha estado casada antes. Y se divorció enseguida. ¿Quién conoce el motivo? Reconsidéralo, hijo mío. Tú puedes casarte con quien quieras, y harías bien en hacerlo con una mujer intacta, ¡no con una ya marchita por el uso! Además, hijo mío, ya ves la bola de fuego que es Sultana. ¿Crees que su hermana será de una sustancia diferente?

Siguiendo un impulso, entré en la estancia con el corazón muy acelerado. Ella estaba indisponiendo a Asad con Sara; y no solo eso, sino que el leopardo no había cambiado sus cotos de caza; en secreto, Nura seguía odiándome. Era yo un bocado muy amargo para ella.

Sabedora del modo de ser descuidado de Asad, yo no había intervenido en favor de su amor y del de Sara. Pero ahora iba a apoyar decididamente sus deseos. Por la expresión de Asad pude ver, con alivio, que nada alteraría sus planes. Era un hombre obsesionado.

La conversación se quebró cuando vieron mi expresión, pues me resulta muy difícil ocultar la cólera. Estaba furiosa porque Nura daba por supuesto que en la unión de su hijo con mi hermana tenían que surgir penas. Yo no podía discutir, claro, lo de mi naturaleza rebelde. Había aceptado aquel papel de muy niña y no me sentía muy inclinada a dejarlo. ¡Pero etiquetar a Sara con mi reputación era de locos!

En mi juventud había oído a muchas ancianas decir «si estás junto a un herrero te cubrirá de hollín, pero si junto a un perfumista, de perfume». Y ahora comprobaba que, por lo que se refería a Nura, Sara llevaba el hollín de su hermana pequeña. Y mis sentimientos por mi suegra eran ya de un odio abismal.

La belleza de Sara había hecho saltar chispas de celos a muchas de nuestro sexo. Yo sabía que su apariencia no dejaba paso a otras consideraciones, como su carácter amable o su brillante intelecto. ¡Pobre Sara!

Asad se levantó y señaló con la cabeza en mi dirección; se excusó para dejarnos. Y cuando él le dio la espalda, Nura pareció recibir una puñalada.

—La decisión está tomada. Si ella y su familia me aceptan, nadie podrá retrasarlo.

Cuando se iba, Nura le gritó algo sobre la insolencia de la juventud, y trató de hacerle sentir culpable exclamando que ella no iba a estar mucho tiempo en el mundo, que su corazón se debilitaba cada día más. Cuando Asad ignoró su evidente maniobra, agitó la cabeza con tristeza. Y con el ceño fruncido tomó, pensativa, unos sorbos de una taza de café. Sin duda estaba conspirando contra Sara, como antes lo había hecho contra la libanesa.

Muy emocionada, llamé con el timbre a la cocinera y le pedí un desayuno de yogur y fruta. Marci entró en la sala para aliviar el dolor de mis hinchados pies con sus hábiles dedos. Nura intentó entablar una conversación conmigo, pero yo estaba demasiado enojada para responder. Cuando empezaba a mordisquear unas frambuesas (traídas a diario de Europa), el primer dolor de parto me tumbó al suelo. Me asusté y empecé a gritar como si me muriera, pues aquel dolor desgarrador había venido demasiado pronto y era demasiado fuerte. Creía que los dolores debían empezar con punzadas, como los de las falsas alarmas que me habían asaltado anteriormente.

El caos estalló al llamar Nura al mismo tiempo a Karim, a Sara, a las enfermeras particulares y a la servidumbre. Al instante Karim me tomó en sus brazos y me dejó, como si fuera un fardo, en la parte trasera de una limusina más larga que las otras, que había sido preparada especialmente para la ocasión. Le habían arrancado los asientos traseros y habían puesto una cama a un lado. Disponía además de tres asientos auxiliares para acomodar a Karim, a Sara y a una enfermera. El médico de Londres y las otras cinco enfermeras ya habían sido alertados y nos seguían en otra limusina.

Yo me sujetaba la espalda mientras la enfermera intentaba en vano controlar el ritmo de los latidos de mi corazón. Karim le gritaba al conductor para que fuera más aprisa; luego se desdecía y le mandaba ir más despacio, murmurando que su loca carrera iba a acabar con nuestras vidas. Y le dio un capón al pobre hombre cuando le permitió a otro chófer cortarnos el paso.

Karim empezó a maldecirse por no haber dispuesto una escolta policial. Sara hizo cuanto pudo por tranquilizarlo, pero era como una tormenta desatada. Al fin la enfermera británica habló con firmeza y mirándole a la cara; le advirtió que su conducta era peligrosa para su esposa y para el niño. Le amenazó con echarle del vehículo si no guardaba silencio enseguida.

Y Karim, todo un príncipe que en su vida había recibido una reprimenda de una mujer, quedó como alelado por la sorpresa y guardó silencio. Y todas respiramos aliviadas.

El gerente de la clínica y un numeroso equipo médico que había sido alertado por la familia esperaban a la puerta. Al gerente le encantaba que nuestro hijo fuera a nacer en su institución, pues en aquel tiempo muchas jóvenes de la realeza iban a dar a luz al extranjero.

Mi parto fue largo y difícil, porque yo era joven y menuda, mientras que mi bebé era grande y terco. No recuerdo mucho del nacimiento en sí mismo; me sedaron con drogas y los recuerdos son confusos. La tensión nerviosa excitó los ánimos de la gente que había allí, y al médico le oí insultar de vez en cuando a su personal. Sin duda, ellos, al igual que mi marido y mi familia, rogaban para que el bebé fuese niño. Su recompensa sería mayor si surgía un varón; si nacía una niña habría un gran descontento. En cuanto a mí, lo que deseaba era una niña; mi tierra iba a cambiar y me vi sonriendo anticipadamente por la agradable vida que iba a conocer mi hija.

La alegría del médico y de su gente me despertó, sacándome de un pozo de penumbras. ¡Había nacido un niño! Aseguraría que oí al médico susurrarle a su enfermera jefe:

—¡El caperuzas ese me va a llenar los bolsillos por ese pleno! Mi mente protestó por aquel insulto a mi marido, pero me invadió un profundo sopor que me distanció de la habitación, y no me acordé del comentario durante muchas semanas. Por entonces Karim ya le había regalado al médico un «Jaguar» nuevo y cincuenta mil libras esterlinas. A cada una de las enfermeras las obsequió con joyas de oro, además de cinco mil libras esterlinas. Y el jubiloso gerente egipcio de la clínica recibió una sustanciosa contribución al departamento de maternidad. Y además le dieron el equivalente al sueldo de tres meses.

En cuanto pusieron en mis brazos a mi bostezante hijo, se esfumó todo pensamiento de una niña. La niña llegaría más tarde. A este chico le educaríamos de un modo diferente y mejor que el de las generaciones que le habían precedido. Sentí que la energía de mis intenciones creaba su futuro: no sería un retrógrado, asignaría a sus hermanas un lugar de honor y respeto, y conocería y amaría a su pareja antes de la boda. Las vastas posibilidades de sus hazañas relucían como nuevas estrellas en el cielo. Me decía a mí misma que en el pasado muchas veces un solo hombre ha hecho cambios que han influenciado a millones. Me henchí de orgullo al imaginar el bienestar que para la Humanidad manaría del cuerpecito que tenía en las manos. Sin duda, el nuevo comienzo de las mujeres de Arabia podía empezar con mi propia sangre.

Karim le dedicó pocos pensamientos al futuro de su hijo. Estaba enamorado de su paternidad y se mostraba muy temerario al hacer afirmaciones alocadas con relación al número de hijos que íbamos a producir juntos.

¡Estábamos locos de alegría!

OSCUROS SECRETOS

Nuestro nacimiento culmina con la muerte. La vida empieza con un solo camino; sin embargo hay ilimitadas vías de salida. Cumplidas las promesas de la vida, lo que sigue es la habitual y temida forma de partida. Que la muerte se lleve a un ser prometedor rebosante de vida es muy triste. Pero si el normal desarrollo de la juventud se ve truncado como resultado de la mano del hombre, eso es aún mucho peor.

Tras la maravillosa experiencia del nacimiento de mi hijo, tuve que enfrentarme a la estúpida muerte de una niña inocente.

Karim y el personal médico intentaron aislarme de las demás mujeres saudíes que había a pocos pasos de mi *suite*. Mientras mi hijo dormía junto a mí, rodeado de todas las protecciones, a otros niños y niñas se les dejaba en la sala general. Me asaltó la curiosidad por saber de sus vidas. Como la mayoría de los miembros de la realeza, yo llevaba una vida protegida de los ciudadanos ordinarios, y ahora mi naturaleza inquisitiva me llevaba a hablar con aquellas mujeres.

Si mi infancia había sido vacía, pronto aprendí que la vida de la mayoría de las mujeres saudíes era más vacía aún. Mi vida estaba gobernada por los hombres, pero tenía protección de muchas clases a causa del nombre familiar. Mientras que la mayor parte de las mujeres que se apiñaban junto al mirador de la sala de los bebés no tenían ni voz ni voto en sus destinos.

Tenía dieciocho años cuando nació mi primer hijo. Vi a chicas no mayores de trece años que cuidaban a sus críos. Y otras chicas no mayores que yo esperaban a su cuarto o quinto hijo.

Me intrigó una jovencísima niña. La pena velaba sus negros ojos contemplando la multitud de niños llorones. Estuvo tan callada y durante tanto tiempo que comprendí que sus ojos no veían lo que tenía frente a ella. Que, por el contrario, estaba sumida en un drama que se desarrollaba lejos del lugar donde nos hallábamos.

Supe que era de un pueblecito de los alrededores. Las mujeres de su tribu daban a luz en sus casas, pero ella había estado de parto cinco largos días con sus noches y su marido la había llevado a la ciudad para que recibiera asistencia médica. A lo largo de varias mañanas charlé amistosamente con ella y averigüé que la habían casado a la edad de doce años con un hombre de cincuenta y tres. Era la tercera esposa, pero la favorita.

Mahoma, nuestro bienamado Profeta del Islam, enseñó que el hombre debe dividir su tiempo por igual entre sus esposas. En nuestro caso el marido se hallaba tan ocupado con los encantos de su joven mujer que, para resultar más agradables a aquel, las esposas primera y segunda solían rematar su aprobación dejando pasar su respectivo turno. La joven esposa decía que su marido era un hombre de gran vigor que «lo hacía» muchas veces al día. Ponía los ojos en blanco al decirlo, y movía el brazo arriba y abajo en un movimiento de bombeo para amplificar el efecto.

Ahora estaba asustada, pues había dado a luz a una niña, no a un niño. Su marido se enojaría cuando volviera a recogerlas para el viaje de vuelta al pueblo, porque los primogénitos de sus otras esposas habían sido varones. Tenía el presentimiento de que su marido iba a repudiarla.

Pocas cosas recordaba de su infancia, que ya le parecía tan lejana. Había crecido en medio de la mayor pobreza y casi no había aprendido otra cosa que a sacrificarse y trabajar duramente. Me contó que había ayudado a sus numerosos hermanos y hermanas a apacentar las cabras y los camellos y a cuidar su jardincito.

Yo estaba ansiosa por conocer sus sentimientos con respecto a la vida, a los hombres y a las mujeres, aunque por carecer de educación no recibiría ninguna de las respuestas que esperaba. Se había ido sin que hubiera podido despedirme de ella. Me estremecí, helada ante la idea de su triste vida, y regresé sin prisas a mi *suite*, muy desanimada.

En un arranque de preocupación por la seguridad de su hijo, Karim había puesto guardias armados ante la puerta de mi *suite*. Al dar yo mi paseo matinal hasta la sala de los bebés, me sorprendió ver guardias armados ante otra habitación. Creí que habría otra princesa en nuestra ala. Curiosa, le pregunté cómo se llamaba la princesa a una enfermera, y a esta se le formaron unas arrugas en la frente al contestarme que yo era la única princesa del hospital.

Y me contó la historia, no sin antes advertirme que estaba completamente escandalizada. Y empezó a insultar a todas las gentes de la Tierra antes de describirme lo que había acontecido en la habitación 212. Dijo que en su país nunca podría ocurrir nada parecido, que los británicos son gente civilizada, gracias a Dios, que hacen que el resto del mundo parezca sencillamente bárbaro.

Porque no alcanzaba a explicarme aquellos abismos de cólera, le imploré que hiciera el favor de contarme lo que ocurría antes de que llegara Karim en su visita de las tardes.

Me dijo que el día anterior el personal de la clínica se había consternado al ver que unos guardias armados llevaban a maternidad a una chica a punto de dar a luz, con grilletes en los tobillos y manillas. Un grupo de furiosos *mutawas*, seguido por el asustado gerente, acompañaba a los guardias; estos, no el gerente, habían llamado a un médico para reconocerla.

Para consternación de este, le habían comunicado que la chica había sido juzgada según la *Shariyá* (la ley de Dios) y hallada culpable de fornicación. Y puesto que aquello era un dolito de *Hudud* (contra Dios) la pena era muy severa. Y los *mutawas*, arropados en su fariseísmo, se hallaban allí a fin de dar testimonio para conseguir la condena adecuada.

El médico, un musulmán hindú, no se quejaba ante los

mutawas, pero iba enteramente ruborizado por el papel que le obligaban a hacer. Él le contó al personal de la clínica que el castigo habitual para la fornicación era la flagelación, pero que en aquel caso el padre había insistido en la pena de muerte. Había que vigilar a la hija hasta que diera a luz, y luego lapidarla.

La barbilla de la enfermera temblaba de indignación al decir que la chica no era más que una niña: no le echaba más de catorce o quince años. No sabía más detalles y me dejó para ir a chismorrear con las otras enfermeras en los pasillos.

Le rogué a Karim que hurgase en aquella historia. Vaciló, afirmando que aquello no era asunto nuestro. Tras mucho rogar y poner yo algunas lágrimas de mi parte, prometió interesarse por el asunto.

Sara me animó el día al traerme radiantes noticias del proceso que seguía su romance. Asad había hablado ya con nuestro padre y recibido la deseada respuesta positiva. Sara y él se casarían dentro de tres meses. Yo estaba muy emocionada por mi hermana que tan poca felicidad había conocido hasta entonces.

Luego me contó otras noticias que hicieron que mi estómago se encogiera de temor. Ella y Asad habían hecho planes para reunirse en Bahrein el siguiente fin de semana. Cuando protesté, Sara me dijo que se reuniría allí con Asad, con o sin mi ayuda. Planeaba decirle a nuestro padre que ella se hallaba aún en nuestro palacio, ayudándome en mi nuevo papel maternal. Y a Nura le diría que había vuelto a su casa, con su padre. Dijo que de aquel modo nadie lo descubriría.

Le pregunté cómo podría viajar sin el permiso de nuestro padre, pues sabía que él guardaba los pasaportes de toda la familia en la caja fuerte de su despacho. Además, necesitaría una carta de autorización de papá o jamás le permitirían embarcar en el avión. Me acobardé cuando me dijo que una amiga que había planeado ir a Bahrein a visitar a unos parientes, pero que canceló el viaje al enfermar una de las familiares, le había prestado su pasaporte y su carta de autorización.

Puesto que las mujeres saudíes llevan velo y que los guardas de seguridad del aeropuerto jamás se atreverían a ver el rostro de una mujer, muchas se prestan mutuamente los pasaportes para esas ocasiones. La carta de autorización es una dificultad añadida; pero también esta se intercambia junto con el pasaporte. Sara devolvería la buena acción en una fecha posterior, planeando un viaje a un país vecino y cancelándolo en el último minuto, y prestando luego las credenciales a la misma amiga. Era una detallada operación subterránea que ninguno de nuestros hombres descubriría jamás. Siempre me había divertido la facilidad con que las mujeres engañaban a los funcionarios del aeropuerto, pero ahora que se trataba de mi propia hermana temblaba de miedo.

En un esfuerzo por disuadir a Sara de cometer cualquier acción temeraria, le conté la historia de la chica que aguardaba ser lapidada. Al igual que yo, Sara estaba muy turbada, pero sus planes siguieron adelante. Con creciente inquietud consentí en ser su tapadera. Sara estalló en carcajadas ante la idea de reunirse con Asad sin vigilancia. Había dispuesto lo necesario para utilizar el apartamento que una amiga tenía en Manama, capital del pequeño país de Bahrein.

Contenta de antemano, Sara sacó a mi bebé de su capullo de seda. Con una mirada de alegría absorbió su perfección, comentando que ella también conocería pronto las alegrías de la maternidad, porque ella y Asad se morían por los seis pequeños que Huda había predicho con tanta seguridad.

Aparenté la felicidad que mi hermana esperaba de mí, pero el temor se había aposentado en mis entrañas como un fuego helado.

Aquella noche Karim volvió temprano con información sobre la chica condenada. Dijo que era conocida por su desenfreno y que había quedado embarazada tras tener relaciones con numerosos adolescentes. A Karim le disgustaba aquella conducta; dijo que con su desdén por las leyes de nuestro país había mancillado el honor de su familia; que a esta no le quedaba otro camino que seguir adelante.

Le pregunté a mi marido cuál era el castigo para los hombres que habían participado en aquello, pero no me contestó.

Le dije que seguramente les habrían echado una regañina, en vez de la pena de muerte. En el mundo árabe, la culpa de las relaciones sexuales ilícitas recae enteramente sobre las mujeres. Me sorprendió Karim con su tranquila aceptación de que se ejecutara a una niña, fuera cual fuera su delito. Pese a mi insistencia para que tratase de interceder ante el rey por todos los medios, con lo que a menudo se conseguían éxitos ante padres inclinados a castigos violentos, Karim rechazó mis desesperadas palabras con mal disimulada irritación e insistió en que dejásemos el tema.

Cuando se despidió de mí, yo estuve distante y adusta. Me prometió una vida perfecta para nuestro hijo, llenándolo de besos, y yo seguí sombría e insensible.

Estaba haciendo los preparativos para abandonar la clínica, cuando la enfermera británica entró en la *suite*, roja de ira. Traía tristes noticias de la chica condenada. Poseía una rara memoria para recordar con gran claridad todos los detalles dolorosos que le había contado el médico hindú. A primera hora de aquella mañana la condenada había dado a luz a una niña. Enterados los *mutawas* de la indignación reinante entre la comunidad extranjera, tres de ellos se habían instalado con los guardias ante la puerta del quirófano para asegurarse de que ningún extranjero compasivo ayudara a escapar a la chica. Y tras el parto habían llevado a esta de vuelta a su habitación. Los *mutawas* comunicaron al médico que se llevarían aquel mismo día a la joven madre para que se le aplicara la pena de lapidación por su delito contra Dios. No estaba decidida aún la suerte de la recién nacida, pues su familia se negaba a acoger a la niña en su seno.

Con el horror pintado en los ojos, la chica le había contado al médico los sucesos que la habían llevado a aquella trágica situación. Se llamaba Amal y era hija de un tendero de Riad. Tenía solo trece años y acababa de convertirse en mujer cuando estallaron los acontecimientos.

Fue un jueves por la noche (el equivalente de los sábados del mundo occidental). Los padres de Amal se habían ido a pasar el fin de semana a los Emiratos y no iban a volver hasta el mediodía del sábado. Las tres criadas filipinas dormían y el chófer se hallaba en su casita, separada del edificio principal. Las hermanas casadas de Amal vivían en otros barrios de la ciudad. De su familia solo estaban en casa ella y un hermano de diecisiete años. Este hermano y las tres filipinas habían recibido instrucciones de cuidar de la niña. Su hermano había aprovechado la ocasión de que sus padres estuvieran fuera del país para invitar a la casa a un numeroso grupo de amigos adolescentes. Amal oyó sus voces y la música, muy fuerte, hasta altas horas de la madrugada; la sala de juegos quedaba directamente debajo de su dormitorio. Ella pensó que seguramente su hermano y sus amigos estarían fumando marihuana, sustancia de la que últimamente se había encaprichado su hermano.

Finalmente, al empezar a vibrar las paredes de su habitación con los bajos del estéreo, Amal decidió decirle a su hermano que bajaran el volumen de la música. Y vestida solamente con el ligero camisón, pues no tenía la menor intención de entrar en la sala donde se hallaban, asomó la cabeza para pedir paz y silencio. Las luces eran tenues y la estancia se hallaba casi a oscuras; al no responderle su hermano a sus gritos, ella entró a buscarlo.

Pero no pudo encontrarlo. Los demás adolescentes se hallaban evidentemente bajo los efectos de las drogas y hablando de mujeres, y Amal se vio asaltada por varios chicos a la vez e inmovilizada en el suelo. Gritó llamando a su hermano y tratando de hacerles entender a los chicos que ella era la hija de la casa, pero sus ruegos no llegaron a penetrar en sus drogadas mentes. Los amigos de su hermano le arrancaron el camisón y en turnos frenéticos abusaron brutalmente de ella. El volumen de la música ahogó el ruido del asalto y nadie pudo oír sus gritos de socorro. Amal perdió el conocimiento ante su tercer violador.

Su hermano estaba en el baño, pero tan drogado que se había derrumbado y durmió en el suelo entre neblinas el resto de la noche. Más tarde, cuando la luz del amanecer aclaró las mentes de los asaltantes y se reveló la verdadera identidad de Amal, los muchachos huyeron de la villa.

El chófer y las filipinas llevaron a Amal a un hospital cercano, y el médico de guardia avisó a la Policía. Los *mutawas* intervinieron en el asunto. Debido al aislamiento en que vivía Amal como chica, no pudo identificar por sus nombres a los asaltantes, solo pudo decir que eran amigos de su hermano. Sus nombres se supieron por el hermano de Amal, pero para cuando fueron localizados y se les ordenó comparecer ante la Policía para ser interrogados, se habían tomado ya mucho trabajo colaborando en su versión de los hechos. Según esta versión, no había habido drogas aquella noche; solo confesaron que hicieron mucho ruido con la música y que se estaban divirtiendo de un modo inocente. Dijeron que la chica había entrado en la sala con su camisón provocativo y les había invitado a jugar a sexo. Les dijo que había estado leyendo arriba un libro sobre sexo y que sentía una gran curiosidad. Dijeron que ellos al principio la habían rechazado, pero que ella se había comportado de un modo tal (sentándose en sus rodillas, besándolos, toqueteándolos) que no habían podido resistirse mucho tiempo. La chica se había quedado sin carabina y había decidido pasárselo bien con algunos chicos. Declararon que era insaciable, que les había rogado que tomasen parte en el juego todos ellos.

Los padres volvieron de los Emiratos. La madre de Amal creyó la historia que contaba su hija y, aunque la pena casi la enloqueció, no pudo convencer a su marido de la inocencia de la niña. Al padre de Amal, que siempre se había sentido incómodo con sus hijas, le conmocionó lo sucedido, pero pensó que los muchachos habían hecho lo que cualquier hombre haría en aquellas circunstancias. Y muy compungido decidió que se debía castigar a su hija por haber deshonrado a la familia. El hermano de Amal, temeroso de ser castigado severamente por haberse drogado, no quiso dar el paso al frente en defensa de su hermana.

Los *mutawas* le ofrecieron al padre apoyo moral en su valerosa actitud y le colmaron de parabienes por sus convicciones religiosas. La chica iba a morir hoy.

Embargada por emociones de tristeza y temor, apenas oí

las continuas exclamaciones de la enfermera británica. Sentí que mi felicidad se desmoronaba al imaginar la inocencia de la niña y la inutilidad de los esfuerzos de la madre por salvarla de una muerte cruel. Personalmente nunca había visto yo una lapidación, pero Omar lo había hecho en tres ocasiones y se había deleitado describiéndonos la suerte que aguarda a las mujeres débiles que do saben defender cuidadosamente su honra tan preciada por los hombres. Y recordé la vívida descripción con que Omar había cargado mi memoria.

Cuando tenía yo doce años, una mujer de un pueblecito cercano a Riad había sido declarada culpable de adulterio. Y fue condenada a morir lapidada. Omar y un vecino decidieron ir a ver el espectáculo.

Desde primeras horas de la mañana se había reunido una gran multitud impaciente por ver a aquella persona tan mala. Y dijo Omar que cuando la gente iba a montar en cólera por la espera bajo el ardiente sol, metieron a empujones en un furgón de la Policía a una muchacha de unos veinticinco años. Dijo que era muy bella, precisamente el tipo de mujer que desafiaría las leyes de Dios.

La mujer llevaba las manos atadas y la cabeza caída sobre el pecho. Un funcionario leyó con la cantilena oficial el delito que había cometido para que lo oyese la multitud. Usaron un trapo sucio para taparle la boca y le ataron una caperuza negra enfundada en la cabeza. La obligaron a arrodillarse; y un tipo alto y fornido, el verdugo, le dio cincuenta azotes en la espalda.

Apareció un camión con piedras y pedruscos que fueron descargados en un gran montón. El tipo que había leído el delito comunicó a la muchedumbre que iba a dar comienzo la lapidación. Omar dijo que la gente, hombres en su mayoría, corrió hacia las piedras y empezó a arrojarlas a la mujer. Al poco la culpable caía derribada y su cuerpo se retorcía espasmódicamente. Dijo que las piedras siguieron golpeándola durante lo que pareció ser un tiempo interminable. Y de vez en cuando callaban las piedras para que un médico pudiera comprobar el pulso de la mujer. Después de casi dos horas, el médico la declaró finalmente muerta y la lapidación finalizó.

La enfermera británica interrumpió mis tristes meditaciones al entrar en mi habitación profundamente agitada. La Policía y los *mutawas* se llevaban a la chica para la ejecución del castigo. Me dijo que si me quedaba en la puerta podría ver su cara, pues no iba velada. Se oyó una gran conmoción en el pasillo y me apresuré a ponerme el velo. Mis pies empujaron mi cuerpo hacia delante sin que me lo hubiera propuesto conscientemente.

La condenada parecía muy infantil y frágil entre los dos altos y estoicos guardias que la llevaban a su último destino. Con la barbilla caída sobre el pecho, era difícil verle la expresión. Pero supuse que sería bonita, y que habría ganado en belleza si se le hubiese dado la oportunidad. Levantó la temerosa mirada y ojeó el mar de caras que la contemplaban con gran curiosidad. Vi que su miedo era muy grande. Ningún pariente iba a acompañarla hasta la tumba; solo extraños la verían partir hacia el más sombrío de los viajes.

Regresé a mi habitación. Con gran ternura tomé en mis brazos a mi bebé pensando en el alivio que significaba que no perteneciera al sexo débil. Inspeccioné su carita tratando de adivinar. ¿Apoyaría también él (endureciéndolo, por tanto) el sistema que tan injusto era con su madre y hermanas? Pensé en la posibilidad de que algún día a todas las niñas de mi país tuvieran que quitarles la vida en la cuna. Quizá la terca actitud de nuestros hombres se suavizaría con nuestra ausencia. Me estremecí cuando la pregunta penetró de lleno en mi mente. ¿Cómo podría proteger una madre a las pequeñas de su propio sexo de las leyes de su tierra?

Los ojos de la resuelta enfermera británica se habían llenado de lágrimas. Tras resoplar, me preguntó por qué una princesa como yo no intervenía ante una locura como aquella. Le dije que yo no podía ayudar a la condenada; que en mi país a las mujeres no se les permite opinar, ni siquiera a las de la realeza. Apenada, le dije a la enfermera que no solo moriría la chica según lo dispuesto, sino que su muerte sería dolorosa y que de su vida y su muerte no quedaría registro alguno.

Llegó Karim muy alegre. Había organizado el regreso al palacio con el cuidado de un plan de guerra. Una escolta policial nos facilitaría el desplazamiento a través del bullicioso tráfico de Riad, una ciudad que no dejaba de crecer. Karim me ordenó callar cuando le conté el incidente del hospital. Con su hijito en los brazos, que se dirigía a su destino de príncipe en una tierra que cuida y mima a quienes son como él, no sentía el menor deseo de oír una cosa tan triste.

Mis sentimientos por mi marido sufrieron un revés al ver yo que no le importaba mucho lo que le pudiera suceder a alguien que era solo una niña. Soltando un gran suspiro me sentí muy sola, y muy temerosa de aquello a lo que yo y mis futuras hijas quizá tuviésemos que enfrentarnos en los años venideros.

MUERTE DE UN REY

El año 1975 me trae recuerdos agridulces; fue a la vez un año de radiante felicidad y de descorazonadora tristeza para la familia y para el país.

Abdulá, mi hijo adorado, celebraba su segundo cumpleaños. Con nuestros aviones particulares trajimos de Francia un pequeño circo para la fiesta; el circo permaneció una semana en el palacio del padre de Karim.

Sara y Asad habían sobrevivido a su atrevido noviazgo y ahora se hallaban felizmente casados y esperando a su primer hijo. Asad, expectante por el hijo que iba a nacer, había volado a París para comprarle toda la ropa infantil de que disponían en tres grandes almacenes. Nura, su suspicaz madre, decía a quien quisiera oírla que Asad había perdido la cabeza. Arropada con tanto amor, Sara, que tanto había sufrido, resplandecía finalmente de felicidad.

Alí estudiaba en los Estados Unidos y ya no podían complicarle la vida los asuntos de su hermana. A papá le dio el mayor susto de su vida al anunciarle que se había enamorado de una norteamericana de la clase trabajadora, aunque, para alivio de mi padre, Alí era muy voluble y pronto nos comunicó que prefería tener una esposa saudí. Más tarde averiguamos que la mujer le había dado a Alí en la cabeza con un candelabro cuando este empezó a mostrarse agresivo y a exigirle obediencia ante sus rechazos.

Nosotras, las parejas saudíes de ideas modernas, nos aprovechamos de la sutil relajación de las severas restricciones que pesaban sobre la mujer, pues los años de esfuerzo del rey Faisal y de su esposa Iffat en pro de la libertad y educación de la mujer han demostrado su acierto. Con la educación vino además la determinación de cambiar nuestro país. Algunas mujeres ya no se cubrían el rostro, rechazando el velo y sosteniendo valientemente la mirada de los sacerdotes que querían desafiarlas. Se cubrían aún el pelo y llevaban *abaayas*, pero el valor de estas pocas nos llenaba a todas de esperanza. A las de sangre real jamás se nos hubieran permitido esas libertades; era la clase media la que mostraba su fuerza. Ahora abrían colegios para mujeres sin que los *mutawas* hicieran manifestaciones de protesta. Estábamos seguras de que la educación de la mujer nos llevaría finalmente a la igualdad. Por desgracia, entre los fundamentalistas sin estudios seguían dándose casos de penas de muerte para las mujeres. Paso a paso, nos recordábamos porfiadamente los unos a los otros.

Sin darnos cuenta, en solo un semestre, Karim y yo nos convertimos en propietarios de cuatro nuevas casas. Por fin habían completado nuestro palacio de Riad y Karim creyó que su hijo crecería más fuerte respirando los aires marinos, conque nos compramos una nueva villa junto a las playas de Jidda. Papá tenía un espacioso apartamento en Londres, a solo cuatro calles de «Harrods», y lo ofrecía a cualquiera de sus hijos a quien pudiera interesarle. Y puesto que todas mis hermanas y cuñados tenían ya casas en Londres, y que Sara y Asad se estaban comprando una casa en Venecia, Karim y yo aprovechamos la oportunidad de tener una casa en aquella ciudad tan llena de vida y color, y tan querida por los árabes. Y por fin, como regalo especial por nuestro tercer aniversario de bodas, y por haberle obsequiado con un precioso hijo, Karim me compró una preciosa villa en El Cairo.

Con la ocasión del nacimiento de Abdulá, el joyero de la familia había volado a Riad desde París para traernos una muestra de joyas de diamantes, esmeraldas y rubíes que había diseñado en siete elegantes juegos de collar, pulsera y pendientes. No hay que decir que me sentía más que recompensada por hacer lo que más había deseado hacer.

Karim y yo pasábamos en Jidda todo el tiempo que podíamos. Por fortuna, nuestra villa se hallaba situada en un lugar muy envidiado que frecuentaba la realeza.

Contemplando a nuestro hijo, que rodeado de doncellas filipinas chapoteaba en las cálidas aguas azules rebosantes de peces exóticos, nos entreteníamos jugando a backgammon. Incluso a nosotras, las mujeres, se nos permitía tomar baños, aunque conservábamos los *abaayas* estrechamente envueltos a nuestros cuerpos mientras no nos hubiésemos sumergido hasta el cuello. Una de las sirvientas me libraba del *abaaya*, que yo mantenía en alto con la mano, para poder nadar y chapotear con total abandono. Era todo lo libre que puede serlo una mujer en Arabia Saudí.

Estábamos a finales de marzo, un mes no muy caluroso, por lo que no nos quedábamos al sol mucho tiempo después de mediodía. Les decía a las sirvientas que llevaran a nuestro alegre hijo a remojarse en la ducha portátil especial de agua caliente. Y le contemplábamos mientras borboteaba y pataleaba con sus gordezuelas piernecitas. Nuestras sonrisas estaban llenas de orgullo; apretándome la mano, Karim me decía que se sentía culpable por disfrutar de aquella felicidad. Más tarde le acusaría de habernos traído (a nosotros y a todos los saudíes) mala estrella por vocear su alegría de vivir.

La mayor parte de los árabes cree en el mal de ojo; nunca hablamos en voz alta de nuestra alegría de vivir ni de la belleza de nuestros hijos. Porque seguro que algún mal espíritu lo oirá y querrá robarnos el objeto de nuestra alegría o causarnos una pena llevándose a un ser querido. Para apartar de nosotros el mal de ojo, nuestros bebés van protegidos con unas cuentas azules cosidas a su ropa. Y pese a nuestra cultura, nuestro hijo no fue una excepción.

Un momento después retrocedíamos horrorizados al ver que Asad corría hacia nosotros diciendo «¡el rey Faisal ha muerto! ¡Ha sido asesinado por un miembro de la familia!». Nos quedamos sin habla; y nos sentamos, estremecidos, mientras Asad nos contaba los pocos detalles que había sabido por un primo de la realeza.

En la raíz de la muerte de nuestro tío se hallaba una disputa por la apertura de una emisora de televisión que había ocurrido casi diez años antes. El rey Faisal siempre se había mantenido firme en lo concerniente a la modernización del pueblo de nuestro país. Karim contaba que en una ocasión le había oído decir que, tanto si nos gustaba como si no, entre protestas y pataleos, iba a llevarnos a rastras al siglo XX.

Los problemas que le enfrentaban a los ciudadanos excesivamente religiosos eran la continuación de las situaciones fastidiosas con que se topó el mismísimo primer gobernante del país y padre de Faisal, Abdul Aziz. Los fanáticos lucharon furiosamente contra la apertura de la primera emisora de radio, y nuestro primer rey salvó las objeciones ordenando que se divulgase el Corán a través de las ondas del aire. Las personas religiosas no pudieron ver una gran falta en aquel expeditivo método de divulgar la palabra de Dios. Y años después, cuando Faisal presionó para proveer de emisoras de televisión a nuestro pueblo se encontró, al igual que su padre antes que él, con la oposición de los jeques religiosos del Ulema.

Por desgracia se unieron a aquella protesta miembros de la realeza y en septiembre de 1965, cuando yo no era más que una niña, la Policía disparó y mató a uno de nuestros primos que se manifestaba contra una emisora de televisión a pocos kilómetros de Riad. El príncipe renegado y sus seguidores arrasaron la emisora. Aquel episodio terminó en batalla campal contra la Policía y él perdió la vida. Habían transcurrido casi diez años desde entonces, pero el hermano menor del príncipe estuvo destilando odio hasta que pudo matar a su tío el rey.

Karim y Asad tomaron el avión para Riad. Sara y yo, junto con varias primas nobles, nos reunimos dentro de los confines de un palacio de la familia protegido por altos muros. Allí nos lamentamos, gritándonos nuestro dolor las unas a las otras. Pocas primas habría que no amasen al rey Faisal, pues él era nuestra única oportunidad de cambio y definitiva libertad. Solo él tenía, ante los sacerdotes y ante facciones disidentes de la realeza, el prestigio necesario para defender la causa de las mujeres. Nuestras cadenas las sentía como suyas, e imploraba a nuestros padres que le secundaran en su búsqueda del cambio social. Yo misma le oí decir una vez que, aun cuando hombres y mujeres tengan papeles distintos, por ser dirigidos por Dios ningún sexo debería prevalecer sobre el otro con una supremacía indiscutible. Y con un hilo de voz dijo que disfrutaría de muy poca felicidad mientras los ciudadanos de su tierra, hombres y mujeres, no fueran los dueños de sus propios destinos. Creía que solo con la educación de las mujeres se podría fortalecer nuestra causa, pues tenía por cierto que nuestra ignorancia nos mantenía en las tinieblas. Y es verdad que desde Faisal ningún otro gobernante ha defendido nuestra causa. Al volver la vista atrás, la corta pero impetuosa escalada hacia la libertad empezó su resbaladizo descenso en el instante en que su vida estalló bajo las balas de su propia y falsa familia.

Nosotras, las mujeres, comprendimos con el corazón destrozado que la ocasión de lograr nuestra libertad había sido enterrada con el rey Faisal. A todas nos ahogó la cólera y el odio por la familia que había engendrado un primo como aquel Faisal ibn Musaíd, asesino de todos nuestros sueños y esperanzas. Una de mis primas gritó que el propio padre del asesino no andaba bien de la cabeza. Que habiendo nacido en una posición destacada dentro de la jerarquía de la realeza saudí, por ser hermanastro del propio rey Faisal, había rehuido todo contacto con cualquier miembro de la familia, así como cualquier tipo de responsabilidad con el trono. Uno de los hijos fue un fanático, dispuesto a morir para impedir la inocente puesta en marcha de una emisora de televisión, y otro había matado a nuestro querido y respetado rey Faisal.

Ningún dolor podía ser peor que la idea de una Arabia Saudí sin una mente prudente y sabia como la suya para guiarnos. Nunca, ni antes ni después, he sido testigo de un luto nacional como aquel. Fue como si toda nuestra tierra y todo nuestro pueblo se sintiera sumido en un dolor insoportable.

Y el mejor liderazgo que nuestra familia podía ofrecer había sido cercenado de raíz por uno de los suyos.

Tres días después, la hija de Sara le dio a su madre la gran sorpresa al entrar en este mundo con los pies por delante. La pequeña Fadila, llamada así por nuestra madre, se encontró con una nación enlutada. Nuestra pena era tan profunda que la recuperación fue muy lenta, aunque la pequeña Fadila reanimó nuestros espíritus y nosotras recobramos el mensaje de la alegría gracias a su nueva vida.

Temerosa por el futuro de su hija, Sara convenció a Asad para que firmase un documento que garantizara que su hija sería libre de elegir marido sin interferencia de la familia. Sara había pasado por la tremenda pesadilla de soñar que ella y Asad morían en un accidente de aviación y a su hija la educaban según las rígidas costumbres de nuestra generación. Con los ojos clavados en su marido, Sara dijo que antes cometería un asesinato que consentir que su hija se casara con un hombre de mente tortuosa y perversa. Locamente enamorado aún de su esposa, Asad la tranquilizó firmando el papel y abriendo a nombre de la criatura una cuenta de un millón de dólares en un Banco suizo. La hija de Sara tendría así los medios legales y económicos para librarse de su pesadilla si un día fuera necesario.

Para las vacaciones de verano Alí volvió de los Estados Unidos, y más odioso si cabe de lo que yo recordaba. Le encantaba relatarnos sus escapadas con mujeres yanquis y afirmaba que sí, que como le habían contado, eran todas unas putas.

Al interrumpirle Karim para decirle que él había conocido muchas mujeres de irreprochable moralidad cuando estuvo en Washington, Alí contestó, riéndose, que habían cambiado mucho. Afirmó que las mujeres que encontraba en los bares tomaban la iniciativa y le proponían acostarse antes aun de que él hubiese podido sacar el tema a colación. Karim le contestó que aquel era el caso; si una mujer estaba sola en un bar, era muy probable que estuviera buscando plan para la noche, para pasarlo bien, pues al fin y al cabo en América ellas eran tan libres como los hombres. Le dijo a Alí que debería haber ido a las iglesias o a los acontecimientos culturales y se hubiera asombrado de la conducta de las mujeres. Pero Alí se mostró inexorable; dijo que había probado la moral de las mujeres de todas las condiciones en América y que sabía por experiencia que todas eran, decididamente, unas putas.

Como la mayoría de los musulmanes, Alí no entendería nunca las costumbres y tradiciones de otras tierras o religiones. El único conocimiento que la mayoría de los árabes tiene de la sociedad de Estados Unidos procede del contenido de películas norteamericanas de bajo nivel y espectáculos televisivos que son una basura. Y más importante aún: los hombres saudíes viajan solos; por culpa de su obligado aislamiento de las mujeres, su único interés estriba en las extranjeras. Desgraciadamente solo buscan a las que trabajan en los bares haciendo *striptease* o como prostitutas. Esta visión torcida distorsiona la opinión de los saudíes sobre la moralidad de Occidente. Ya que la mayoría de las mujeres saudíes no viajan, ellas creen los relatos que cuentan sus hermanos y maridos. El resultado es que la inmensa mayoría de los árabes creen realmente que la mayor parte de las mujeres occidentales son promiscuas.

Hay que admitir que mi hermano era un guapo chico de aspecto exótico que resultaría atractivo para gran parte del sexo opuesto, pero yo sabía sin asomo de duda que la mujer americana no era una prostituta. Le dije a Karim que me moría de ganas de acompañar a Alí a América. Sería divertido permanecer detrás de él con un cartel que proclamase. «¡Este hombre os desdeña en secreto y os desprecia! Si le decís que sí, ¡os marcará como fulanas ante el mundo!»

Antes de partir de vuelta para los Estados Unidos, Alí le dijo a nuestro padre que estaba dispuesto a tomar su primera esposa. La vida sin sexo era muy dura, dijo, y le encantaría tener una mujer a su disposición cada vez que regresara a casa por vacaciones. Y una cosa más importante todavía: ya era tiempo de que él, Alí, tuviera un hijo. Pues, en Arabia, un hombre sin hijos varones no es nadie, solo el hazmerreír de cuantos le conocen.

Su esposa no podría vivir con él en Estados Unidos, por supuesto, sino que viviría en la villa de papá, vigilada con extremo cuidado por Omar y los demás sirvientes. Alí dijo que él debía ser libre para disfrutar de las relajadas costumbres americanas. El único requisito que le exigía a su novia (aparte de la virginidad, claro) era la extrema juventud (diecisiete años a lo sumo), una belleza excepcional y una gran obediencia. Antes de dos semanas Alí se hallaba prometido a una prima real; la fecha de la boda se fijó para diciembre; él dispondría de más de un mes entre los trimestres del curso escolar.

Observando a mi hermano, reconocí mi buena estrella al haberme casado con un hombre como Karim. Mi marido estaba muy lejos de ser perfecto, desde luego, pero Alí era el típico macho saudí; tener a un tipo como él por dueño y señor tiene que destrozarle la vida a una como una trituradora.

Antes de que Alí volviera a los Estados Unidos, la familia se reunió en nuestra villa de Jidda. Una noche, los hombres bebieron en exceso y empezaron a discutir. En la sobremesa de la cena se abrió a debate el sutil tema de si las mujeres podían conducir automóviles. Karim y Asad se unieron a Sara y a mí en nuestro empeño por cambiar aquella estúpida costumbre que no tenía base alguna en ninguna regla del Islam. Aportamos el ejemplo de las mujeres que pilotan aviones en los países industrializados, ¡cuando a nosotras ni siquiera se nos permitía conducir automóviles! Muchas familia saudíes no pueden permitirse más que un chófer; ¿cómo quedaba la familia cuando él había salido a un recado? ¿Qué pasaría si sucedía una emergencia médica mientras el conductor no estaba disponible? ¿Confían tan poco los hombres árabes en la habilidad de sus mujeres que prefieren dejar conducir a los chicos de doce y trece años (cosa usual en Arabia Saudí) antes que a mujeres adultas?

Papá, Alí y Ahmed defendían los enloquecedores tópicos de siempre. ¡Alí afirmó que hombres y mujeres se encontrarían en el desierto para sus deslices sexuales! Lo que le preocupaba a Ahmed era el impedimento que para la visibilidad podía suponer el velo. Papá pensaba en la posibilidad de accidentes y en la vulnerabilidad de las mujeres en la calle mientras aguardaban por el guardia de tráfico. Papá miró a los presentes buscando apoyo entre sus otros yernos; una mujer al volante pondría en peligro su vida y la de los demás. Mis otros cuñados se hicieron los distraídos con sus refrescos o dejándonos para ir al baño.

Finalmente, con un aplomo temerario, como si hubiera dado con la brillante idea que pondría fin a la discusión, Alí dijo que como las mujeres son más fácilmente influenciables que los hombres, imitarían a los jóvenes de nuestro país, que hacen verdaderas carreras por las calles. Las mujeres no pensarían más que en emularlos, claro, y el resultado sería que dispararíamos nuestra ya deplorable tasa de accidentes.

¡Mi hermano todavía me sacaba de mis casillas! Erróneamente creía Alí que yo había dejado atrás mis impulsos, pero sus vanidosos aires espolearon mi temperamento. Ante la sorpresa general, salté sobre él y, agarrándole por el pelo, empecé a dar tirones con toda la fuerza de que fui capaz. Se precisó del esfuerzo conjunto de papá y Karim para que le soltara. Las carcajadas de mis hermanas resonaron por la habitación, mientras sus maridos me contemplaban con una mezcla de asombro y temor.

Al día siguiente, antes de salir para Estados Unidos, Alí trató de hacer las paces conmigo. Mi rabia era tan temeraria que maniobré para meterle en una conversación sobre el matrimonio y la insistencia de nuestros hombres en que sus novias sean vírgenes mientras ellos intentan catar cuantas mujeres puedan. Él se tomó la charla en serio y empezó a citar el Corán, ilustrándome sobre la absoluta necesidad de la virginidad de las mujeres.

Y la vieja Sultana de las jugadas astutas volvió a mí sin esfuerzo. Agité la cabeza y suspiré profundamente. Alí me preguntó qué me sucedía. Le contesté que por primera vez me había convencido. Que estaba de acuerdo con él en que las mujeres deberían llegar al matrimonio vírgenes. Y con una malicia oculta que él no supo ver añadí que el natural de nuestras chicas había cambiado de tal modo que rara vez se podría encontrar hoy a una auténtica virgen entre ellas. Y ante la inquisitiva expresión de Alí dije que, claro, entre las mujeres saudíes que viven en Arabia no había mala conducta, ¿pues qué mujer quiere perder la vida? Pero que cuando salían al exterior buscaban compañía para el sexo y les daban su más preciado tesoro a los extranjeros.

¡Alí se enfureció ante la idea de que un hombre que no fuese como él, un árabe, pudiera desflorar a una virgen saudí! Y muy agitado me preguntó dónde había obtenido yo aquella información. Con una mirada de súplica le rogué que no revelara a nadie nuestra charla, pues con toda seguridad escandalizaría a papá y a Karim. Pero admití que nosotras, las mujeres, hablamos de esas cosas y que aquello era ya un tópico muy sabido: ¡la virginidad ya no era corriente en nuestra tierra!

Alí frunció los labios y se sumió en profundas meditaciones. Y me preguntó qué era lo que hacían esas novias en su noche de bodas; pues si no hubiera sangre, la chica sería repudiada y devuelta a su padre. En Arabia las sábanas con manchas de sangre se llevaban en triunfo a la madre del novio para que esta pueda mostrar a parientes y amigas que ha ingresado en la familia una mujer honesta y pura.

Acercando mi cara a la suya le conté que la mayoría de nuestras jóvenes se hacían reparar sus hímenes en el quirófano. Y añadí que muchas árabes jóvenes dan su virginidad una y otra vez a confiados varones; que es fácil y sencillo engañar a los hombres; que muchos cirujanos realizan en Europa esas intervenciones con gran habilidad y que en Arabia se sabía de algunos.

Luego, ante un Alí absolutamente horrorizado, susurré que si por alguna razón la chica no lograba que le hicieran esa reparación a tiempo para su boda, solo tenía que meterse el hígado de un cordero en su interior antes del acto sexual. ¡Y lo que desfloraba el novio no era su esposa, sino el hígado de un cordero!

Un nuevo temor absorbía la atención de miególatra hermano. De inmediato llamó a un cirujano amigo suyo y, con el teléfono en la mano, se puso lívido cuando su amigo admitió que ese tipo de operación era posible. En cuanto a lo del hígado de cordero, el médico no había oído hablar de eso, aunque parecía un plan inmoral muy viable que las mujeres acabarían descubriendo antes o después.

Alí volvió dos veces a la villa aquel día, obviamente molesto, para pedirme consejo sobre cómo podría protegerse mejor contra engaños como aquel. Le contesté que no había manera, a no ser que se quedara en compañía de su novia día y noche desde el instante de su nacimiento. Tendría que aceptar la posibilidad de que la persona con quien se casaba pudiera ser humana y quizá hubiera cometido errores en su juventud.

Alí regresó a Estados Unidos sumamente preocupado y desalentado. Cuando les conté mi broma a Karim, Asad y Sara, esta no pudo contener su júbilo. Karim y Asad cruzaron miradas de preocupación y observaron a sus esposas bajo un nuevo prisma.

La boda de Alí seguía según lo programado. Su jovencísima novia era bella a marear. ¡Qué pena me daba! Pero Sara y yo nos reíamos a carcajadas al comprobar que Alí estaba preocupado hasta la exasperación. Más tarde mi marido me echó una reprimenda por mi mala jugada, al confesarle Alí que ahora temía llegar al acto sexual. ¿Qué ocurriría si le habían engañado? Jamás podría saberlo, y se vería obligado a vivir con la duda sobre aquella esposa y con las demás esposas del futuro.

La peor pesadilla para un saudí es la de que, en la relación sexual con sus esposas, pise terrenos ya hollados por otro hombre. Si la mujer fuera una prostituta no habría de qué avergonzarse, pero su esposa representaba el honor de su familia, sería la madre de sus hijos. La sola idea de que hubieran podido engañarle era más de lo que podía soportar mi hermano.

Admití con franqueza a mi marido que yo tenía momentos muy malos y reconocí sin vacilar que tendría que enfrentarme con muchos pecados el día del juicio final. Y sin embargo, la noche de bodas de Alí me sonreí con una satisfacción que nunca había sentido. Había sabido descubrir y explotar el mayor de los miedos de Alí.

LA CÁMARA DE LA MUJER

La mano de Nura temblaba al recuperar el Corán, nuestro libro sagrado. Y me subrayó un versículo. Con una emoción en aumento leí el pasaje en voz alta:

> *Si alguna de vuestras mujeres es culpable de impureza*
> *procuraos el testimonio de cuatro testigos*
> *contra ella; y si atestiguan, confinad a la culpable*
> *en su casa hasta que la muerte la reclame.*

Clavé los ojos en Nura y luego, una tras otra, en mis otras hermanas. Mi mirada se posó sobre el asombrado rostro de Tahani. Se había perdido toda esperanza por su amiga Samira.

Sara, en general silenciosa y contenida, habló ahora:

—Nadie puede ayudarla. El Profeta ordenó personalmente ese método de castigo.

—Samira no es culpable de impureza —repliqué, encolerizada—. Jamás hay cuatro testigos para ningún delito *Hudud* (los delitos contra Dios). ¡Solo fue que se enamoró de un occidental! Nuestros hombres han decidido que ellos pueden acostarse con extranjeras, con mujeres de otras religiones, pero nosotras no; ¡a nosotras nos lo prohíben! ¡Es de locos! ¡Esa ley —y su interpretación— ha sido hecha por hombres... y para hombres!

Nura trató de tranquilizarme, pero yo estaba dispuesta a pelear hasta el último centímetro contra aquella tiranía antinatural que ahora se metía con alguien a quien todas queríamos mucha, con Samira.

El día anterior Samira había sido condenada por los hombres de su familia y de su religión a ser confinada en una estancia sin luz hasta el momento de su muerte. Samira tenía veintidós años. La muerte llegaría muy lentamente a una persona joven y fuerte como ella.

¿Su delito? Mientras estudiaba en Londres conoció a un chico que no pertenecía a su fe y se enamoró de él. Desde que tenemos uso de razón, a nosotras, las mujeres saudíes, nos enseñan que para una musulmana es pecado atarse a un infiel: no podríamos garantizar la enseñanza de nuestra fe a nuestros hijos si el marido fuese cristiano o judío; ni la madre ni la esposa tendrían voz ni voto.

A los musulmanes nos enseñan que el Islam es el último mensaje de Alá a la Humanidad y, por consiguiente, es la fe superior a las demás. Nosotros no podemos someternos a sabiendas bajo el patrocinio de los infieles, ni debemos permitir que pueda desarrollarse tal relación. Y sin embargo muchos hombres saudíes se casan con mujeres de otras creencias sin que suceda nada. Solo las saudíes pagan un alto precio por su unión con un infiel. Los estudiosos del tema dicen que las uniones de musulmanes con mujeres de otras creencias son permisibles, porque a los hijos se les educa en la superior fe musulmana de su padre.

Solo pensar en la injusticia de todo aquello me hacía prorrumpir en gritos de cólera. Mis hermanas y yo comprendimos que a partir de aquel momento los hitos de la vida de Samira llevaban, uno tras otro, a una gran tragedia. Y quienes éramos sus amigas desde la infancia nos veíamos impotentes en nuestro deseo de rescatarla.

Samira había sido la mejor amiga de Tahani desde los ocho años; era solo una criatura cuando su madre enfermó de cáncer de ovarios y, aunque se curó, le dijeron que no podría tener más hijos. Por raro que parezca, el padre de Samira no se divorció de su esposa ahora estéril, cosa que habría sido normal para la mayoría de los saudíes.

Mis hermanas y yo sabíamos de mujeres que se vieron atacadas por enfermedades graves, solo para ser arrinconadas por sus maridos. El estigma social del divorcio es severo, y el trauma emocional y económico, aplastante para las mujeres. Si los niños de la divorciada no son críos de pecho, también ellos pueden verse apartados de su madre. Si es afortunada, tendrá unos padres amantes que le darán la bienvenida en su casa o un hijo mayor que le dará refugio. Sin el apoyo de la familia, ella quedará sentenciada, pues ninguna mujer soltera o divorciada puede vivir sola en mi país. Hay unas viviendas promocionadas por el Gobierno, construidas especialmente para acomodar a esas mujeres, pero en ellas la vida es sombría y todos sus instantes son muy crueles. Las pocas divorciadas que tienen la ocasión de casarse por segunda vez, será por haber tenido la suerte de ser bellas o muy ricas. En la sociedad saudí, de los fracasos matrimoniales y de los divorcios la culpable es siempre la mujer.

La madre de Samira había sido una de las afortunadas. Su marido la amaba de verdad y ni por un instante pensó en echarla a un lado en el momento en que le necesitaba más. Ni siquiera tomó una segunda esposa para proveerse de hijos. El padre de Samira es un hombre tenido por raro en nuestra sociedad.

Samira y Tahani eran amigas íntimas. Y puesto que Sara y yo teníamos edades muy cercanas a las suyas, éramos también compañeras de sus juegos. Las tres envidiábamos a Samira en muchos aspectos, pues su padre sentía una gran pasión por su única hija. A diferencia de la gran mayoría de los saudíes de su generación, él era hombre de mentalidad moderna y le prometió a su hija que ella se vería libre de las anticuadas costumbres que obligaban a las mujeres de nuestra tierra.

Samira había visto el dolor que sufríamos por culpa de evidentes errores de nuestro padre. En todas las crisis, ella se había mantenido firme a nuestro lado, apasionada por nuestra causa. Los ojos me escocían al recordar sus lágrimas en la boda de Sara. ¡Se me había echado al cuello, lamentándose de que Sara moriría obligada a aquella servidumbre! Y ahora era ella, Samira, quien se hallaba encerrada en una lóbrega cárcel sin poder hablar ni con sus criadas, y cuya comida le era entregada a través de un agujero en la base de la única puerta. Jamás volvería a oír otra voz humana. Su único mundo sería ya solo el sonido de su propia respiración.

Pensar en ello era insoportable. Le sugerí a Sara que quizá Karim y Asad podrían prestarle alguna ayuda. Tahani levantó la mirada, expectante. Sara negó lentamente con la cabeza: no. Asad ya había hecho averiguaciones; ni el tío ni el marido de Samira levantarían la dura sentencia de oscuridad y silencio hasta la muerte. Aquello era un asunto entre su familia y Dios.

El año de mi boda, Samira ya había planeado su futuro con gran cuidado. Desde la infancia albergó la rara idea de ser ingeniero. Ninguna mujer tenía en Arabia tal título, pues se nos dirige hacia carreras consideradas adecuadas para las mujeres: profesoras, pediatras o asistentes sociales de mujeres y niños.

Además, a las estudiantes saudíes se les prohíbe tener cualquier tipo de contacto con profesores varones, por lo que el padre de Samira había contratado los servicios de una profesora londinense. Después de años de concentración y esfuerzo estudiando en casa, Samira había sido aceptada en una escuela técnica de Londres. Su padre, muy orgulloso de su inteligente y bella hija, fue con ella y con su mujer a Londres.

Los padres de Samira le encontraron un apartamento y emplearon a dos criadas indias y a una secretaria egipcia que vivirían con ella. Tras despedirse de su hija, regresaron a Riad. Y claro, a nadie se le ocurrió que no volverían a verse jamás. Pasaron los meses y, de acuerdo con lo que esperábamos, Samira sacaba resultados excelentes en sus estudios. Y al cuarto mes de estar en Londres conoció a Larry, un estudiante californiano en régimen de intercambio. Los opuestos se atraen, como dicen, pues Larry era alto, rubio y fornido, un espíritu liberal de California, mientras que Samira era exótica, esbelta y enmarañada en la confusión creada por nuestros hombres con su tiranía.

Le escribió a Tahani que el amor había cargado un gran peso en su corazón, pues sabía que le estaba prohibido casarse con un cristiano. Larry era un católico que nunca aceptaría convertirse a la fe del islam, recurso que habría solucionado el problema.

Al mes, Tahani recibió otra carta, más desesperada todavía. Ella y Larry no podían seguir separados por más tiempo; mientras estuvieran en Londres, ella viviría con él, y luego se fugarían a los Estados Unidos para casarse y vivir allí. Más tarde, también sus padres podrían adquirir una casa en Norteamérica, cerca de la suya; ella estaba segura de que la relación con su familia más cercana no iba a sufrir por eso. Aunque la privarían de su nacionalidad saudí y nosotros no volveríamos a verla en nuestro país, pues entendía que no podría regresar a su tierra tras un suceso tan escandaloso como es casarse con un infiel.

Lo más trágico es que los padres de Samira no llegaron a enterarse jamás del problema de su hija, pues ambos, junto con su chófer, perecieron instantáneamente al estrellarse contra su coche un camión cisterna que transportaba agua, cuando cruzaban una concurrida calle de Riad.

En el mundo árabe, cuando muere el jefe de la familia (que siempre es un hombre), su hermano mayor se hace cargo de los asuntos de los miembros de la familia supervivientes. Y tras la muerte de su padre, el guardián de Samira era ahora el hermano mayor de su padre.

Nunca dos miembros de una misma familia se habían parecido menos. Y así, mientras el padre de Samira era tolerante y cariñoso, su tío era severo e inflexible. Hombre de una profundísima fe, había expresado a menudo su disgusto por la vida independiente de su sobrina. Escandalizado, desde el día en que ella se inscribió en el colegio de Londres, no había vuelto a hablar con su hermano. Desdeñoso con la educación de las chicas, creía que era preferible casarlas a temprana edad con un hombre maduro en ideas y años. Él mismo se acababa de casar con una niña que había tenido su primera menstruación pocos meses antes y que era hija de un hombre de su mismo talante.

El tío de Samira era padre de cuatro hijas y tres hijos; a ellas las había casado a la primera señal de pubertad. Y no habían recibido otra educación que las tradicionales artes femeninas de cocinar y coser, aunque poseían una amplia instrucción en lectura a fin de poder recitar el Corán.

El día siguiente al de la muerte de sus padres, Samira recibió una segunda conmoción; llegó una orden de su tío, convertido ahora en el jefe de la familia. La orden decía: «Regresa a Riad en el primer vuelo y trae contigo todas tus pertenencias.»

Su temor a lo brutal que sería su vida bajo la autoridad de su tío, la llevó a armarse de valor y lanzarse de un modo irracional a una precipitada carrera hacia lo desconocido. Larry y ella cometieron el fatal error de marcharse a California.

La manifiesta desobediencia de aquella chica marcó a fuego el corazón de su nuevo guardián. Por aquel tiempo él no tenía el menor conocimiento del amante extranjero de Samira; no podía comprender a la díscola muchacha, pues no tenía ninguna experiencia con chicas rebeldes.

Al cabo de un mes, sin noticias aún del paradero de Samira, su tío creyó que habría muerto y que su cuerpo se estaría descomponiendo en una tierra pagana. Intensificó sin éxito los esfuerzos por encontrarla, hasta que, finalmente, ante la insistencia de su hijo mayor, contrató los servicios de una agencia de detectives para que encontrasen la pista de la única hija de su hermano.

Una mañana, muy temprano, el tiránico tío de Samira llegó a nuestra villa empuñando el informe de la agencia y rugiendo de rabia. Venía a pedir que mi hermana, la confidente de Samira, le revelase el paradero de su malvada sobrina y de su amante infiel.

A Tahani le maravilló su cólera, nos decía al contarnos los hechos con los ojos desorbitados. Se golpeaba la cabeza contra las paredes de su casa pidiendo a gritos a Alá que le ayudase a matar a su sobrina, y entre feroces acusaciones prometía vengarse del amante pagano. Maldecía el día que nació la hija de su hermano y pedía a Dios que dejara caer calamidades sobre su descreída sobrina, afirmando que había mancillado el honor de la familia para las generaciones venideras.

Sobrecogida por sus gritos y por su violencia, Tahani huyó de casa y corrió a refugiarse en el despacho de su marido Habib. Cuando volvieron a su palacio, el tío de Samira ya se había ido, no sin antes advertir a los criados que quien diese cobijo a su sobrina tendría que soportar su castigo. Para secar las lágrimas de Tahani, Habib fue a ver al tío con objeto de tranquilizar su encolerizada malicia. Le aseguró que su sobrina no estaba en contacto con nuestra familia.

Aislada como estaba en un país extranjero, Samira no se había dado cuenta de que su tío, en su incesante esfuerzo por localizar a su sobrina, ahora confiscaba el correo de todos los miembros de la familia. Intimidaba a la familia, amenazándola con grandes castigos si algún contacto con su sobrina escapaba a su atención. Al fin la muchacha anhelaría comunicarse con los de su sangre; cuando la gran pecadora (como la llamaba él) flaquease, no se le iba a escapar de las manos. Solo tenía que esperar.

Entretanto, en California, Larry estaba cada vez más inseguro de su amor y Samira se revolvía, perdida por completo. La indiferencia de su amante la hirió duramente en el corazón y, llena de miedo e inseguridad ante el futuro, llamó a Tahani. ¿Qué podía hacer? En su nueva tierra tenía poco dinero y menos amigos. Y sin casarse con Larry no le iban a permitir quedarse en América. Aunque permitiéndole a Tahani seguir libremente su amistad con Samira, Habib se negó a la petición de su esposa de mandarle dinero.

Con solo unos pocos miles de dólares en su cuenta, Samira, en un acto de desesperación, llamó a su tía más querida, la hermana menor de su padre, quien, temerosa del poder de su hermano, informó a este de la llamada de su sobrina. Y al enterarse de sus dificultades, el tío planeó cuidadosamente el secuestro de Samira para traerla bajo su poder.

Samira fue atraída a El Cairo con la promesa de un pacífico retorno a la familia de la que había huido. Se le mandó un giro telegráfico para pagar el billete de regreso. Ella le contó por teléfono a Tahani que tenía poco donde elegir. El amor de Larry se había evaporado y él no se sentía inclinado a ayudarla económicamente. Por no haber sacado aún su título, ella no podía ganarse un sueldo. No tenía dinero. Había llamado a las Embajadas saudíes en Washington y Londres, pero el personal de las Embajadas no se sintió muy compadecido de ella cuando les explicó su situación y se limitaron a decirle secamente que debía volver con su familia. Era imposible huir de la realidad; tenía que volver a Arabia.

Samira le contó a Tahani que tenía muchas esperanzas de que sus tías le dijeran la verdad, pues le habían jurado que su hermano había suavizado su actitud y accedido a que continuase su educación en Londres. Después de todo, quizá su tío tratara con amabilidad a la única hija de su hermano. Tahani, segura de que la cólera de su tío no había menguado, no supo cómo transmitirle su alarma, pues a las claras veía lo intrincada que era la situación de Samira.

Esta fue recibida en el aeropuerto de El Cairo por dos tías y dos primos. Ellos tranquilizaron sus aprensiones hablándole de su vuelta a Londres una vez hubiera reparado su aislamiento de la familia. Samira sacó la conclusión de que, por fortuna, todo acabaría bien.

Y regresó a Riad.

Al no llegar las esperadas llamadas telefónicas de Samira, Tahani cayó en una profunda depresión. Y por fin se decidió a llamar a los parientes de Samira, solo para que le comunicaran que la chica tenía un poco de fiebre y no se sentía con ánimos de hablar con sus amigas. Le aseguraron que ella la llamaría en cuanto su salud mejorase.

A la segunda semana de su regreso, una de las tías de Samira contestó a las peticiones de Tahani con la noticia de que le habían arreglado un matrimonio y que ella deseaba que Tahani dejara de llamarla, pues su novio no veía con buenos ojos las amistades de infancia de la que iba a ser su esposa.

Por fin Samira logró ponerse en contacto con Tahani. Le dijo que sus esperanzas se habían venido abajo desde el mismo instante en que vio a su tío. Mientras este estuvo esperando el momento de verse con ella, su furia fue en aumento hasta estallar cuando vio finalmente a su «descreída» sobrina.

Desde la noche de su llegada, Samira fue confinada en sus habitaciones a la espera del veredicto de su tío. Ni un solo miembro de la familia se atrevió a levantar una voz de protesta por el mal trato. A ella le habían contado, le dijo Samira a Tahani, que le habían arreglado un matrimonio adecuado, y que la casarían antes de un mes. Que a ella le aterrorizaba tal idea, que su relación con Larry había sido de profundo amor y ya no era virgen, claro.

Nos las arreglamos para averiguar algunos detalles de la boda, pues no se invitó a nadie que no perteneciera a la familia de Samira. Sabíamos que no sería una unión gozosa; que el novio se hallaba en la cincuentena, y que Samira iba a ser la tercera esposa.

Mucho después, uno de los primos de Samira le explicó a Habib lo que se rumoreaba en la familia; que en su noche de bodas Samira había peleado con su marido con tal fuerza y determinación, que el hombre apenas si había logrado sobrevivir a la toma de conocimiento de quién era ella. Nos dijeron que el marido era bajo, gordo y no muy fornido. Había habido derramamiento de sangre, claro, pero fue la suya; y en la feroz batalla, él tuvo poco tiempo para comprobar la virginidad de su esposa.

Al preguntarle Tahani a la tía, que ahora lamentaba su papel en la captura de la sobrina, le contestó que al principio el marido se había mostrado encantado con la tigresa con quien se había casado. Sus insultos y su brava resistencia habían resultado poco para hacerle cambiar su decisión de conquistarla por la fuerza. Pero a medida que pasaba el tiempo empezó a inquietarse por las violentas muestras de desdén de Samira, hasta que acabó por lamentar haberla aceptado bajo su techo.

Samira alardeó ante su tía de que, en su aflicción, se había envalentonado hasta el punto de gritarle a su marido a la cara que ella jamás podría amar a un tipo como él. Que había conocido las caricias de un auténtico hombre, un hombre fuerte. Desdeñó las prácticas amatorias de su marido y le comparó cruelmente con su alto y bien parecido americano.

Sin ceremonia alguna, el marido de Samira la repudió, depositándola luego en la puerta de la casa de su tío. Furioso, le dijo al tío de ella que la familia no tenía ya honor y que se la habían dado en matrimonio a sabiendas de que ya no era pura. Le contó con abundancia de detalles la vergüenza de Samira al ir al lecho nupcial llevando en la mente el recuerdo de otro.

Con un furor que era como un negro pozo sin fondo, su tío buscó la respuesta en las páginas del Corán y pronto encontró los versículos que cimentaron su decisión de encerrar a quien había deshonrado el nombre familiar. El marido divorciado, al que escocían aún los insultos sobre su virilidad, reforzó su decisión al anunciar a quien quisiera oírlo que la familia del tío de Samira carecería de honor si no se aplicaba a la chica un castigo ejemplar.

Habib le dio a Tahani la triste noticia de que Samira había sido sentenciada a la «cámara de la mujer», un castigo especialmente cruel. En el último piso de la villa de su tío habían dispuesto para ella una habitación especial. Para este propósito habían preparado una estancia sin ventanas, enteramente forrada. Las ventanas habían sido cegadas con bloques de cemento, y todo el aposento había sido aislado del exterior de forma que los gritos de la presa no pudieran ser oídos. Habían instalado una puerta especial con un torno en su base que servía para entrar la comida. Y un agujero en el suelo para librarse de los desperdicios del cuerpo.

A las curiosas operarias extranjeras se les dijo que un miembro de la familia había sufrido lesiones en el cerebro en un accidente, y se temía que pudiese dañarse a sí misma o lesionar a otros miembros de la familia.

Mis hermanas y yo nos habíamos reunido para consolar a Tahani, que sufría mucho por el encarcelamiento de alguien tan cercano a su corazón. Sufríamos todas y cada una, pues Samira era una de nosotras: una saudí que no podía recurrir a nadie ante la injusticia.

Y mientras yo tramaba planes de rescate sin fin, mis hermanas mayores veían la situación con mayor claridad. Ya habían oído relatos sobre otras mujeres como ella, y sabían que no había ninguna esperanza de librarla del aislamiento para el resto de su vida.

El sueño me abandonó durante muchas noches; me consumían sentimientos de desesperación y desamparo. También yo había oído historias de otras mujeres de mi país condenadas al castigo de la cámara de la mujer, pero jamás había tenido en mi mente el cuadro de los ahogados alaridos de angustia y desesperación proferidos por alguien a quien yo hubiera conocido, que hubiese encarnado las ideas y esperanzas de nuestra tierra, una mujer que ahora vivía en la más absoluta de las tinieblas, sin sonidos ni imágenes con que sostener su vida.

Una noche desperté creyendo haber tenido una pesadilla. Me disponía a respirar a fondo para tranquilizarme, cuando caí en la cuenta de que la pesadilla era real; para los que conocíamos a Samira no habría alivio posible por el hecho de que ahora sufriese en total desamparo una cautividad y aislamiento absolutos. Una pregunta me rondaba sin cesar por la cabeza: ¿qué poder de la Tierra podría liberarla? Y contemplando el cielo nocturno del desierto cuajado de estrellas tuve que contestarme que ninguno.

SEGUNDA ESPOSA

El martes, veintiocho de agosto de mil novecientos ochenta, es un día que nunca olvidaré. Karim y yo acabábamos de volver de At Táif, una fresca estación de montaña. Me hallaba recostada en un sofá y una de las criadas filipinas me frotaba un pie dolorido. Mis tres hijos estaban en un campamento de Dubai, en los Emiratos, y me aburría sin ellos.

Estaba ojeando los montones de periódicos que se habían acumulado en nuestra ausencia de dos meses, y me llamó la atención una noticia del último diario. Uno de mis parientes, el gobernador de Asir, príncipe Jaled al Faisal, había tomado medidas para reducir el creciente coste que tenían las bodas en su provincia, limitando las dotes que los novios tenían que pagar para conseguir una novia en su región.

El príncipe había fijado un límite de 25.000 riyales (7.000 dólares) como dote máxima que los padres podrían pedir por su hija. La nota puntualizaba que la orden había sido muy bien recibida por los solteros, pues en 1980 el precio medio de las novias era de 100.000 riyales (27.000 dólares). En consecuencia, muchos jóvenes saudíes no podían permitirse la adquisición de una esposa.

Le leí la nota a la criada filipina, aunque no me hizo mucho caso, pues no le preocupaban gran cosa los apuros de las saudíes que se compraban y vendían. La mera supervivencia ya era una pesada carga para la mayoría de las filipinas. Ellas creían que nosotras, las saudíes, éramos muy afortunadas por disponer de mucho tiempo libre y grandes sumas de dinero que podíamos gastar en lo que nos apeteciera.

Como madre de dos hijas; no me preocupaba el precio de las novias, pues cuando a nuestro hijo le llegara el momento de casarse, el precio de las novias no le importaría a nadie. Karim y yo estábamos en excelente condición física, y el dinero no jugaba ningún papel en mis frustraciones diarias. Pero sí vi una creciente tendencia al retroceso entre los varones de nuestra familia. Dentro de sus casas defendían con elocuencia la libertad de la mujer, mientras que en las disposiciones legales que dictaban ellos mismos mantenían muy alta la presión para conservar el *statu quo* y hacernos vivir como en épocas arcaicas.

Solo la completa eliminación de la dote habría satisfecho mi anhelo. ¿Cuánto faltaría para que las mujeres no fuésemos compradas y vendidas como cosas?

Estaba muy cansada y empecé a ponerme nerviosa, pues todas mis hermanas, salvo Sara, se hallaban en el extranjero. Mi queridísima hermana estaba en las últimas semanas de su cuarto embarazo y se pasaba la mayor parte del día durmiendo.

Mi vida, tan bien planeada en mi juventud, no había llegado a proporcionarme el cumplimiento de los objetivos que había soñado. Hacía la mayor parte de las cosas rutinarias que hacían mis hermanas y otras princesas amigas.

Puesto que las sirvientas daban a los niños los almuerzos y organizaban sus días, por lo general yo dormía hasta mediodía. Después de un tentempié de fruta, me sumergía en el baño sin importarme el tiempo. Luego me vestía y me reunía con Karim o, si él estaba ocupado, con mis hermanas, para un almuerzo tardío. Después matábamos el tiempo de sobremesa, o leíamos, y más tarde Karim y yo hacíamos la siesta. Luego él volvía al despacho o visitaba a sus reales primos, mientras yo pasaba unas horas con mis hijos.

Al atardecer asistía a fiestas femeninas, y volvía a nuestro palacio no más tarde de las ocho o las nueve. Karim y yo procurábamos cenar con nuestros hijos todos los días para estar al corriente de sus actividades. Y casi todas las noches asistíamos a reuniones sociales, pues pertenecíamos a un grupo selectísimo de parejas. Sí, de parejas mixtas. Generalmente nuestros compañeros eran solo de la realeza, aunque a veces también hubiera extranjeros de alto nivel, como ministros, y saudíes de riquísimas familias u hombres de negocios que incluíamos en nuestro círculo. Y puesto que las libertades sociales no habían llegado aún, los de la joven generación habíamos decidido tomárnoslas por las buenas. Sabíamos que los grupos religiosos hervían de indignación por nuestras salidas en pareja, aunque no habían presentado ninguna queja ante Jalid, nuestro reverenciado y piadoso rey.

Para aquellas reuniones las mujeres nos poníamos nuestras mejores galas, pues teníamos pocas ocasiones de lucir nuestras joyas y modelos exclusivos. A menudo, Karim y yo no volvíamos a casa hasta las dos o las tres de la madrugada; y nuestra rutina rara vez se alteraba salvo si salíamos del país.

Y una pregunta me acuciaba todo el tiempo: ¿Aquello era todo? ¿No había más?

No podía negar los hechos por más tiempo. Yo, la fogosa Sultana, me había convertido en una saudí común, aburrida y apática, que no tenía nada realmente importante con que ocupar sus días. Odiaba mi perezosa vida entre lujos, pero vacilaba en cuanto a los pasos que podía dar para cambiar mi ruta adocenada.

Tras el relajante masaje de pies, sentía la necesidad de pasear por los jardines. Para planear nuestro jardín había tomado como referencia el precioso parque de Nura; nada me procuraba tanta sensación de paz como un paseo por la fresca sombra del bosquecillo que cuidaba y regaba profusamente un equipo de doce cingaleses. Vivíamos en medio de uno de los desiertos más secos del mundo, pero nuestros hogares estaban rodeados de lujuriantes jardines verdes. Gracias a las enormes sumas de dinero pagadas para transportar en camiones desde los muelles el agua para regar cuatro veces al día, nosotros, los saudíes ricos, podíamos escapar de las sabanas de rojas arenas que aguardaban la menor oportunidad para asaltar nuestras ciudades y borrar nuestro recuerdo de la faz de la Tierra. Con el tiempo, el desierto acabaría ganando, pero por el momento nosotros éramos los dueños de nuestra tierra.

Me detuve a descansar en el mirador especialmente construido para Maha, nuestra hija mayor, quien muy pronto iba a celebrar su quinto aniversario. Maha era una soñadora y se pasaba las horas en el interior de aquel tinglado cubierto de viñas, jugando a complicados juegos con amigas imaginarias. Me recordaba mucho a mí misma cuando tenía su edad. Por fortuna ella no compartía la molesta personalidad revolucionaria de su madre, pues Maha gozaba del amor de su padre y no sentía ninguna necesidad de rebelarse. Cogí algunas flores que colgaban por encima del lugar favorito de Maha; había dejado un surtido de juguetes amontonados sin ningún orden. Sonriendo, me preguntaba cómo podía ser tan distinta de sus hermanas, pues Amam, que ahora tenía tres años, era una criatura que todo lo hacía bien, algo parecido a como fue su tía Sara.

Al pensar en mis hijas la depresión volvió a mí, feroz y aplastante. Me acordé de agradecer a Dios la salud de mis hijos, el niño y las dos niñas, pero se me llenaron los ojos de lágrimas al pensar en el hecho de que no iba a poder tener más hijos.

El año anterior, en un reconocimiento rutinario en el Hospital y Centro de Investigación Rey Faisal de nuestra ciudad, me habían diagnosticado cáncer de mama. A Karim y a mí aquello nos conmocionó, pues siempre pensábamos en las enfermedades como cosas que eran propias de la gente mayor. Toda la vida había estado libre de enfermedades y había dado a luz a mis dos últimos hijos fácilmente. Los médicos creían que ahora estaba limpia de células malignas, pero había perdido un pecho. Además me advirtieron que no me quedase encinta.

Como una precaución contra el deseo de tener más pequeños, cosa que habría ido contra el sentido común, Karim y yo tomamos la decisión de hacerme esterilizar. Había temido tanto no poder ver crecer a mis hijos que mi mente no se preocupó mucho entonces por tener una familia reducida. En Arabia las mujeres rara vez dejan de producir hijos; solo la edad termina con los dolores del parto, nada más.

La voz de Karim interrumpió mis profundos e inquietos pensamientos. Le observé cuando venía a buen paso cruzando por el grueso césped. Habíamos tenido muchas disputas el año anterior, pues nuestras vidas se vieron angustiadas por mi enfermedad. Y de pronto decidí volver a ser la vieja Sultana, la chica que hacía reír a su marido con gozo y abandono. Sonreí por sus piernas largas y atléticas trabadas por la estrechez de su *zobe*. Mi corazón seguía alegrándose al verle.

Al acercarse comprendí que algo le preocupaba. Empecé a descartar las posibles causas, pues conocía los humores de mi marido; sabía que iba a llevarle bastante tiempo vaciar su pesado fardo. Le hice señas con la mano de que se sentase a mi lado. Quería sentarme tan cerca de él como lo permitieran nuestras rígidas costumbres, lo que significaba que nuestros miembros podían tocarse a través de las ropas siempre que nadie pudiera verlo.

Karim me disgustó al sentarse en el rincón más alejado del mirador. No me devolvió la sonrisa de bienvenida. ¿Les habría ocurrido algo a los niños? Me levanté de un brinco y le pregunté qué malas noticias traía. Pareció sorprendido de que me anticipara a las malas noticias. Y entonces Karim pronunció unas palabras que, ni en los momentos más desesperados, creí que tendría que oírle a mi marido.

—Sultana, hace unos meses tomé una decisión, una decisión muy difícil para mí. No he hablado de esto contigo antes por tu enfermedad.

Asentí, sin adivinar lo que me aguardaba, aunque estaba aterrorizada por sus palabras.

—Sultana, en mi corazón tú eres y serás siempre la mujer y la esposa más importante.

Seguía sin tener la menor idea del mensaje que mi marido quería que oyese, aunque sin duda sus palabras querían prepararme para una noticia que yo no iba a aceptar. Mi expresión tenía que ser muy estúpida; lo que sí sabía era que no quería que me revelara los cambios que pronto sabría eran ya un hecho.

—Sultana, soy un hombre que puede permitirse tener muchos hijos; deseo tener diez, veinte, tantos como Dios quiera darme. —Hizo una pausa que duró una eternidad; y contuve el aliento, asustada—. Me voy a casar con otra. Esta segunda esposa estará ahí para proveerme de hijos. No necesito nada más de ella, solo niños. Mi amor será siempre para ti.

No podía oír ningún sonido por culpa de los ruidos que atronaban mi cabeza. Estaba atrapada en una tenebrosa realidad que me negaba a creer. Nunca un hecho como aquel había entrado en el reino de las posibilidades, jamás.

Karim aguardaba mi reacción. Al principio no pude moverme. Por fin el aliento volvió a mí en profundas bocanadas. La noticia penetró lentamente en mi cabeza y su significado cobró vida. Cuando recobré las fuerzas, solo pude contestarle con un ataque de rabia que nos llevó a ambos al suelo.

El dolor que sentía, por lo agudo, no podía expresarse en palabras. Mientras le arañaba el rostro y le pateaba en la entrepierna, tratando por todos los medios de matar al hombre que era mi marido, necesitaba oír las súplicas de Karim pidiéndome gracia.

Él luchó por mantenerse en pie, pero a causa de la súbita locura que me asaltó con violencia, yo me hallaba poseída de una gran fuerza física. Para dominarme, Karim tuvo que sujetarme contra el piso y sentarse encima de mi cuerpo.

Mis gritos atronaban el aire. Los insultos que dirigí a mi marido petrificaron a las sirvientas que habían asomado la cabeza. A Karim le escupí en la cara como una salvaje y vi crecer el asombro en su expresión al ver la cólera que había provocado. Finalmente las sirvientas, temerosas de ser testigos de unos hechos como aquellos, se apresuraron a desaparecer en todas direcciones para ocultarse en los edificios o detrás de matorrales.

Al cabo, mi cólera se extinguió y descendió sobre mí una calma mortal. Había tomado una decisión. Y le dije a Karim que quería el divorcio; nunca me sometería a la humillación de aceptar a otra mujer. Él dijo que el divorcio se hallaba fuera de cuestión, salvo que yo quisiera renunciar a mis hijos para que los educase su segunda esposa. Que nunca permitiría que dejaran su hogar.

Como en un destello, de pronto vi la vida que se extendía ante mí. Muy alejado de la dignidad y decencia propias de un hombre civilizado, Karim iría tomando una esposa tras otra. Muchos hombres y mujeres conocen los límites de lo que pueden soportar; y yo supe que no me hallaba en disposición de atenerme a aquel libertinaje.

Que Karim voceara los engaños que quisiera; yo entendía muy bien lo que significaba tomar una segunda esposa. El deseo de tener hijos no estaba en la base de aquello. Las razones eran más primitivas. Llevábamos ocho años casados: su objetivo era la licencia sexual. Era evidente que mi marido se había cansado de comer siempre el mismo plato y buscaba un nuevo y exótico alimento para su paladar.

Y además me sacaba de quicio que Karim me hubiera tomado por tonta, lo bastante como para aceptar sus bien argumentadas explicaciones. Muy bien, aceptaría lo que Dios me echara, pero esa conformidad no se refería a mi mundano marido. Le dije que se alejase de mi presencia; aquel día iba a contener mis ganas de asesinarle.

Por primera vez, sentí un agudo sentimiento de desprecio hacia mi marido. Mostraba una fachada de prudencia y amabilidad, pero sus entrañas eran astutas y egoístas. Me había acostado a su lado durante ocho años, pero de pronto me parecía un extraño a quien no conociera. Le pedí que saliera de mi vista; me disgustaba descubrir que, a la postre, él solo era la apariencia de un hombre, sin mucho que alabar.

Le seguí con la mirada cuando se alejaba: cabizbajo, con los hombros hundidos: ¿Cómo era posible que le quisiera menos que una hora antes? Y sin embargo el caudal de mi amor había disminuido. Era yo quien había mantenido el personaje de Karim muy alto, viéndole muy por encima de los demás hombres de nuestra tierra; no obstante, en lo más profundo de su ser era como todos.

Cierto, habíamos vivido un año de dificultades; cierto, el matrimonio había resultado restrictivo e irritante. Habíamos gozado de siete años de inmensas alegrías y solo habíamos tenido que soportar un año de problemas. Por eso la idea de nuevos gozos, quizá de una nueva mujer sin complicaciones, se había infiltrado en los sueños de mi compañero.

Lo peor de todo era que había demostrado ser un hombre capaz de chantajear a aquella con quien había tenido sus hijos. Sin ningún sonrojo había dejado entrever la siniestra posibilidad de que la felicidad de mis queridos niños dependiera de su segunda esposa. Esto tenía que devolverme a la realidad de mi mundo dominado por los hombres.

Y mientras un plan empezaba a tomar forma en mi mente, sentí lástima por mi marido. Su memoria le había dado un recuerdo borroso de aquella con quien se había casado. Le iba a resultar muy difícil ser más listo que yo para conseguir la posesión de mis hijos.

LA FUGA

A diferencia de la mayoría de los maridos saudíes, Karim guardaba los pasaportes y demás documentos de la familia en un sitio de fácil acceso para su esposa. Yo era ya una experta en copiar su firma; su sello personal lo tenía sobre el escritorio de su despacho.

Para cuando hube puesto en orden mis ideas y vuelto a casa, a Karim no se le veía por ningún lado. ¡Conque además era un cobarde! Estaba segura de que se quedaría en el palacio de su padre un par de noches.

Acudió a mi mente un súbito recuerdo de Nura; resoplé de cólera al imaginar el placer de mi suegra al enterarse de mi situación. Era más que probable que a estas horas hubiera elegido ya la segunda esposa de su hijo mayor. Hasta aquel momento no me había parado a pensar en quién podría ser esta; quizá se tratase de una de sus reales primas más jóvenes, pues nosotros, los de la familia al Saud, nos inclinamos a casarnos con miembros de la realeza.

Hice tranquilamente la maleta y vacié nuestro oculto cofre de cientos de miles de dólares. Como la mayor parte de los príncipes, Karim estaba preparado ante la posibilidad de los estallidos revolucionarios que con frecuencia brotan en tierras regidas por monarquías. Habíamos hablado a veces de su plan para ponernos a salvo si la población débil se imponía alguna vez a la fuerte. Proferí una malvada plegaria para que la minoría chiíta de nuestra provincia oriental expulsara a nuestros líderes sunnitas: la imagen de la cabeza de Karim en lo alto de una pica hizo aflorar una sonrisa a mi sombrío semblante.

Tras meter una fortuna en joyas —las mías—, en una bolsita de viaje, preparé con toda comodidad los papeles para salir del país. Por fin estaba dispuesta.

No podía confiar en ninguna de mis hermanas, pues quizá sintieran la tentación de confiar el secreto a sus maridos. Y los hombres se apoyan los unos a los otros: se lo dirían inmediatamente a Karim.

Llamé a mi sirvienta de más confianza, pues imaginé que sería la primera en ser interrogada por Karim, y le dije que iba a pasar unos días en Jidda y que hiciera el favor de decírselo así a mi marido si se lo preguntaba.

Llamé por teléfono a uno de mis pilotos predilectos y le di aviso de que deberíamos salir para Jidda dentro de una hora; que me reuniría con él en el aeropuerto. Luego llamé a mis criados de Jidda para decirles que iba a visitar a una amiga de aquella ciudad; que quizá me pasara por la villa. Si Karim les llamaba y quería hablar conmigo deberían decirle que me hallaba en casa de una amiga y que yo le llamaría a él en cuanto pudiera.

Con todos aquellos engaños trataba de despistar a Karim de mis auténticos planes de viaje el mayor tiempo posible. Mientras me dirigía en coche al aeropuerto contemplaba maravillada el congestionado tráfico nocturno de Riad aquel jueves. Nuestra ciudad estaba llena de trabajadores extranjeros, pues nosotros los saudíes no podíamos rebajarnos a aceptar trabajos humildes. Algún día los menos favorecidos se hartarían de nuestros malos tratos; y nuestros cuerpos serían pasto de los grupos de perros sin dueño que pululaban por nuestras ciudades.

Cuando el piloto norteamericano vio acercársele la negra sombra que era yo, me saludó agitando la mano, sonriente. Me había llevado en muchos vuelos y era un cálido recordatorio de los pilotos francos y cordiales que nos habían llevado a mamá y a mí junto a Sara tantos años antes. El recuerdo hizo que mi corazón desfalleciera de dolor, deseando el vivificante abrazo de mi madre.

En cuanto subí al avión le dije al piloto que había cambio de planes: que uno de nuestros hijos se había puesto enfermo en Dubai y que acababa de recibir una llamada de Karim diciéndome que fuese junto a mi hijo y no a Jidda. Que él me seguiría mañana si el caso lo requería.

Mentía con el mayor de los descaros al decirle al piloto que nosotros, claro, suponíamos que nuestro pequeño solo sentía añoranza y que mi presencia le aliviaría. Le conté entre risas que llevaban fuera tres semanas, y que eso era mucho para el más pequeño.

Sin hacerme preguntas, el piloto cambió los planes de vuelo; había trabajado para la familia durante muchos años y sabía que éramos una pareja feliz. No tenía motivos para dudar de mis palabras.

Al llegar a Dubai le dije al piloto que se quedase en el hotel de costumbre, el «Dubai Sheraton». Que le llamaría al día siguiente o al otro para dejarle saber mis planes. Le dije que, entretanto, se considerase fuera de servicio, pues Karim me había dicho que no íbamos a necesitarle ni a él ni al avión durante unos días. Poseíamos tres jets *Lear*; uno estaba siempre a punto para Karim.

Los niños se extasiaron ante la inesperada visita de su madre. El monitor jefe del campamento británico de verano sacudió la cabeza compadecido cuando le dije que su abuela se hallaba gravemente enferma; que me iba a llevar a los niños conmigo a Riad aquella misma noche. Se apresuró a meterse en su despacho en busca de los pasaportes de los niños.

Al estrecharle la mano para despedirme de él, mencioné que no podía localizar a las sirvientas que habían acompañado a los niños a Dubai. Que no habían contestado al teléfono de su habitación y que yo suponía que estaban cenando. ¿Tendría la amabilidad de llamarlas por la mañana para decirle que nuestro piloto, Joel, les estaría esperando en el «Dubai Sheraton»? Que deberían presentarse inmediatamente a él, al piloto, con esta nota. Y al decirle aquello le entregué un sobre dirigido al piloto americano.

En ella me excusaba por utilizarle de un modo tan engañoso; añadía una posdata para Karim explicándole que yo había engañado al piloto: sabía que Karim sentiría un rapto de ira contra él, pero que se le pasaría cuando considerara las circunstancias. Joel era su piloto predilecto: podía estar seguro de no perder su empleo.

Los niños y yo subimos a la limusina que nos aguardaba y que nos llevó velozmente al aeropuerto; antes de una hora salía un vuelo directo para Londres. Emplearía cuantos engaños fueran necesarios para conseguir cuatro billetes en aquel vuelo.

Luego resultó que no hacía falta que siguiera condenando a mi alma ante Dios; el vuelo iba casi vacío; al finalizar el cálido verano, la gente, en general, no se iba, sino que regresaba al Golfo. Los niños dormitaban, haciendo muy pocas preguntas. Les dije que habría una sorpresa al final del viaje.

Cuando los niños ya dormían, volví nerviosa las páginas de una revista. Nada de lo que decían llegó a mi cerebro; me hallaba planeando mis próximos pasos con el mayor cuidado. El resto de mi vida dependía de los acontecimientos de las próximas semanas. Lentamente me asaltó la sensación de que alguien me estaba mirando fijamente con algún propósito determinado. ¿Habrían descubierto ya mi huida de Karim?

Observé el pasillo de arriba abajo. Una mujer árabe de unos treinta y tantos años me miraba fijamente. En sus brazos acunaba a una niña dormida de tres o cuatro años. Sentí un gran alivio al ver que la intrusa era una mujer, y madre además, pues los hombres saudíes nunca habrían empleado a una mujer como aquella. Su furiosa y penetrante mirada me desconcertó, por lo que rodeando el carrito de servicio me senté en un asiento vacío a su lado. Le pregunté qué le sucedía: ¿le había ofendido en alguna cosa?

Su granítico rostro volvió a la vida y prácticamente me escupió las palabras a la cara al decirme:

—Yo estaba en el aeropuerto cuando llegaste tú. Con tu prole —añadió mirando despectivamente a los niños—. ¡Por poco nos atropellas, a mí y a mi hija, al abalanzarte sobre el mostrador para facturar el equipaje! —Me miró a los ojos con odio al subrayar mi nacionalidad en su siguiente frase—: ¡Vosotros, los saudíes, creéis que el mundo es vuestro!

La complicada jornada había minado mi fortaleza; y me sorprendí a mí misma, más aún que a aquella mujer, al romper a llorar. Y entre gemidos, y palmeándole el hombro, le dije que lo lamentaba de veras. Que mi vida atravesaba momentos trágicos y que coger aquel vuelo había sido para mí de la mayor importancia. Volví a mi asiento con las lágrimas resbalándome por las mejillas.

La mujer era de un natural compasivo, pues no pudo permanecer lejos de mí tras mi emocionado arrebato. Cuidadosamente dejó a su hija en el asiento y vino a arrodillarse a mi lado en el pasillo.

Le volví la cabeza, muy tiesa, pero ella puso su cara junto a la mía y me dijo:

—Acepta, por favor, mis disculpas. También yo sufro una gran tragedia. Si te cuento lo que le sucedió a mi hija en tu país, con toda probabilidad por culpa de uno de tus paisanos, entenderás mi gran amargura.

Habiendo absorbido más horror del que la gente por lo común tiene que soportar en su vida, no me apetecía cargar con nuevas imágenes de injusticias. Incapaz de confiar en mi voz, murmuré las palabras:

—Lo siento.

Ella pareció entender que me hallaba al borde de un ataque de nervios, por lo que se apartó de mi lado.

Pero la mujer se resistía a dejar que el espantoso suceso quedara sin oír y antes de que terminara el viaje ya conocía la causa de su desesperación. Y al escuchar su relato mi amargura se endureció aún más contra la degenerada sociedad patriarcal que pone en peligro a todas las mujeres, incluso las niñas, que se atreven a pisar el suelo de Arabia, sin que importe su nacionalidad.

La mujer, Widad, era libanesa. Por culpa de la sobrecogedora guerra civil de aquel pequeño y bello país, Arabia y los demás Estados del Golfo rebosaban de libaneses en busca de trabajo. El marido de Widad era uno de los afortunados que había conseguido un puesto de ejecutivo en una de las muchas empresas boyantes de Riad. Después de un comienzo favorable, se había sentido lo bastante fuerte para traer a su esposa y a su hijita a la capital del desierto.

A Widad le gustaba la vida en Riad. La guerra del Líbano había acabado con cualquier deseo de regresar a los bombardeos y a las muertes sin sentido de los inocentes que quedaron allí. Felizmente ella se había establecido ahora en una tierra muy diferente de la que había conocido. Alquilaron una espaciosa villa, la amueblaron y sus vidas reanudaron su marcha en común. A Widad le había impresionado mucho el bajo índice de delitos de nuestro país. Con los severos castigos que caían sobre quienes fueran declarados culpables, a pocos delincuentes se les ocurría probar suerte en Arabia, pues un convicto de robo perdía la mano y un violador o un asesino, la cabeza. Con la paz en la mente, no había pensado en advertir a su hija contra el peligro de los extranjeros.

Dos meses antes, Widad dio una fiestecita femenina para un grupito de amigas. Como les ocurre a las saudíes, en mi país las extranjeras no tienen muchas cosas con que ocupar su tiempo libre. Widad sirvió refrescos ligeros mientras sus invitadas jugaban a las cartas. Dos de las mujeres habían traído niños, por lo que su hija estaba muy entretenida en el jardín.

Después que la última de las invitadas se hubiera ido, Widad ayudó a sus dos criadas indias a ordenar y limpiar la casa para cuando volviera su marido por la noche. El teléfono sonó y Widad se entretuvo charlando mucho más tiempo del que había supuesto. Al mirar por la ventana solo pudo ver oscuridad. Ordenó a una de las sirvientas que saliera a buscar a la niña.

La hija de Widad no pudo ser hallada. Tras una frenética investigación la última invitada en irse recordó a la niña sentada en el bordillo con su muñeca. Regresó el marido de Widad y empezaron la búsqueda por el vecindario. Nadie había visto a la niña.

Después de semanas de buscarla, Widad y su marido solo podían suponer que su única hija había sido secuestrada y, con toda probabilidad, asesinada. Cuando se hubo apagado toda esperanza de recobrar a su preciosa hija, a Widad le pareció que no podía seguir viviendo en su villa de Riad y regresó al destrozado Líbano, junto a su familia. Y para seguir ganando dinero para ellos, el marido siguió con su empleo, y viviendo en la misma villa.

Diez días después de que Widad llegara a Beirut, oyó fuertes golpes en la puerta de su apartamento. Asustada por recientes batallas de las milicias en su vecindario, quiso pensar que no había nadie en casa hasta que oyó la voz de su vecino que le daba a voces noticias de su marido en Riad.

El vecino acababa de recibir una llamada telefónica del marido de Widad. La línea había sido desconectada, pero no antes de que él hubiera podido tomar el increíble mensaje. Ella tenía que tomar un vapor para Chipre y una vez allí acudir inmediatamente a la Embajada Saudí en aquel país. Allí le aguardaba un visado que le autorizaba a entrar de nuevo en Arabia. Iría a Riad tan aprisa como le fuera posible. ¡Su hija estaba viva! ¡Había vuelto a casa!

Se necesitaron tres largos días para que el vapor llegase a Larnacas, Chipre, sellaran su visado y pudiera volar luego a Riad. Para cuando ella llegó allí, salió a la luz la sorprendente verdad del paradero de su hija.

En cuanto el marido de Widad se recobró de la conmoción que le causó llegar a la villa para encontrarse con que la hija tanto tiempo perdida le esperaba en la verja, la llevó a una clínica para cerciorarse de si la habían violado, pues aquel era su mayor temor. Tras un minucioso reconocimiento, el dictamen fue sobrecogedor. El médico le comunicó al padre que a la niña no la habían atacado sexualmente. Pero que recientemente había sido sometida a una importante intervención quirúrgica. Dijo que la hija de Widad había sido utilizada como donante de un riñón. Las heridas de la niña habían sido vendadas y se habían infectado a causa de la suciedad.

Entre el personal médico que examinó a la niña surgieron diversas especulaciones, pues podían hacerse muchas preguntas sobre donantes de órganos y procedimientos quirúrgicos.

Era muy improbable que a la niña la hubieran operado en Arabia; en aquel tiempo ese tipo de operaciones no era común en el país.

Cuando la Policía investigó el hecho, sugirió que a la niña se la había llevado a la India un rico saudí cuyo hijo necesitaba un trasplante de riñón. Quizá esa persona hubiera raptado a más de un niño para poder seleccionar el más adecuado. Nadie pudo determinar los sucesos que llevaron a la intervención, pues la niña solo recordaba un largo automóvil negro y el maloliente pañuelo que sostenía un corpulento hombre. Había despertado con tremendos dolores en una habitación, con una enfermera que no sabía inglés, aislada. No vio a nadie más. El día de su liberación le habían vendado los ojos y anduvo en coche mucho tiempo, soltándola inesperadamente a la puerta de su casa.

No había duda: quienquiera que fuese el que hubiera secuestrado a la niña, era muy rico, pues cuando su padre se apeó del coche de un brinco para estrechar a su hija entre sus brazos, ella empuñaba un bolsito con veinte mil dólares en billetes, así como muchas joyas de gran valor.

Era comprensible que Widad despreciara a mi país y a la riqueza conseguida gracias al petróleo, que había hecho posible una sociedad que creía que el poder económico era capaz de eliminar cualquier obstáculo de la vida. A inocentes niños les quitaban partes sagradas de su cuerpo, dejándoles dinero para compensar la cólera de los mutilados. Cuando Widad vio mi expresión de profundo escepticismo ante su relato, corrió a buscar a su hija, que dormía, para mostrarme la larga cicatriz roja que evidenciaba a las claras el profundo abismo moral en que caían algunos.

No pude por menos que estremecerme de horror.

Widad contempló a su durmiente hija con arrobo; recobrarla había sido un puro milagro. Sus palabras de despedida borraron el frágil orgullo que aún me quedaba por mi nacionalidad.

—Me compadezco de ti, mujer saudí. Por mi corta estancia en tu país, vi cómo es vuestra vida. Claro que el dinero puede suavizar muchas cosas, pero gente como la saudí no puede durar. —Hizo una pausa para meditar unos instantes antes de proseguir—. Aunque es cierto que la desesperación por lo económico lleva a muchos extranjeros a Arabia, sois firmemente odiados por todos cuantos os han conocido.

La última vez que vi a Widad fue en el aeropuerto de Londres, asiendo ferozmente a su hija del alma. Después de las visitas médicas concertadas para la niña en Londres, ella estaba dispuesta a arriesgarse a las bombas de las facciones libanesas enemigas, antes que a la hipocresía y a la inconcebible maldad de los de mi tierra, los saudíes.

Los niños y yo pernoctamos en Londres. Cruzamos el canal en el ferry y llegamos a Francia al día siguiente. Desde allí fuimos en tren hasta Zurich; dejé a los niños en el hotel durante unas horas mientras vaciaba la cuenta de mi hijo en el Banco suizo. Con más de seis millones de dólares en mis manos me sentía muy segura.

Alquilé un coche con chófer para ir a Ginebra; desde allí volamos de vuelta a Londres y luego a las Islas del Canal. Allí deposité el dinero en una cuenta a mi nombre y retuve el dinero en metálico del cofre de Riad para nuestros gastos. Luego fuimos en avión a Roma, donde alquilé otro coche con chófer con el que nos trasladamos a París.

Entonces contraté los servicios permanentes de un ama de llaves, un chófer y un guardaespaldas. Luego, y bajo nombre falso, alquilé una villa en los alrededores de París. Después de dejar una pista tan confusa, estaba segura de que Karim no nos encontraría jamás.

Transcurrido un mes, dejé a los niños al cuidado del ama de llaves y tomé un avión para Frankfurt. Allí fui a un Banco y les dije que era de Dubai y que quería abrir una cuenta muy importante. Tras ser escoltada hasta el despacho del director del Banco con un trato muy deferente, saqué de mi bolso un gran fajo de billetes que dejé sobre el escritorio del director.

Mientras todos contemplaban, conmocionados, el dinero, les dije que tenía que hacer una llamada telefónica a mi marido, que se hallaba en viaje de negocios en Arabia. Y que, desde luego, quería pagar aquella llamada, por lo que le entregué un billete de quinientos dólares. El director se apresuró a levantarse y prácticamente dio un taconazo al decirme que podía tomarme el tiempo que quisiera. Al cerrar la puerta tras de sí me dijo que si le necesitaba estaría tres despachos más allá.

Llamé a Sara. Sabía que su hijo habría nacido ya y que, con toda probabilidad, ella habría vuelto a casa. Di un suspiro de alivio al contestar una de sus criadas y decir que sí, que la señora estaba en casa.

Y ella dio un grito de alegría al oír mi voz. Le pregunté enseguida si le habían intervenido la línea telefónica, y dijo que no estaba segura. Atropelladamente me dijo que Karim estaba fuera de sí de preocupación; que me había seguido la pista desde Dubai a Londres, y que allí había perdido todo rastro de nosotros. Le había contado a la familia lo que ocurría y estaba profundamente arrepentido. Que lo único que quería era que volviese a casa con los niños. Había dicho que él y yo teníamos que hablar.

Le dije a Sara que le transmitiera un breve mensaje a mi marido. Quería que supiera que me parecía despreciable; que no volvería a vernos. Que yo estaba haciendo los preparativos para que los niños y yo adquiriésemos una nueva nacionalidad. Una vez estuviera protegida por las leyes de otro país, comunicaría a mis hermanas mi paradero, pero Karim jamás debería saber dónde estaba. Y como preocupación suplementaria para él, le dije a Sara que le hiciera saber que Abdulá, su hijo, no quería volver a ver a su padre.

Con eso dejé atrás el tema de Karim. Me encantó saber que Sara había tenido un nuevo hijo varón y que el resto de mi familia se encontraba bien de salud. Sara me dijo que papá y Alí estaban furiosos e insistían en que debía volver a Riad para aceptar la voluntad de Karim, que era mi deber. No había esperado otra cosa de aquel par, sangre de mi sangre.

Sara trató de suavizar mi posición y me preguntó si no era mejor aceptar una nueva esposa que llevar una vida de refugiada. Le pregunté si aceptaría ella un arreglo así con Asad. Su silencio fue la mejor respuesta.

Terminada la conferencia telefónica, volví a meter el dinero en mi bolso y me deslicé fuera del Banco sin saber nada más del ansioso banquero. Sentí una sombra de remordimiento por mi argucia, pero no podía arriesgarme a llamar desde un teléfono público, pues quizá la operadora pudiese dar a las grabadoras ocultas de Karim el nombre del país desde el cual llamaba.

Absorta en las palabras de Sara, sentí que una sonrisa se ensanchaba por mi rostro. Mi plan funcionaba. Pero prefería que Karim sufriese una angustia adicional. Necesitaría algún tiempo para reconocer que yo no iba a aceptar jamás la existencia de varias esposas, sin que me importara el precio a pagar por ello.

En realidad, los niños no sabían nada del drama de nuestras vidas. Les había contado una historia convincente acerca de un largo viaje de negocios que su padre tenía que hacer a Oriente; que estaría ausente varios meses. Y que en vez de quedarnos en Riad aburriéndonos, él había creído que nos gustaría pasar unas agradables vacaciones en Francia. A Abdulá le intrigaba no recibir llamadas de su padre, pero le mantuve ocupado con sus lecciones y con numerosas actividades sociales; las mentes de los jóvenes se adaptan mejor de lo que jamás supondríamos. Las dos niñas eran aún unas crías incapaces de pensar en circunstancias extremas. Se habían pasado la vida viajando; el eslabón perdido era la ausencia de su padre. E hice cuanto pude para compensarla.

Me consolaba pensando en las alternativas. Me resultaba inaceptable pensar que mis hijos pudieran vivir en Riad con unos padres que riñeran constantemente. Y la vida sin su madre sería antinatural. Pues si Karim trajera otra esposa a nuestras vidas, el asesinato de mi marido sería una auténtica posibilidad. ¿Y qué bien podría hacer yo a mis hijos sin cabeza? Pues con toda seguridad serían apartados de mí, si le había quitado la vida a su padre. Por unos instantes sentí la afilada gelidez de la espada del verdugo y me estremecí ante la idea de que un día pudiera experimentar su frialdad. Sabía que era afortunada por ser una princesa, pues al igual que Alí muchos años antes, yo no podía vivir situaciones éticas y legales difíciles sin que interviniesen los sacerdotes. Si mi sangre no fuera real, las pedradas pondrían fin a mi vida por esas acciones. Pero los de sangre real guardamos nuestros escándalos dentro de nuestros muros; nadie fuera de mi familia se enteraría de mi escapada. Solo Karim podía pedir mi muerte, y yo sabía con absoluta certeza que, fueran cuales fuesen mis acciones, mi marido no querría exigir mi sangre.

Llamaba a Sara una vez al mes. Durante mi larga ausencia de mi país y de mi familia, mis días y mis noches fueron muy agitados. Pero sabía que había mucho que ganar. Mi decisión y paciencia alterarían los planes de Karim de sembrar la confusión en nuestras vidas metiendo en ellas a otras personas.

Cinco meses después de nuestra escapada, accedí a hablar por teléfono con Karim. Me fui a Londres a hacer la llamada. Nuestra conversación me convenció de que Karim se hallaba desesperado por el deseo de vernos, a sus hijos y a mí. Y ahora empezaría la segunda etapa de la trampa que había preparado cuidadosamente.

Planeamos encontrarnos en Venecia el siguiente fin de semana. Mi marido quedó consternado al verme acompañada de cuatro corpulentos guardaespaldas alemanes. Le dije que ya no confiaba en su palabra; que era capaz de haber contratado esbirros para secuestrarme y llevarme de vuelta a Riad con objeto de enfrentarme a la manera con que nuestro sistema judicial trata a las esposas desobedientes. Su rostro empezó a enrojecer; me juró que enrojecía de vergüenza; pensé que quizá estuviera furioso por su inútil esfuerzo al querer controlar a su mujer.

La situación concluyó con un arreglo. Yo volvería a Riad solo si Karim firmaba un documento en que declarara que mientras estuviésemos casados él y yo jamás tomaría otra esposa. Que si faltaba a su palabra se me concedería el divorcio con la custodia de nuestros hijos y la mitad de su fortuna.

Además, retendría bajo mi control el dinero que yo había retirado de la cuenta suiza de nuestro hijo, que repondría Karim. Y depositaría, por añadidura, un millón de dólares a nombre de cada una de nuestras hijas en sendas cuentas corrientes en Suiza. Y que yo guardaría en mi poder nuestros pasaportes con autorizaciones siempre actualizadas para que pudiésemos viajar sin restricciones.

Le dije a Karim que una vez hubiera firmado los papeles necesarios, los niños y yo nos quedaríamos en Europa otro mes. Ahora ya le había prevenido de mi decisión; quizá, después de pensarlo detenidamente, su deseo de verme regresar perdiera fuerza. Y no quería tener que cantar dos veces la misma canción. Karim puso mala cara a mis palabras, dichas con una dureza que había oído muy pocas veces.

Acompañé a Karim al aeropuerto. Mi marido no era un hombre feliz. Y al dejarle yo no estaba tan alegre como había imaginado, después de que la mayor apuesta de mi vida me hubiese dado una victoria tan tremenda. Había descubierto que obligar a un hombre a hacer lo correcto proporciona muy poca satisfacción.

Transcurrido el mes, llamé a Karim para conocer su decisión. Me confesó que yo era su fortaleza y su vida. Que quería tener a su familia con él, que todo volviera a ser como antes. Le dije sin rodeos que seguramente no esperaba que podía cortar nuestro amor con el frío cuchillo de la indiferencia y luego creer que encontraríamos a nuestro alcance una unión sin costuras. Habíamos sido una de las parejas más afortunadas, con amor, familia y una ilimitada riqueza. Él lo había destruido todo, no yo.

Regresé a Riad. Mi marido me esperaba, con labios trémulos y una sonrisa vacilante. Abdulá y las niñas se volvieron locas de alegría al ver a su padre. Su alegría me inundó lentamente de placer.

En mi casa me sentí forastera, indiferente y desgraciada. Habían ocurrido muchas cosas para que pudiera volver a ser la Sultana de un año antes. Necesitaba un objetivo auténtico, un desafío. Decidí volver al colegio; ahora había nuevos co-

legios para mujeres en mi país. Tenía que descubrir la norma-
lidad de la vida y dejar atrás las tontas vidas rutinarias de las
princesas.

Y por lo que se refería a Karim, solo podía esperar a que
el tiempo borrara el mal recuerdo de su conducta. Yo había
sufrido un gran cambio durante la lucha por salvar mi matrimonio de la presencia extraña de otra mujer. Karim había sido
la figura suprema en mi vida hasta que él debilitó nuestra
unión al hablar de casarse con otra. Una parte sustancial de
nuestro amor se había destruido. Ahora él era simplemente el
padre de nuestros hijos, y poco más.

Karim y yo nos pusimos a reconstruir nuestro nido y a
proveer a nuestros hijos de la tranquilidad que tanto valora-
mos para la infancia. Me dijo que lamentaba en lo más hon-
do la pérdida de nuestro amor. Intentó valerosamente redimir-
se a mis ojos. Pero afirmó que, si continuaba sentándome a
juzgar su pasada conducta, quizá los niños y yo perdiésemos
la ocasión de gozar del porvenir. Guardé silencio, pero sabía
que aquello era cierto.

El trauma de nuestra guerra personal quedaba atrás, pero
el sabor de la paz estaba muy lejos de ser dulce. Y a menudo
reflexionaba acerca de las cicatrices emocionales que había
adquirido en tan poco tiempo; ¡qué tristeza que todas mis
heridas me las hubieran causado los hombres! La consecuencia era que no podía tener en alta estima ni a un solo miembro del sexo opuesto.

LA GRAN ESPERANZA BLANCA

Y de repente nos encontramos en agosto de 1990.

Estábamos celebrando una magnífica fiesta en nuestra villa de Jidda cuando oímos la horrible noticia de que dos de nuestros vecinos se hallaban enzarzados en una lucha a muerte en la frontera del pequeño Estado de Kuwait. Karim y yo teníamos en casa veinte invitados de nuestro círculo íntimo, cuando la noticia fue voceada desde lo más alto de la escalera por nuestro hijo Abdulá, que estaba escuchando la «BBC» por la onda corta de su aparato de radio. Tras un largo silencio, un rugido de incredulidad se levantó de un extremo a otro de la estancia.

Pocos saudíes, ni siquiera los príncipes que habían intervenido en las conversaciones entre Kuwait e Iraq, habían creído en serio que Saddam Hussein invadiría Kuwait. Karim estuvo presente en la conferencia que finalizó en tablas el mismísimo día del primero de agosto de 1990 en Jidda. El príncipe heredero de Kuwait, el jeque Saud Al-Abdulá Al-Salem Al-Sabá, acababa de salir para Kuwait con la esperanza de que se pudiera evitar la guerra.

Cuando nuestro hijo gritó que tropas iraquíes avanzaban sobre la ciudad de Kuwait, no hubo dudas sobre la gravedad del ataque. Me pregunté si la familia de Al-Sabá saldría con vida. Como madre, mis pensamientos estaban con los inocentes niños.

A través de la atestada estancia observé el rostro de Karim.

Tras una fachada tranquila, estaba furioso. Los iraquíes habían obrado contra la palabra dada; en consecuencia, los líderes de nuestro Gobierno habían interpretado el papel de minimizar el peligro. Sus ojos castaños tenían un brillo que helaba la sangre en las venas. Comprendí que él y otros al Saud presentes iban a reunirse enseguida en conferencia familiar improvisada.

Con frecuencia había oído hablar a Karim de la brutalidad del régimen Baas de Iraq. Muchas veces dijo que los iraquíes eran agresivos por naturaleza y dados a la violencia en su vida privada. Creía que eso quizá explicara la aquiescencia nacional a un brutal Estado policíaco.

Yo no entendía gran cosa de la verdadera política de la zona, pues las noticias saudíes están férreamente censuradas y nuestros hombres les revelan muy poco de sus actividades políticas a sus esposas. Pero la opinión de Karim la confirmaba el relato que le oí a un iraquí. Cenando una noche, hacía varios años, en un aeropuerto de Londres con Karim, Asad y Sara, oí absolutamente fascinada a un casual amigo iraquí alardear de haber matado a su padre por un malentendido sobre dinero.

El hijo había mandado a su padre las ganancias de una inversión que aquel hizo en París. El padre, viudo, se había enamorado de una mujer de su pueblo y se gastó las ganancias comprándole costosos regalos a su amante. Cuando el hijo volvió a Iraq, descubrió que su dinero había sido despilfarrado. Y supo lo que tenía que hacer: matar a tiros a su padre.

Karim protestó estentóreamente ante aquella inimaginable acción. Al iraquí le sorprendió el desconcierto y la incredulidad de mi marido, y contestó:

—¡Pero si se había gastado mi dinero! ¡Era mío! —Por lo que se refería a aquel tipo, creía tener un fundado motivo para terminar con la vida de su padre.

Su acción le resultó a Karim tan repulsiva e impensable que, olvidando sus acostumbrados buenos modales, se abalanzó sobre el hombre conminándole a abandonar la mesa. El iraquí se fue precipitadamente. Karim murmuró que acciones como aquellas no eran raras en Iraq, aunque la aceptación social del parricidio hacía dudar de sus facultades mentales.

Al igual que todos los saudíes, Karim reverenciaba a su padre y le mostraba el mayor de los respetos. Jamás se le había ocurrido levantarle la voz; ni siquiera darle la espalda. En numerosas ocasiones le había visto abandonar una estancia retrocediendo.

Lamento tener que confesar que, como la mayoría de los árabes, soy una fumadora impenitente; y sin embargo nunca me fue permitido fumar en presencia del padre de Karim.

Como miembro de una monarquía anticuada, Karim estaba intensamente interesado en los movimientos de Oriente Medio que habían derrocado a sus monarquías. Según revelaba la historia de los países árabes, a los reyes se les destronaba sin ceremonias y un buen número de ellos terminó con el cuerpo acribillado a balazos. Por su noble condición, Karim temía la posibilidad de que la agitación social se extendiera a nuestro país.

Además, como la mayoría de los árabes, Karim sentía una gran vergüenza por el interminable espectáculo de musulmanes guerreando entre sí. Nosotros, los saudíes, abandonamos las armas cuando nuestro país dejó de ser una tierra de tribus para convertirse en reino unido. El derramamiento de sangre no es la manera que eligen nuestros hombres para pelear con sus enemigos; ahora se considera que el método civilizado para alcanzar la victoria es la adquisición de poder.

Y ahora nuestras vidas se veían abocadas a la locura y tragedia de la guerra de verdad. Y mientras los hombres corrían a enterarse de las trascendentales decisiones de la diplomacia, nosotras, las mujeres, le pedimos a Abdulá que nos trajese el aparato de radio al salón. Las noticias eran escasas, aunque parecía que los infortunados kuwaitíes iban de mal en peor. Antes de que nos retirásemos a descansar, nos enteramos de que Kuwait había sido ocupado y que nuestro país estaba siendo invadido por millares de refugiados de guerra. Los saudíes nos creíamos a salvo y no dedicamos ningún pensamiento a nuestra seguridad personal ni pensamos que hubiera peligro para nuestro país. Los hechos de la semana siguiente iban a hacer tambalear nuestra confianza. Y a medida que los soldados de Saddam se acercaban a nuestras fronteras, el país se iba llenando de rumores de que lo que él tenía en la cabeza era tragarse dos vecinos de un solo bocado.

Riadas de saudíes se unieron a las de kuwaitíes en su éxodo desde las zonas orientales de nuestro país. Empezamos a recibir frenéticas llamadas de nerviosos miembros de la familia comunicándonos que Riad se hallaba atestada de gente al borde del pánico. Gran número de saudíes no tardaron en creer que Riad no era un lugar seguro; no había billetes para los vuelos a Jidda, y la carretera que nos unía a esa ciudad estaba colapsada. En nuestro tranquilo país se había desatado la locura.

Sara y yo nos emocionamos al oír que las mujeres kuwaitíes, a quienes se les permite salir a pie o en coche sin velos, recorrían nuestras carreteras e incluso las calles de la capital. Ninguna mujer occidental podría entender nuestras contradictorias emociones. Nos estábamos metiendo en una tormenta, y aunque nuestra admiración por las kuwaitíes nos causara un gran júbilo, ¡echábamos también espumarajos de celos al ver que hermanas árabes nuestras conducían sus coches y se paseaban con el rostro desnudo por nuestra tierra! El velo y la túnica saudí, cosas tan esenciales en nuestra vida, ¿podían ser tenidos ahora por poco más que un error fácilmente descartado al calor de las hostilidades? La vida había sido fácil para aquellas mujeres kuwaitíes, en rotundo contraste con lo duro que a nosotras nos resultaba soportar el dominio masculino. Por nuestras venas burbujeaba la envidia. Y aunque nos compadeciéramos de aquellas mujeres que habían perdido a sus seres queridos, sus hogares y su país, sentíamos crecer en nosotras el enojo contra quienes ponían en evidencia lo ridículo de nuestra puritana situación. ¡Cuánto apetecíamos los derechos que ellas habían asumido con tal facilidad!

En aquellos sombríos días de agosto saltaba un nuevo rumor a cada minuto. Cuando Karim me dijo que el último de ellos era cierto, que nuestro rey había accedido a que tropas extranjeras pasaran por nuestra tierra, comprendí que nuestras vidas no volverían a ser las de antes.

Con la llegada de los soldados americanos, los más ambiciosos sueños de las feministas saudíes vieron saltar la chispa de la vida. Ningún saudí hubiese imaginado jamás ver a mujeres con uniforme militar... guardando el último bastión de dominio machista que es Arabia. ¡Aquello era increíble! Nuestros sacerdotes estaban atónitos y anunciaban que grandes males se abatirían sobre nuestra tierra.

Jamás se podrá calibrar el trastorno que aquello significó para nuestras vidas. Ningún terremoto podría habernos sacudido con mayor fuerza.

Mientras que yo me alegraba del curso de los acontecimientos por creer que el cambio sería beneficioso, muchas mujeres saudíes rabiaban de desprecio. ¡A esas mujeres, que yo creo tontas, les preocupaba la posibilidad de que aquellas extranjeras les robaran sus maridos! Supongo que aquella preocupación era muy real, pues muchas mujeres saudíes soportan muy inquietas los viajes de sus maridos al extranjero, y pocas creen que sus parejas les permanecerán fieles en medio de las rubias tentaciones occidentales. Muchas de mis amigas se esforzaban por tranquilizarse pensando que solo las prostitutas, o mujeres no mucho mejores, aceptarían la degradación que significaba compartir los cuarteles con hombres desconocidos. Las saudíes cuchicheaban que habían leído que a aquellas americanas se las admitía en el Ejército solo para estar a disposición de los hombres y librarles de su abstinencia sexual.

Nuestras emociones sobre aquellas supermujeres que iban y venían a su antojo por un país que no era el suyo se hallaban en conflicto. Sabíamos muy poco de las soldados americanas, pues nuestro país censura a los ciudadanos de Arabia cualquier noticia relativa a mujeres que controlen enteramente sus destinos. Y durante nuestros poco frecuentes viajes al exterior, nuestros caminos nos llevaban a los barrios comerciales, no a las bases militares. Cuando Asad le llevó a Sara ejemplares no censurados de revistas y periódicos europeos y americanos, quedamos asombradas al ver que las mujeres soldado eran muy atractivas. Muchas de ellas eran madres.

Nuestra imaginación no alcanzaba a comprender tal libertad. Nuestras modestas metas apuntaban solo a poder descubrir nuestros rostros, conducir automóviles o trabajar. ¡Y ahora nuestra tierra albergaba a gente de nuestro sexo perfectamente preparada para enfrentarse a los hombres en combate!

Las mujeres de Arabia nos encontrábamos en unas montañas rusas emocionales. Un día odiábamos a todas las extranjeras que se hallaban en nuestro país, tanto a las kuwaitíes como a las norteamericanas, y al siguiente las kuwaitíes confortaban nuestros corazones al ver cómo desafiaban nuestra secular tradición de supremacía masculina; aunque muy conservadoras, no se habían rendido por completo a la demente costumbre social del dominio masculino; y sin embargo nos asaltaban momentos de celos al advertir que de algún modo ellas habían elevado la condición de todas las mujeres musulmanas con su sola actitud, mientras que nosotras las saudíes poco habíamos hecho aparte de quejarnos. ¿Dónde nos habíamos equivocado? ¿Cómo habían conseguido ellas librarse del velo y, al mismo tiempo, la libertad de conducir?

Sufríamos el dolor de la envidia, pero a la vez nos sentíamos en éxtasis. Confusas ante los acontecimientos que ocurrían a nuestro alrededor, las mujeres nos reuníamos todos los días para analizar los cambios de actitud y el súbito despertar universal ante la difícil situación de las mujeres saudíes. En el pasado pocas mujeres osaron expresar su deseo de reforma en la Arabia musulmana, pues para enfrentarse al *statu quo* la esperanza de éxito era demasiado débil y los castigos excesivamente severos. Al fin y al cabo nuestro país es la patria del Islam y nosotros los «defensores de la fe». Para ocultar la vergüenza de nuestra obligada represión, hablábamos con orgullo a nuestras hermanas kuwaitíes de nuestra única herencia: que las mujeres saudíes manteníamos muy altos por todo el mundo los símbolos de las creencias musulmanas. ¡Y entonces, de súbito, las saudíes de clase media se libraron de sus grilletes y se enfrentaron con los jefes fundamentalistas, pidiendo al mundo que, a la vez que liberaba a los asediados kuwaitíes, las liberase a ellas!

Sara me hizo estremecer cuando la vi llegar al palacio con prisas y gritando. Mi primer pensamiento fue el de que los gases tóxicos invadían el aire que respiraban mis hijos. ¿Sería que un avión enemigo cargado con bombas químicas había conseguido no ser detectado por las fuerzas que guardaban nuestro país? Permanecí en pie, conteniendo la respiración, sin decidirme adónde ir ni qué hacer. Era más que probable que en cualquier momento me hallase retorciéndome en el suelo, a solas con mis últimos pensamientos. Y me maldije. Debería haber seguido los deseos de Karim y haberme llevado a los pequeños a Londres, lejos de la posibilidad de una dolorosa muerte lenta para aquellos seres que había llevado en mis entrañas.

Por fin las palabras de Sara rompieron la valla de mi temor y las noticias que contaba fueron una fiesta para mis oídos. Asad acababa de llamarla; ¡en aquellos momentos, mujeres saudíes, sí, saudíes, conducían automóviles por las calles de Riad!

Lancé un grito de alegría; Sara y yo bailamos abrazadas, y la más pequeña de mis hijas empezó a llorar, asustada, al entrar en la habitación y encontrarse a su madre y a su tía gritando y rodando por los suelos. Calmé sus temores tomándola en mis brazos y asegurándole que nuestras tonterías eran el resultado de una gran felicidad; mis plegarias habían sido escuchadas. La presencia americana iba a alterar nuestras vidas de un modo absolutamente maravilloso.

Karim entró en la habitación con una expresión sombría en el rostro. Quería saber qué sucedía. Había oído nuestros gritos desde el jardín.

¿No lo sabía? Las mujeres habían roto la primera de las barreras insoportables: ¡reclamaban su derecho a conducir! La respuesta de Karim enfrió nuestra reacción. Yo conocía su parecer sobre aquel asunto: en nuestra religión no se mencionaba tal cosa, diría... Al igual que a muchos otros hombres saudíes, siempre le había parecido absurdo que no se les permitiese conducir a las mujeres.

Y con voz cansada, mi marido expresó lo impensable:

—¡Esta es precisamente la clase de acción que no queremos que hagáis las mujeres! ¡Hemos estado luchando contra los fanáticos por cada nueva concesión! Su mayor temor es que nuestras decisiones terminen por llevar a las mujeres a pedir mayores privilegios. ¿Y qué es más importante para ti, Sultana, poder contar con soldados que protejan nuestras vidas de la amenaza iraquí, o escoger este momento para conducir?

Estaba furiosa con Karim. Él había protestado muchas veces contra la estúpida costumbre que encadenaba a las mujeres al hogar. Y ahora su temor a los sacerdotes sacaba a la superficie su alma cobarde. ¡Cuánto me hubiera gustado haberme casado con un guerrero, con un hombre cuya vida la guiara la antorcha de la justicia!

En un arrebato, le contesté acaloradamente que nosotras las mujeres no podíamos ser «pordioseras de condiciones». ¡Qué gran lujo poder escoger el mejor tiempo y lugar! Nosotras teníamos que aprovechar cualquier pequeña oportunidad que se nos presentara. La de ahora era también nuestra hora, y Karim tendría que haber estado a nuestro lado. ¡Ciertamente el trono no se habría visto derribado por el mero hecho de que las mujeres condujeran por nuestras calles!

En aquel momento, mi marido odiaba a todas las mujeres y en un tono muy duro me dijo que aquel incidente retrasaría durante décadas la causa feminista. Nos dijo que nuestra alegría se transformaría en tristeza al ver los castigos que recaían sobre quienes hacían tales locuras. Ya llegaría el momento propicio para que las mujeres pudieran conducir, nos advirtió, pero aquel no era el instante adecuado para una cosa así. Sus palabras quedaron suspendidas en el aire al retirarse él. ¡Había hablado un hombre!

Karim nos había robado nuestro ratito de placer. Yo siseé como un gato a sus espaldas y los labios de Sara temblaron al borrarse de ellos la sonrisa, rechazando, despectiva, las palabras de Karim. Y me recordó que los hombres de la familia siempre hablaban con simpatía de los derechos de la mujer, pero que en realidad eran muy poco diferentes de los extremistas. A todos les gustaba mantener el dominio sobre sus mujeres. De otro modo habríamos visto algún alivio en nuestra pesada servidumbre. Nuestro padre y nuestros maridos pertenecían a la familia real reinante en aquella tierra; si ellos no podían ayudarnos, ¿quién lo haría?

—¡Los americanos! —dije sonriendo—. ¡Los americanos!

Las palabras de Karim resultaron ser ciertas. Las cuarenta y siete valientes que se manifestaron contra la informal prohibición de conducir se convirtieron en los chivos expiatorios de cuanto agravio se les ocurrió a los *mutawas*. Eran mujeres de clase media; profesoras de otras mujeres, las estudiantes: eran nuestras pensadoras y activistas. El resultado de su valentía fue que sus vidas fueron devastadas por sus acciones: les quitaron el pasaporte, perdieron sus empleos y sus familias se vieron hostigadas.

Un día, cuando íbamos de compras por unas galerías comerciales, Sara y yo oímos, sin proponérnoslo, a unos jóvenes estudiantes de la dignidad religiosa soliviantando a unos saudíes contra aquellas mujeres, tachándolas de viciosas y acusándolas de ganarse la vida como prostitutas; dijeron que las habían denunciado en la mezquita unos hombres que tenían sus razones para saberlo bien. Nos demoramos junto a los escaparates para oír a los jóvenes proclamar que las tentaciones que habíamos importado de occidente podían ser la causa de que el honor de los saudíes terminara por desintegrarse.

Ansiaba verme con aquellas mujeres, para compartir su gloria con ellas. Cuando le propuse mi idea a Karim, su violenta reacción acabó con toda posibilidad de hacerlo. Me amenazó con mandarme encerrar en casa si intentaba tamaño ultraje. En aquel instante odié a mi marido, pues le sabía capaz de cumplir su amenaza. De pronto el temor por nuestro país, así como por el trastorno que las mujeres podíamos provocar en la realeza, le habían enloquecido.

A los pocos días conseguí recobrar mi valor y traté de localizar a aquellas valientes mujeres. Y volví a las galerías. Cuando veía a grupos de hombres reunidos en círculo, mandaba a mi chófer filipino a decirles que él era musulmán (y hay muchísimos filipinos en Arabia) y quisiera que le anotasen en un papel los números de teléfono de aquellas «mujeres caídas». Tenía que decir que quería llamar a sus padres y maridos para protestar por la conducta de sus esposas o hijas.

Volvió con el papel; le advertí que no se lo dijera a Karim. Por fortuna, a diferencia de los criados árabes, los filipinos rehúyen nuestros conflictos familiares y no mencionan a nuestros maridos las pequeñas libertades que nos tomamos a veces.

El papel contenía una lista de treinta nombres con sus números de teléfono. Al marcar el primero de los números mi mano temblaba. En varias semanas de marcar constantemente, solo contestaron a tres llamadas. Lo que yo dijera no importaba: siempre respondían que me había equivocado de número. El hostigamiento había sido tan insistente que las familias decidieron no atender el teléfono o negar que fuesen las personas por quienes me interesaba.

Alí vino a visitarnos cuando se disponía a salir del país. Él y su familia de cuatro esposas y nueve hijos iban a pasar unas semanas en París. Mi hermano decía que él hubiese querido luchar personalmente contra los iraquíes, pero que los negocios le imponían responsabilidades realmente más importantes para el país que otro hombre de uniforme. Que él, Alí, tenía que cumplir con su deber saliendo de Arabia.

Yo sabía que mi hermano iba a ponerse a salvo hasta el fin de la guerra. Aquel día no tenía el menor deseo de encararme con su cobardía; me limité a desearle un buen viaje con una sonrisa.

El tema de las mujeres conductoras salió a colación cuando Alí dejó traslucir astutamente que a una de las manifestantes su padre la había condenado a muerte por haber cubierto de oprobio a la familia. El padre creía que ejecutando a su hija los fanáticos los dejarían en paz a él y a su familia. ¡Y Alí se sonrió, auténtico! ¡Cuánto odiaba yo a aquel hermano mío! Una tierra que le pusiera las mujeres a los pies era la que le iba como anillo al dedo. Él lucharía hasta el fin para mantener a las mujeres sojuzgadas, pues a un hombre como él le aterrorizaría una mujer con carácter y personalidad.

Cuando le pregunté a Karim, afirmó no conocer el incidente, aunque me dijo que no pensara más en él; que no era asunto nuestro. Añadió que no le extrañaría, pues las familias de aquellas mujeres habían sufrido mucho por culpa de los agitadores. Y murmuró un «ya te lo dije» para recordarme su predicción el día de las manifestaciones. Vi que Karim me había engañado en el pasado cuando hablaba de las libertades femeninas; seguramente sus ideas no eran mucho más progresistas que las de Alí. ¿No habría un hombre en mi tierra que deseara que se aflojasen las cadenas de la mujer?

Pese a que el rumor de la muerte de aquella muchacha se extendió con rapidez por nuestro país, nadie ha confirmado ni negado su suerte todavía. Y pende sobre nosotras la velada amenaza de que a las valientes les aguarda la pena máxima.

La guerra que tanto temimos llegó y pasó. Nuestros hombres lucharon y murieron, aunque le oí decir a Karim que muchos de nuestros soldados no lucharon con valentía. En realidad los aliados habían creído necesario inventar historias para asegurarse de que los árabes no nos ofendiéramos cuando se desvelara la verdad sobre nuestros guerreros. Mi marido enrojecía al hablar de saudíes que huían del enemigo en vez de atacar. En lo militar nuestro único orgullo estaba en las proezas de nuestros pilotos, que actuaron con todo honor.

Asad comentó que no deberíamos avergonzarnos de eso, sino sentirnos aliviados. Un gran poder militar sería peligroso para nuestras cabezas; el trono quizá no sobreviviera a una precisa máquina militar. En el mundo árabe, los militares eficaces derrocan las monarquías; a decir verdad, la gente desea tener voz y voto en la política de su país. Nuestra familia había visto estas cosas y mantenía una organización casi familiar de gente que no tenía voluntad de lucha. La familia es astuta y mantiene a posta al soldado saudí desaliñado, lejos de cualquier aire marcial.

En definitiva, los acontecimientos de la guerra sirvieron para hacer abortar nuestra confianza en los soñados cambios sociales para la mujer árabe. La lucha que atrajo las miradas del mundo entero, miradas que hubiesen podido profundizar en los desórdenes existentes en nuestra sociedad, finalizó con excesiva rapidez. El tambaleante poderío de nuestro enemigo Saddam superó al interés por nuestro empeño, y transfirió las susurradas promesas de ayuda a la angustiosa tragedia de los kurdos, que ahora morían en sus nevadas montañas.

Al final de la guerra nuestros hombres se dedicaron a rezar con gran fervor, pues se habían salvado de la amenaza de un ejército invasor… y de que las mujeres fuéramos libres.

¿Quién se atrevería a decir cuál de las dos amenazas les asustó más?

EPÍLOGO

Vibraba en el aire el obsesivo sonido que llena de alegría el corazón de todo musulmán. Llamaba a oración a los fieles.

¡Alá es grande, no hay más Dios que Alá y Mahoma es su Profeta! ¡Venid a orar, venid a orar! ¡Alá es grande, no hay más Dios que Alá!

Oscurecía; el gran disco amarillo del sol se hundía lentamente. Para los fieles musulmanes había llegado la hora de la cuarta plegaria del día.

Desde la terraza de mi dormitorio contemplaba yo a mi marido y a mi hijo que, cogidos de la mano, salían de los jardines dirigiéndose a la mezquita. Vi que se congregaban muchos hombres, saludándose unos a otros con espíritu de fraternidad.

Volvían a mí los turbulentos recuerdos de mi infancia y yo era de nuevo una niña, excluida del amor obsesivo de mi padre por su adorado hijo Alí. Habían transcurrido casi treinta años, pero no había cambiado nada. Mi vida había cerrado el círculo.

Papá y Alí, Karim y Abdulá, ayer, hoy y mañana, prácticas inmorales que pasan del padre al hijo. Los hombres que quería y los que detestaba, dejando un legado de vergüenza por su trato a las mujeres.

Mis ojos siguieron los movimientos de la carne de mi carne, de la sangre de mi sangre: mi marido y mi hijo entraron en la mezquita de la mano, y sin mí.

Me sentí la figura más solitaria del mundo.

ÚLTIMAS PALABRAS

Cuando terminó la Guerra del Golfo, en 1991, hubo un deseo universal de que se impusiera la paz en el turbulento Oriente Medio. Infinidad de propuestas de líderes de muchas naciones fueron presentadas a quienes se hallaban en el poder, en un esfuerzo por acabar con la interminable violencia de esta parte del mundo.

Junto con los deseos de paz, muchos que amaban el Oriente Medio y a sus pueblos suspiraban por cambiar antiguas tradiciones que carecen de bases religiosas, pero que sirven para encadenar a las mujeres de aquellas tierras a los caprichos de los hombres bajo cuya potestad se hallan. Mientras la realidad de una paz duradera gana fuerza tras los pasos diplomáticos del presidente Bush, el escurridizo sueño de la libertad femenina en Arabia languidece. Quienes mandan en los países occidentales tienen poco interés por llevar en alto la bandera de la justicia para quienes no poseen peso político, es decir, para las mujeres.

La Guerra del Golfo para liberar a Kuwait resultó ser, además, una guerra del conflicto agudo y creciente entre los hombres y mujeres de Arabia. Donde las mujeres vieron una esperanza de cambio, los hombres sintieron el temor ante cualquier mudanza de una sociedad que difiere poco de la de hace dos siglos. Ni padres, ni maridos, ni hijos sentían deseo alguno de desafiar a las fuerzas radicales religiosas defendiendo los derechos de la mujer. En Arabia, la causa de la libertad femenina se marchitaba por una reacción de los sacerdotes extremistas, pues la llegada de las tropas extranjeras había debilitado su poder. La promesa que hicieran los sacerdotes de reaccionar con dureza había extendido el miedo a todo el país. Desgraciadamente, en 1992 Sultana y otras muchas mujeres saudíes se vieron obligadas a retirarse a las trincheras de ayer.

Sorprendentemente, los ricos y poderosos son por primera vez el objetivo de la Policía religiosa y sufren acosos y detenciones como los demás saudíes. Los ciudadanos ordinarios, en vez de preocuparse por la pérdida de libertad de todos, ríen complacidos al pensar que ahora la realeza y los ricos soportan de parte de los *mutawas* el mismo escrutinio feroz que ellos han sufrido siempre. Libertad para conducir, para quitarse el velo o para viajar sin permisos son ya sueños perdidos entre preocupaciones más amenazadoras para la vida de una, como la creciente amenaza del extremismo religioso en zonas más alejadas de la capital. ¿Quién sabe cuándo volverá para las mujeres de Arabia otra oportunidad con tanta fuerza para el cambio como la de la guerra?

Mientras las sociedades modernas presionan para mejorar las condiciones de vida de todos los pueblos, muchas mujeres en todo el mundo se encaran aún con auténticas amenazas de tormento o de muerte bajo el retrógrado dominio de los hombres. Las costuras de la capa de la esclavitud de la mujer las cose el macho con fuertes hilos, resuelto a perpetuar su poder histórico sobre la mujer.

En la primavera de 1983 conocí a una mujer saudí que ha cambiado mi vida para siempre. La conocéis por Sultana. Nuestra mutua atracción y las ganas de trabar amistad florecieron enseguida, pues casi de inmediato nos hallamos en gran armonía. La pasión de Sultana por la vida y su sorprendente inteligencia alteraron mis erróneos prejuicios occidentales sobre «las mujeres de negro», a quienes en aquel tiempo yo veía como a una incomprensible especie de la raza humana.

Como norteamericana que ha vivido en Arabia Saudí desde 1978, he conocido y tratado a muchas mujeres saudíes.

Pero a mis ojos occidentales todas presentaban la misma contaminada máscara de la derrota. La vida para la rica clase mercantil, o para la nobleza de las ciudades a las cuales pertenece, era demasiado cómoda para cambiar el delicado equilibrio de sus vidas. Y las beduinas de los pueblos llevan su intolerable existencia con sorprendente orgullo. En realidad, al conocerme mostraban su compasión por las que, como yo, se veían obligadas a aventurarse solas por el mundo, sin la protección ni la guía del hombre.

—*Haram!* («¡Qué lastima!») —decían, dándome unas palmaditas en el hombro y expresando así su desesperación por alguien como yo—. Bajo la capa de compasión o de desprecio se ocultaba la verdad de su condición. Sultana me expuso a la cólera vociferante de muchas mujeres saudíes, que se convierte en desesperación en las mentes escondidas tras sus velos. Bajo esa nueva perspectiva me convencí de que las mujeres de Arabia hacían muy poco para influenciar la cultura saudí; más bien al revés: la cultura saudí las había hecho así.

Durante el otoño de 1988 Sultana vino a verme con la petición de que, como amiga, escribiera yo la historia de su vida. Que en gran parte había transpirado en su juventud y en la vida de otras saudíes que conoció y que creía merecían que aquello se enmendara. Pero prevaleció mi sentido común. Expresé mis dudas acerca de la ventaja que una conducta tan arriesgada podía tener para ella. Me vinieron a la mente otros pensamientos relativos a mi interés personal y a mis labios saltaron excusas válidas para mi pacifismo: yo amaba el Oriente Medio, mis mejores amigos se hallaban en aquella zona, y conocía a muchas mujeres saudíes muy felices.

Mis dudas y mis negativas no tenían fin, pues personalmente estaba harta de las constantes críticas de los periodistas occidentales sobre la tierra que yo llamaba mi patria. No podía negarse que el aislamiento de los musulmanes brotaba de los continuos reportajes negativos de la Prensa mundial. Ya se imprimía una sobreabundante cantidad de artículos y libros censurando el Oriente Medio; no deseaba unirme al coro que denostaba a los árabes, compuesto por muchos que se refugiaban bajo el paraguas económico de aquella tierra rica en petróleo.

—No, no quiero condenar a nadie —le dije a Sultana. Mi deseo era presentar a los árabes bajo la favorecedora luz de la comprensión; subrayar su gentileza, su generosidad, su hospitalidad.

Pero Sultana, la princesa feminista, me obligó a abrir los ojos sobre la cruda verdad. Aunque es cierto que crece la prosperidad en Arabia, no podrá decirse que allí se vive bien en tanto sus mujeres no sean libres para vivir sin temor. Sultana subrayó lo evidente:

—Jean, te equivocas al escoger tus lealtades; tú eres mujer.

Ella no podía aceptar la derrota, y siguió exponiéndome la abyección en que se tenía a las de nuestro sexo. Sultana era mejor que yo. No retrocedía ante el peligro y arriesgaba la vida en defensa de su causa.

Y como siempre había hecho, superó todos los obstáculos puestos por mi terca resistencia. Y después que yo tomase la difícil decisión de colaborar con ella para escribir su historia, el corazón me dijo que no hubiera podido seguir otro camino. El Occidente cristiano y el Oriente islámico se habían unido con un vínculo que supo superar el temor que sentí cuando se concibió esta empresa. Este era un libro que había que hacer.

En la redacción de esta obra mucha gente ha sacrificado muchas cosas: tranquilidad de espíritu por la seguridad de Sultana y su familia; miedo por las amigas que siguen en Arabia sin saber de la existencia de este libro; y yo, por encima de todo, me enfrento a la pérdida del cariño, la camaradería y el apoyo de Sultana, la persona que me ha inspirado y electrizado con su encendido espíritu. Pues la triste realidad es que en el mismo instante en que esta publicación sea conocida por todo el mundo, nuestros caminos no podrán encontrarse de nuevo. Mi amiga más querida será apartada de mí por el más sombrío de los silencios. Y debo añadir que esta es una decisión mutua tomada con mucho amor. Revelar nuestra asociación hubiera significado graves castigos para mucha gente y, en especial, para Sultana.

En nuestro último encuentro, en agosto de 1991, una sensación de aplastante frustración minaba mi alegría; y me maravilló la energía optimista de Sultana. Ella tenía una alegre confianza en el resultado de nuestro empeño y declaró que prefería perecer a vivir como vencida.

Sus palabras me dieron fuerza para soportar la tormenta que se aproximaba:

«Mientras no se hagan públicos esos despreciables hechos, no puede haber ayuda ninguna; este libro es como los primeros pasos de un bebé que jamás andaría sin el valeroso primer intento de sostenerse por sí solo. Tú y yo, Jean, vamos a remover unas cenizas para provocar un incendio. Dime, ¿cómo podría el mundo acudir en nuestra ayuda si no oye nuestros lamentos? Yo lo siento muy dentro de mí: este es el principio del cambio para nuestras mujeres.»

Muchos años de mi vida de adulta los he vivido en Oriente Medio. Durante tres años he leído y releído las notas y los Diarios de Sultana. Hemos tenido reuniones clandestinas en muchas de las capitales más importantes del mundo. Le mostré el manuscrito final, y ella lo leyó con gran deleite y dolor. Y tras leer la última frase, rompió a llorar. Cuando se hubo repuesto, me dijo que había captado a la perfección su espíritu y las experiencias de su vida, con igual claridad que si hubiera estado a su lado, como lo estuve realmente muchos años. Luego me pidió que llenara los huecos de su vida que no figuraban en sus Diarios. Y he ahí lo que Sultana desea que sepáis:

Que su padre vive todavía y que mantiene cuatro esposas y cuatro palacios en sus ciudades preferidas. Y que tiene muchos hijos pequeños de sus esposas más jóvenes. Por desgracia, su relación con Sultana no ha mejorado con la edad. Rara vez visita a alguna de sus hijas, aunque está muy orgulloso de sus hijos y nietos varones.

Alí no ha madurado y sus costumbres siguen siendo en gran parte las mismas de niño malcriado. Sus crueldades las reserva para sus hijas, a quienes trata como vio que su padre trataba a sus hermanas. Hoy Alí tiene cuatro esposas e incontables amantes. No hace mucho, el rey le impuso un castigo por excesiva corrupción, aunque no tomó ninguna medida para hacerle cambiar de conducta.

Sara y Asad han conservado la dicha en su matrimonio y ahora son padres de cinco hijos. Quién sabe si la predicción de Huda, la de los seis hijos, se convertirá en realidad. De todas las hermanas de Sultana, solo Sara conoce la existencia de este libro.

Las demás hermanas de Sultana, y sus familias, están bien.

Omar murió en accidente de automóvil, en la carretera de Damán. A su familia, que se halla en Egipto, la mantiene el padre de Sultana.

Randa, cuyo padre se ha comprado una villa en el sur de Francia, vive allí la mayor parte del año. Después de divorciarse del padre de Sultana, no se ha vuelto a casar. En la familia se rumorea que tiene un amante francés, aunque hay dudas de que eso sea cierto.

Sultana no ha vuelto a saber de Wafa; la imagina en su pueblo, rodeada de gran número de hijos, llevando la vida tan temida por las jóvenes saudíes que han recibido educación.

Marci regresó a las Filipinas y realizó la ambición de su vida, cosa que Sultana ya sabía. Trabajó de enfermera un tiempo en Riad, pero en una carta que le escribió a Sultana le subrayaba su plan de aceptar un empleo en Kuwait; decía que las limitaciones en Arabia eran demasiado severas para tolerarlas una mujer. Desde entonces no ha vuelto a saber de ella. Desea con todo su corazón que no la hayan violado o asesinado durante la invasión iraquí, que fue la suerte que corrieron muchas chicas bonitas.

Huda murió hace muchos años. Fue enterrada en las arenas de Arabia, lejos de su nativa tierra de Sudán.

Lo más penoso de todo es que Samira sigue encerrada en su «cámara de mujer». Hace dos años, Tahani oyó decir que se había vuelto loca. Las criadas dijeron que había estado gritando durante días enteros y que finalmente empezó a hablar en una jerga que nadie ha podido entender. Que a veces la oyen llorar, aunque vacía a diario la bandeja de alimentos, por lo que vive aún. La familia promete que será liberada en cuanto muera el viejo, pero este, aunque anciano, goza de excelente salud. En cualquier caso, creen que la libertad no beneficiará ya a Samira.

Hace dos años, Sultana aprobó su máster de Filosofía. No ejerce esa profesión, pero dice que los conocimientos que con ella adquirió le han servido para conseguir la paz de espíritu y sentir su unidad con el mundo. En sus estudios descubrió que muchas otras personas han sufrido graves injusticias. Que el progreso de la Humanidad es lento, en verdad, pero que los espíritus valerosos continúan su brega, y a ella le enorgullece ser uno de ellos.

La relación de Karim y Sultana está marcada por la costumbre y el mutuo amor de sus hijos. Ella lamenta que su amor por él nunca reviviera plenamente tras el incidente de la «segunda esposa».

Hace seis años Sultana contrajo una enfermedad venérea; tras muchas angustias, Karim admitió haber tomado parte en una aventura sexual con extranjeras. Varios príncipes del rango más alto mandan todas las semanas un avión a París a recoger prostitutas y llevarlas a Arabia. Allí eligen a las más bonitas de entre las mujeres que han salido de todos los rincones de la Tierra para ejercer su profesión en aquel país, mujeres que los martes llenan ese avión para Arabia. Al lunes siguiente las exhaustas prostitutas son mandadas de vuelta a casa. Karim contó que varios palacios de las ciudades más importantes de Arabia llegan a albergar hasta un centenar de prostitutas. La mayoría de los príncipes de más alto linaje son invitados a tomar parte en la orgía y a elegir a las mujeres que prefieran. Para esos hombres, las mujeres siguen existiendo solo como objetos de placer o como vehículos que les suministran hijos.

Después del susto de aquella infección, Karim prometió que no volvería a tomar parte en aquellas orgías semanales, aunque Sultana dice que le sabe débil ante celebraciones de este tipo y que él sigue siendo muy indulgente consigo mismo sin sentir la menor vergüenza. Su maravilloso amor se ha desvanecido, salvo en el recuerdo; ella dice que seguirá junto a su marido, pero sin abandonar la lucha, en beneficio de sus hijas.

Dice que lo que más la entristece sigue siendo ver las negras siluetas de sus jóvenes hijas, que ya van cubiertas de negros velos y negras capas; que después de tantos años de rebelión sigan pegados esos ropajes a la nueva generación de muchachas de Arabia. Como siempre, unas costumbres ancestrales siguen decidiendo el papel de las mujeres en la sociedad saudí.

Durante la Guerra del Golfo, la presencia de las tropas americanas, que tantas esperanzas de libertad dieron a Sultana, solo ha conseguido dar mayor poder a los *mutawas* y ahora estos se jactan de ser ellos quienes dan las órdenes al rey que ocupa el trono.

Sultana me pidió que le dijera al lector lo siguiente: que su espíritu de desafío sigue rebelde a través de las páginas de este libro, pero que debe mantener en secreto su rebelión, pues aun cuando tenga valor para encararse con cualquiera de las pruebas de la vida, no podría afrontar la posibilidad de perder a sus hijos. ¡Quién sabe los castigos que se aplicarían a quien divulga las vidas ocultas de las mujeres del país que alberga los dos santuarios más sagrados del Islam!

El destino de Sultana se formó en enero de 1902, cuando su abuelo Abdul Aziz peleó por las tierras de Arabia y las ganó. Había nacido una dinastía. La princesa Sultana al Saud seguirá al lado de su marido, el príncipe Karim al Saud de la Casa Real de los al Saud del reino de Arabia Saudí.

Apéndice A

EL CORÁN Y LA MUJER

El Corán es el libro sagrado del Islam. Se compone de 114 suras o capítulos que exponen unas reglas de comportamiento aceptable para los fieles musulmanes. Estos creen que el Corán es la palabra de Dios según fue revelada por el ángel Gabriel al Profeta. Esas visiones las tuvo Mahoma estando en las ciudades de La Meca y Medina, ubicadas en el país que hoy conocemos por el nombre de Arabia Saudí. La Meca es el lugar donde nació Mahoma; Medina guarda los restos del Profeta. En consecuencia, estas son las dos primeras ciudades sagradas de los musulmanes; a los no creyentes, o infieles, no se les permite entrar dentro de sus límites. Pocos occidentales se dan cuenta de la fuerza suprema e incuestionable que tienen las palabras del Profeta para los musulmanes. Todos los aspectos de su vida los guía el Corán. Aunque muchos occidentales educados dentro del Cristianismo se burlan de la posibilidad de que exista un Ser Supremo, es raro encontrar a un musulmán que no se adhiera con fanatismo a una inquebrantable fe por el Dios de Mahoma.

En el mundo musulmán de Arabia no existe separación alguna entre religión y Estado, como la vemos en Occidente. La religión islámica es allí la ley absoluta.

Durante los diez años que viví en Riad le pedí a una íntima amiga saudí que me tradujese y explicara ciertos versículos del Corán. Después de observar la total separación de sexos en el islam, estaba particularmente interesada en los versículos que restringían la conducta de la mujer.

Puesto que los versículos me fueron traducidos en el contexto de conversaciones personales, es posible que haya alguna pequeña discrepancia entre mi interpretación y la de los teólogos del Corán. Sin embargo, teniendo en cuenta que el Corán es tenido por «intraducible» y que hay mucha controversia sobre muchas de sus traducciones, me siento confiada al exponer los siguientes versículos acerca de la mujer que me fueron leídos directamente de una edición del Corán en lengua árabe.

TEMA

Las relaciones sexuales durante el mes del ramadán, en que los buenos musulmanes ayunan y se abstienen de todo placer durante las horas diurnas.

Versículo del Corán:

Sura II, 187

Cumplid vuestro ayuno
hasta que asome la noche,
pero no os unáis a vuestras mujeres
hallándose en retiro o en la mezquita.
Hay límites que Dios ha mandado
como señales a los hombres:
para que aprendan a saber contenerse.
Y permitido os es en las noches de ayuno acercaros
a vuestras mujeres,
que son vuestra mejor prenda.

TEMA

Matrimonio entre musulmanes y no creyentes. El Corán establece la misma clase de normas para los varones que para las mujeres; la ley solo se aplica a estas. Muchos varones saudíes se casan con cristianas, pero a las mujeres saudíes se les prohíbe estrictamente casarse con infieles.

Versículo del Corán:

SURA II, 221

No os caséis con mujeres que no crean,
hasta que crean.
Mejor es una esclava creyente
que una esclava infiel.
No caséis a vuestras hijas
con infieles,
hasta que crean.
Un esclavo creyente
es mejor que un infiel.

TEMA

Relaciones sexuales durante la menstruación de la mujer, que están absolutamente prohibidas.

Versículo del Corán:

SURA II, 222

Os preguntan sobre
mujeres menstruantes;
contestad: son un daño y una suciedad.
Apartaos de las mujeres
en sus períodos,

y no os acerquéis a ellas
hasta que estén limpias.
Pero cuando se hayan purificado,
podéis abordarlas en cualquier modo,
tiempo o lugar
que Alá os haya destinado.

TEMA

Cuando un hombre repudia a una mujer debe asegurarse de
que no lleve a su hijo en su seno. Si la mujer está embarazada, el marido tendrá que cuidarla.

Versículo del Corán:

SURA II, 228

Las divorciadas aguardarán,
por lo que a ellas respecta,
a las tres menstruaciones.
No les está permitido ocultar
lo que Alá ha creado en su vientre.
Sus maridos tienen el derecho
de quedárselas otra vez
durante este plazo de reconciliación.
Y las mujeres tienen derechos
similares a los suyos, pero en su contra,
según lo que es justo;
aunque los hombres tienen más derechos
y poder sobre ellas, pues Alá
es Omnipotente y Omnisciente.

TEMA

Cuando un hombre se haya divorciado de una mujer, puede volver a casarse con ella, si esta se casa con otro hombre y se divorcia luego de él. Si el marido se divorcia de ella otra vez, no podrá ya volver a casarse con ella.

Versículo del Corán:

SURA II, 229

*El divorcio solo puede permitirse
dos veces. Después de eso,
las partes deberán convivir
en buena armonía,
o separarse con amabilidad.*

SURA II, 230

*Si un hombre se divorcia
de su mujer, no podrá
volver a casarse con ella
hasta que la mujer se case
con otro hombre y luego este
se divorcie de ella.*

SURA II, 241

*Deberá concederse
una razonable manutención
a la mujer repudiada.*

TEMA

En el siguiente versículo se explica con cuántas mujeres se puede casar un hombre y las intrucciones para obsequiarlas con una dote.

Versículo del Corán:

Sura III, 3

Casaos con mujeres de vuestra elección:
dos, tres o cuatro.
Pero si teméis no ser capaces
de tratarlas con justicia,
tomad una sola, o una cautiva
que poseáis con toda legalidad,
y eso será mucho mejor
para impediros
cometer injusticias.
Para el matrimonio dad a la novia
su dote como un obsequio
incondicional;
aunque si ella por propia voluntad
os devuelve una parte,
entonces tomadla y disfrutadla
sin reparos.

TEMA

Aquí se explica la herencia para los hijos. Los hijos varones tienen que recibir el doble de lo que reciban las hijas.

Versículo del Corán:

Por lo que atañe a vuestros hijos,
Alá os lo ordena: el varón
recibirá una porción igual
a la de dos hijas.

TEMA

Versículo del Corán:

SURA IV, 15

Si alguna de vuestras mujeres
es culpable de lascivia,
tomad declaración a cuatro
testigos entre vosotros
y, si así lo atestiguan,
confinadla en casa hasta que la Muerte
la reclame con Ella.

SURA IV, 16

Si dos hombres son culpables
de lascivia entre ellos,
castíguese a ambos.
Si se arrepienten y enmiendan,
dejadles.

TEMA

El Corán detalla las mujeres con quienes los hombres tienen prohibido casarse.

Versículo del Corán:

Sura IV, 22

*No os caséis con mujeres
con quienes vuestros padres se casaron.*

Sura IV, 23

*Prohibidas os serán:
vuestras madres, hijas y hermanas;
las hermanas de vuestro padre
y las de vuestra madre;
las hijas de vuestros hermanos
y las de vuestras hermanas;
vuestras hijastras,
y quienes han estado casadas
con vuestros hijos;
y con dos hermanas a la vez:
aunque si os divorciáis de una,
podréis casaros luego con la otra.*

Sura IV, 24

*Y también os serán prohibidas
las mujeres ya casadas.*

TEMA

Quizá un musulmán no llegue a Alá con sus plegarias si ha tocado a una mujer. Hay un versículo especial que le aconseja qué hacer si ha tocado a una mujer y no hay agua con que lavarse.

Versículo del Corán:

SURA C, 43

*O, si habéis estado
en contacto con una mujer
y no podéis hallar agua,
tomad entonces arena del suelo
y frotaros con ella
caras y manos.*

TEMA

Los delitos sexuales son delitos contra Alá. Se reservan severas penas para quienes cometan tales acciones.

Versículo del Corán:

SURA XXIV, 2

*Al hombre y a la mujer culpables
de adulterio o fornicación
dadles cien latigazos,
en un caso como este,
que ha prescrito Alá,
no dejéis que os mueva la compasión.*

Sura XXIV, 3

Que el culpable de adulterio o fornicación
solo con mujer igualmente culpable se case,
o no creyente, y que la mujer con tal culpa
se case solo con infiel o con hombre
culpable de igual culpa o similar.

TEMA

La acusación de adulterio o fornicación es de naturaleza tan grave que deben atestiguarla cuatro testigos.

Versículo del Corán:

Sura XXIV, 4

Y a quienes lancen acusaciones
contra mujeres castas
y no aporten cuatro testigos
(que apoyen sus alegatos),
flageladles (a los acusadores)
con ochenta azotes;
y rechazad después siempre
todas sus pruebas,
pues tales hombres son malos pecadores.

TEMA

Si un hombre acusa a su mujer de adulterio o fornicación y no tiene testigos que apoyen su alegato, debe jurar por el nombre de Alá que está diciendo la verdad.

Versículo del Corán:

Y quien lance acusaciones
contra su esposa sin más prueba
que su palabra, hará valer su prueba
jurando cuatro veces por Alá
que dice la verdad, y al quinto
(juramento) invocará solemne
la maldición de Alá para sí,
si está mintiendo.

TEMA

En Arabia Saudí las musulmanas se cubren el rostro si no quieren verse sometidas a un gran hostigamiento por parte de los sacerdotes. La separación de sexos es absoluta en todos los pasos de la vida.

Versículo del Corán:

Sura XXIV, 31

Y decid a las creyentes
que bajen sus miradas
y conserven su modestia;
que no muestren su belleza
ni sus prendas, salvo aquellas
que normalmente deben enseñar.
Por consiguiente, se echarán
el velo sobre su pecho, y no
mostrarán su belleza salvo a su marido,
o a su padre, o el padre del marido,
o sus hijos, o los de su marido,
o sus hermanos, o los hijos de estos,

o los de sus hermanas, o a las mujeres,
o las esclavas que posean
o sus criados varones
libres de físicos apremios
o de los pequeños que no sienten
la vergüenza del sexo.

TEMA

Dice el Corán que las mujeres maduras podrán dejar de usar sus prendas exteriores (los velos, las *abaayas*). La realidad es que en Arabia las mujeres jamás se quitan el velo, sin que importe su edad.

Versículo del Corán:

Sura XXIV, 60

*A las maduras que han dejado
atrás las perspectivas de matrimonio,
no se las culpe si dejan de usar
sus prendas exteriores,
con tal que no exhiban voluptuosamente
su belleza; aunque es preferible
que sean modestas.*

APÉNDICE B

LA LEGISLACIÓN DE ARABIA SAUDÍ

Las leyes penales de Arabia se adaptan estrictamente a los preceptos islámicos. La palabra «Islam» significa «rendirse a la voluntad de Dios». El concepto más importante del Islam es la *Shariyá* o senda que abarca todo el sistema de vida ordenado por Dios. Todos los pueblos de religión islámica deben adecuar sus vidas a los tradicionales valores establecidos por Mahoma, el Profeta de Alá, que nació en el año 570 d. de C. y murió en el 632 d. de C.

A la mayoría de los occidentales les resulta difícil entender la absoluta sumisión de los musulmanes a las leyes del Corán en todos los aspectos de su vida diaria. El Corán, junto con las tradiciones establecidas por Mahoma, son en Arabia Saudí la ley de la Tierra.

Cuando vivía en Arabia le pregunté una vez a un reputado teólogo del Islam, que se ganaba la vida como abogado, que me describiera las leyes aplicables en aquel país que procedieran de las enseñanzas del Profeta. Su explicación me ayudó a despejar mi desconocimiento de las leyes saudíes.

He aquí la parte del informe que me escribió que he creído puede ser de interés para el lector:

1) Son cuatro las principales fuentes de la Shariyá: el Corán, que consta de millares de versículos revelados por Alá a su Profeta Mahoma. Los Suna, que son las tradiciones legadas por Mahoma y que no figuran en el Corán. Los Ijma, que

son las declaraciones del Ulema, o consejo de teólogos. Los Quiyas, que son el método por el que juristas reputados acuerdan nuevos principios legales.

2) El rey de Arabia Saudí no está exento de obedecer las leyes enunciadas por la Shariyá.

3) El sistema de Tribunales de Justicia es complicado, pero si se apela una sentencia, esta será revisada por el Tribunal de Apelaciones. Este, que consta generalmente de tres miembros, aumenta su número hasta cinco miembros si la pena que se pide es de muerte o mutilación. El rey es el árbitro último, y hace de última instancia de apelación y de fuente de perdón.

4) Los delitos se hallan clasificados en tres divisiones: Hudud, Tazir y Quisas. Los primeros son los denunciados por Alá, y su castigo consta en el Corán. Los delitos de Tazir se pasan a las autoridades adecuadas para que estas decidan las penas. Los delitos de Quisas dan a las víctimas el derecho a tomar represalias.

Delitos de Hudud

Entre los delitos de Hudud figuran robar, beber alcohol, difamar el Islam y cometer fornicación o adulterio.

Las personas halladas culpables de robo son condenadas a pagar multas, a penas de prisión o a la amputación de la mano derecha (y si esta ya ha sido amputada antes, la izquierda).

Las personas halladas culpables de beber alcohol, o de su compra o venta, de esnifar o inyectarse drogas o de promover su consumo entre las masas, serán condenadas a recibir ochenta latigazos.

Las personas halladas culpables de difamar el Islam serán condenadas según las circunstancias, dependiendo la gravedad de la pena del hecho de que los acusados sean o no musulmanes. Las penas, por lo general, son de flagelación.

Las personas halladas culpables de fornicación son condenadas a la flagelación. A los hombres se les azota de pie y a las mujeres, sentadas. Se protegen las caras, cabezas y órganos vitales de los reos. El número de latigazos suele ser cuarenta, aunque puede variar según las circunstancias.

El más grave de los delitos es el adulterio. Si la persona culpable, hombre o mujer, está casada, será condenada a muerte por lapidación, disparo de arma o decapitación. La lapidación es el método de castigo más frecuente. La prueba de este delito debe ser obtenida por confesión en juicio o por cuatro testigos de la acción.

DELITOS DE TAZIR

Los delitos de Tazir son parecidos a los llamados delitos menores en Estados Unidos. No hay unas penas preestablecidas, sino que se juzga a cada acusado sobre bases individuales, según la gravedad del delito y el grado de arrepentimiento mostrado por el culpable.

DELITOS DE QUISAS

En los casos de personas halladas culpables de delitos contra otras personas, estas o sus familias tendrán el derecho a desquitarse. La condena la decide en privado la familia, y la pena se ejecuta también en privado. Si se ha cometido un asesinato, el o los ofendidos tienen derecho a matar al asesino del modo en que este mató a su ser querido, o de cualquier otro modo que elijan.

Si un miembro de la familia resultó muerto por accidente (por ejemplo, de circulación), la familia del muerto podrá cobrar el llamado «dinero de sangre». En el pasado ese «dinero de sangre» se podía pagar con camellos; hoy su importe se calcula en moneda legal. Existen tarifas de daños, de acuerdo con las circunstancias: los pagos varían de 120.000 a 300.000 riyales (45.000 a 80.000 dólares). Si resulta muerta una mujer, la tarifa será la mitad que la del hombre.

Si alguien mutila a otro, el mutilado o su familia podrán cometer la misma mutilación sobre la persona del culpable.

Quiénes pueden testificar en procesos penales

Los testigos tienen que ser musulmanes, adultos y tenidos por cuerdos. Los infieles no podrán testificar en un Tribunal de Delitos Penales. Las mujeres solo podrán testificar en casos no penales y que no ocurrieran a la vista de hombres. En realidad, el testimonio de la mujer no se contempla como un hecho, sino como una presunción. El Tribunal, teniendo en cuenta las circunstancias, puede decidir si el testimonio es válido o no.

Por qué se prohíbe testificar a las mujeres en los procesos penales

Cuatro son los motivos por los que en un Tribunal saudí se invalida el testimonio de las mujeres:

1) Las mujeres son mucho más emocionales que los hombres y sus emociones les harían distorsionar su testimonio.
2) Las mujeres no participan en la vida pública, por lo que no son capaces de reconocer lo que observan.
3) Las mujeres están completamente dominadas por los hombres, quienes, por la gracia de Dios, son tenidos por superiores; por consiguiente, darán testimonio según lo que les contara el último hombre que hablara con ellas.
4) Las mujeres son olvidadizas y su testimonio no puede ser considerado digno de confianza.

Apéndice C

GLOSARIO

El significado de estas palabras, lugares y expresiones normalmente se explica cuando aparecen en el texto.

Abaaya: Capa larga y negra que llevan sobre sus ropas las mujeres de Arabia.

Abu Dhabi: Ciudad sita en los Emiratos Árabes Unidos.

Al Saud: Familia reinante en el reino de Arabia Saudí.

At Táif: Estación de montaña cercana a La Meca.

Baas: Movimiento político nacido en Siria y extendido hasta Iraq; el centro de su doctrina es la unidad árabe.

Bahrein: Isla-nación unida a Arabia Saudí por una calzada.

Chiíta: Rama del Islam que se separó de la mayoría sunnita a consecuencia de la sucesión del Profeta.

Constantinopla: Hoy Estambul: antigua capital del Imperio Otomano.

Corán: Libro sagrado del Islam: contiene las palabras que Alá dirigió al Profeta Mahoma.

Dammán: Lugar donde se descubrió por primera vez petróleo en tierras árabes.

Dariyá: La antigua ciudad de Riad.

Dubai: Ciudad sita en los Emiratos Árabes Unidos.

Ghutra: Tocado del varón árabe.

Haj: El Peregrinaje, uno de los cinco pilares del Islam. El viaje a La Meca es la mayor ambición de la mayoría de los musulmanes. Deben hacerlo todos al menos una vez en la vida, si pueden permitírselo.

Halawa: Ceremonia de la depilación de la novia.

Haram: Piedad, compasión. ¡Lástima!

Hijaz: Arabia occidental, Jidda en el mar Rojo, se halla en esta zona.

Hudud: Delitos muy graves denunciados por Alá en el Corán.

Humus: Plato árabe compuesto de garbanzos, que suele servirse con un pedazo de pan de pita.

Ibn: «Hijo de». Jalid Ibn Faisal: Jalid, hijo de Faisal.

Igaal: Cordón negro que llevan en el tocado los varones árabes.

Ijma: Interpretación del Corán por los teólogos del Islam.

Jerusalén: Tercera ciudad sagrada del Islam, hoy bajo control israelí.

Jidda: Bella ciudad de Arabia sobre el mar Rojo. La han popularizado los extranjeros que se bañan y practican submarinismo en sus trasparentes aguas.

Kurdos: Vieja nación con cultura y lengua propia, repartida hoy entre varios Estados; kurda es casi un 20% de la población iraquí, que lucha por conseguir la autonomía.

Kutab: Método de enseñanza para chicas, conocido en Arabia Saudí antes de que se permitiera la educación femenina.

Labán: Refresco a base de leche y mantequilla, común en el Oriente Medio.

Malaz: Barrio residencial de Riad donde vive la clase saudí más acomodada.

Manama: Capital de Bahrein, isla-nación unida a Arabia por una calzada.

Meca: La Meca: Primera ciudad sagrada del Islam, donde Alá reveló su palabra al Profeta. Todos los años es el lugar de destino de millones de peregrinos musulmanes.

Medina: Segunda ciudad sagrada del Islam, llamada también la ciudad del Profeta, y lugar donde enterraron a Mahoma.

Mena House: Popular hotel de El Cairo, muy frecuentado por los turistas.

Mismaak: Fortaleza de Riad usada por el clan Raschid en la batalla de 1902, que devolvió el poder a los al Saud.

Mutawa: Policía religiosa del Islam.

Najd: Nombre tradicional de la Arabia central; Riad se halla en esta zona. Su población es famosa por su conducta conservadora. La familia al Saud es najdí.

Nasriyá: Barrio residencial de Riad en donde viven muchos miembros de la realeza y saudíes extraordinariamente ricos.

Quias: Método de contratos de los nuevos principios legales del Islam.

Quisas: Delito cometido contra personas. La víctima o su familia pueden vengarse de quien ha sido sentenciado por tal delito.

Ramadán: Mes islámico de ayuno, en que los musulmanes de todo el mundo celebran el presente que hizo Alá del Corán a los hombres.

Riad: Capital de Arabia Saudí.

Riyal: Unidad de moneda de Arabia Saudí.

Rub Al Jali: Zona desértica que ocupa el sudeste de Arabia.

Shariyá: La ley de Dios para quienes pertenecen a la fe del Islam.

Sunna: Tradiciones de la fe islámica que dejó el Profeta.

Suni: Rama ortodoxa mayoritaria de la fe islámica. El 95% de la población de Arabia es sunnita.

Suras: Son los capítulos del Corán; hay ciento catorce suras.

Tazin: Delitos de mala conducta según las leyes islámicas.

Ulema: Teólogos de la fe islámica que dictan las normas de la vida religiosa en Arabia.

Yemen: País situado al sudoeste de la península Arábiga, que en el pasado suministró la mayor parte de la mano de obra de Arabia. Al permanecer el Gobierno yemení fiel a Saddam Hussein durante la Guerra del Golfo, Arabia obligó a abandonar el país a la mayoría de yemeníes.

Zobe: Túnica que llevan los varones saudíes. Suele ser blanca, de algodón; aunque durante los fríos meses de invierno los hombres suelen llevarlas de una tela más gruesa y de tonos más oscuros. (Tan pronto como los varones aprenden a andar, se les viste con zobes y tocados como los de sus padres.)

Zoco: Bazar, mercado.

CRONOLOGÍA

570 El Profeta Mahoma nace en La Meca.

610 Mahoma tiene una visión de Alá, que le proclama a él, Mahoma, su mensajero. Ha nacido el Islam.

622 En La Meca, Mahoma huye de una muchedumbre encolerizada y se refugia en Medina. Desde entonces, a esta escapada se la conoce por la Hégira, la gran crisis de Mahoma sobre su misión en la Tierra. El calendario musulmán empieza ese año, y se le llama Hégira en recuerdo de aquel viaje.

632 Mahoma muere en Medina.

650 Las palabras del Profeta se escriben y ordenan en un libro, conocido como el Corán. Este es el libro sagrado de los musulmanes.

1446 El primer al Saud documentado, un antepasado de Sultana, deja la vida nómada del desierto para establecerse en Dariyá (que después será Riad).

1744 Mahoma al Saud se asocia con Mahoma al Guajab, un maestro que cree en la estricta interpretación del Islam. Los esfuerzos unidos de un guerrero y un maestro liberan un rígido sistema de castigos para el pueblo.

1802-1806 Los hijos de al Saud y al Guajab, inspirados en las enseñanzas del Corán, atacan y conquistan La Meca y Medina. Sin la menor compasión, pasan por las armas a toda la población masculina de At Táif, emplazamiento cercano a La Meca. Con esa victoria la mayor parte de Arabia quedaba unida bajo una misma autoridad.

1843-1865 Los al Saud extienden su autoridad hacia el sur, hasta Omán.

1876 Nace Abdul Aziz Ibn Saud, fundador del reino y abuelo de Sultana.

1887 La ciudad de Riad es conquistada por los Raschid.

1891 El clan al Saud huye de Riad y se refugia en la zona desértica del sudeste del país.

1893-1894 El clan al Saud cruza el desierto camino de Kuwait.

Septiembre 1901 Abdul Aziz, que tiene veinticinco años, sale de Kuwait con sus guerreros para atacar Riad.

Enero 1902 Abdul Aziz y sus hombres conquistan Riad. Empieza la nueva dinastía saudí.

1915 Abdul Aziz llega a un acuerdo con el Gobierno británico y recibirá 5.000 libras al mes para que su pueblo combata a los turcos.

1926 Nace el padre de Sultana.

1932 Unificación de los reinos de Hijaz y Najd. Bajo el nombre de Arabia Saudí, pasa a ser el duodécimo país del mundo por su extensión.

1933 Nace Fadila, la madre de Sultana.

Mayo 1933 Estados Unidos gana a Gran Bretaña en la lucha por las concesiones petrolíferas de Arabia.

1934 Arabia Saudí ataca al Yemen; aunque la paz se firma un mes después.

15-V-1934 En venganza por la guerra del Yemen, el rey Abdul Aziz es atacado en una mezquita, en La Meca, por tres yemeníes armados con puñales. Saud, su hijo mayor, le protege con su cuerpo y es él quien resulta herido.

20-III-1938 Se descubre petróleo en Dammán, Arabia Saudí.

1939 La guerra de Europa paraliza la producción de petróleo.

1944 La producción de petróleo alcanza los ocho millones de barriles al año.

14-II-1945 El presidente Roosevelt se reúne con Abdul Aziz a bordo del buque norteamericano *Quincy*.

17-II-1945 Winston Churchill, Primer Ministro de Gran Bretaña, se reúne con Abdul Aziz a bordo del buque *Quincy.*

1946 La producción de petróleo alcanza los sesenta millones de barriles al año.

Diciembre 1946 Los padres de Sultana contraen matrimonio en Riad.

14-V-1948 Nace el Estado de Israel.

14-V-1948 Estalla la primera guerra árabe-israelí.

1948 Pese a la feroz oposición del Ulema, se inaugura Radio La Meca, la primera estación del reino.

1952 El rey Abdul Aziz prohíbe la importación de alcohol para los no creyentes.

9-XI-1953 El rey Abdul Aziz, abuelo de Sultana, fallece a la edad de setenta y siete años.

9-IX-1953 Saud, de 51 años de edad, hijo mayor del último monarca, se convierte en el nuevo rey. Su hermanastro Faisal pasa a ser el príncipe heredero.

1956 Nace Sultana en el seno de la familia al Saud; es la décima hija de sus padres.

Marzo 1958 Con el reino en pleno caos económico, el príncipe heredero Faisal toma el control administrativo del Gobierno.

Diciembre 1960 El rey Saud cesa a su hermano de todos sus cargos administrativos y asume el control del Gobierno.

1962 En Arabia Saudí es abolida la esclavitud. La mayoría de los esclavos continúan viviendo con las familias ex propietarias.

1963 Abre el primer colegio para chicas; manifestaciones de las facciones religiosas.

2-IX-1964 El rey Saud abdica y sale del reino camino de Beirut. Es nombrado rey Faisal, y su hermanastro Jalid es el príncipe heredero.

1965 Pese a las manifestaciones de protesta se inaugura en Riad la primera emisora de televisión.

Septiembre 1965 El príncipe Jalid Ibn Musaíd, sobrino del rey Faisal, encuentra la muerte al dirigir una manifestación armada contra la inauguración de la emisora de televisión.

Junio 1967 Entre Israel y sus vecinos árabes estalla la Guerra de los Seis Días, y Arabia manda fuerzas contra Israel.

Febrero 1969 El depuesto rey Saud Ibn Abdul Aziz fallece en Atenas, tras gastar más de quince millones de dólares anuales en su exilio.

6-X-1973 Estalla otra guerra entre Israel y sus vecinos árabes, y Arabia manda tropas.

20-X-1973 Furioso por la ayuda militar norteamericana a Israel, el rey Faisal anuncia la Guerra Santa y el embargo de petróleo contra los Estados Unidos.

25-III-1975 El rey Faisal es asesinado por su sobrino el príncipe Faisal Ibn Musaíd, hermano del que murió en la manifestación de 1965.

25-III-1975 Es nombrado rey el príncipe Jalid. Su hermanastro Fahd es nombrado príncipe heredero.

1977 El rey Jalid firma un decreto del Gobierno que prohíbe a las mujeres salir de sus hogares si no les acompaña algún miembro masculino de su familia. Le sigue un segundo decreto que prohíbe a las mujeres estudiar en el extranjero. Ambos decretos son consecuencia del incidente internacional provocado por el caso de la princesa Mishaíl, a quien se ejecutó públicamente por haberse enamorado de un estudiante saudí en la Universidad americana de Líbano y haber hecho vida marital con él. El estudiante fue decapitado.

Noviembre 1979 Asalto a la Gran Mezquita de La Meca. Los manifestantes se quejan de que las mujeres del reino trabajen fuera de sus casas. En los meses siguientes las libertades de las mujeres se verán más recortadas aún, como respuesta del temor del Gobierno a la inquietud fundamentalista.

Junio 1982 Muere el rey Jalid de un infarto. Su hermanastro Fahd es nombrado nuevo rey, y el hermanastro Abdulá príncipe heredero.

5-VIII-1990 Kuwait es invadido por Iraq. Las fuerzas aliadas occidentales se concentran en Arabia Saudí para unirse a los ejércitos árabes que van a repeler la agresión del ejército de Saddam Hussein.

1991 Los *mutawas* reaccionan con temor y hostilidad ante la presencia de mujeres-soldado extranjeras. La presión aumenta hasta el punto de forzar al Gobierno saudí a aplicar restricciones a la población femenina de todas las nacionalidades, mientras las facciones religiosas vuelven a la interpretación estricta del Corán.